4	9	2
3	5	7
8	1	6

晨曦の書

☵☲☲☰。☰。☷☱
于學稚書局

自序

當人在遭受失敗、挫折、橫逆、艱難、困苦、或窮途末路時，總會怨嘆：「人有縱天之志，無運不能自通；馬有千里之行，無人不能奔馳。命裏有時終須有，命裏無時莫強求。萬般皆是命，半點不由人。千算萬算，不如老天一算。謀事在人，成事在天。聽天由命！時也！命也！運也！非吾之不能也！」乍聽之下，似乎亦蠻有道理，然仔細推敲，實乃似是而非之論調；不論是自我解嘲，自我安慰，或是怨天尤人，心態上均將失敗、挫折、橫逆……等因素，完全歸咎於命運，而無法去反省、檢討己身的能力、努力、毅力……等因素，是否有所缺失、錯誤或不足？

「人定勝天，命運操縱在自己手中」此句話未必是口號、標語，更非純爲安慰、鼓勵人而設立的，絕對有其不移之眞理。萬般競爭的今日社會，無可厚非，受制於命運之背逆而有志難伸，或大挫敗者，必不在少數，亦難怪會感嘆命運之不逮；然似是而非的命運感嘆，實無補於事，反削弱己身進取心和壯志。筆者不否認命運往往相當作弄人，人亦常因運之乖違，而功敗垂成，功虧一簣，徒呼奈何。人千算萬算，有時眞不如老天一算，但爲什麼又有「人定勝天」之說呢？

所謂的「知己知彼，百戰百勝」，筆者之意乃知己（命）知彼（運），即知命順命，知運掌運，方能洞燭機先，掌握機運，無往而不利，退守而有據。那麼自然伸屈自如，凡事不致徒勞而無功，辛苦的血汗不白流，甚至不致釀成無法收拾的大慘敗，作無謂的犧牲與浪費（時間和心力）。至於如何方能知己命，知己運呢？我國流傳悠久的古老五術中的命、相、卜，就是預知、推論人生命運的最佳法寶，本書所要論述的「八字推命學」，就是其中的一門大學問。

「八字」和「風水」這兩個名詞，可以說只要是中國人，必均耳熟能詳、家喻戶曉，最深植人心，且影響頗鉅。「風水」乃我國傳統美德——愼終追遠的昇華，「八字」乃人誕生喜悅的表徵，今或較不流行，昔日嬰兒一出世，必先請人寫「命狀」——即批八字，內容自無今日之精彩、細膩、詳盡，但此命狀則從嬰兒出生，即留著、跟隨著至長大成人，至老邁而終，亦再度派上用場——藉以擇日蓋棺、入殮、造墓、擇風水。

其實這僅僅簡單的八個字，人生的一切吉凶福禍、休咎窮通、貧賤富貴、壽夭……等命和運種種現象、表徵均在其中；倘若能精研此「八字」的奧義，眞可以趨吉避凶，決算千里，亦就是「知命順命，知運掌運」——人生進退的最佳依據和指標。由於時代社會的進步和競爭，研習「八字推命學」的風氣，更大爲興盛，且研習者的知識、教育水準，亦相對的大爲提高；昔時研習者，多半爲求藉以謀生過活，今日研習者，多半爲了更正確的掌握自己命運，未雨綢繆，防範未然。

文化事業的發達，有關「八字推命學」的著作，更是百家爭鳴，連不繳中國文化田租的佃農——日本翻譯書籍，亦充斥整個市面上，也許就因爲只有簡單的八個字，反使研習者大嘆「八字易學難精，登堂而難入室」，甚至有窮研畢生，尙仍在徘徊門外，無法登堂入室。雖先聖先賢們，爲發幽闡微，流傳立論頗多，其中亦難免有巧立名目之傳訛者，語焉不詳者，陳義過深者，後學者自會有鴨子聽雷，一知半解，或不知所云，而歪解其義之現象。

本書「八字啓蒙寶鑑」，純針對初學者及久學卻不得其門而入的朋友而寫，由最簡易、淺顯開始論述；完全以白話口語方式，一一交待清楚，說明詳盡；由淺入深，從基礎理論至實際運用，相當完整。筆者不敢言，乃絕佳之作，但自信絕對具有啓廸之效，當作初學或複習或比較，實值得研讀再三，且必能有所獲益，最盼!!

目次

第二篇　八字基礎啓蒙(二)　八五

第三篇　八字推命初步　一二一

第五篇 變格專論 二二九

第六篇 八字推命應用 二六九

第一篇　八字基礎啓蒙(一)

前言

要研究此門浩瀚無邊的「八字命理哲學」，首先得深切的意會、瞭解何謂「陰陽五行」？凡宇宙間萬物均有陰陽之別，均由五行所構成；換句話說，陰陽五行乃構成宇宙萬物的基本元素。人有陰陽之分，男性屬陽，女性爲陰；天有陰陽之別，白晝爲陽，夜晚屬陰；動物有陰陽之異，陽性謂雄，陰性謂雌；植物亦有陰陽之隔，須藉昆蟲、風吹草動、空氣：等媒介，使陰陽結合而生生不息；人和動物亦然，方得以繁殖延續不絕，代代相傳；天行健，乃日夜消長；故陰和陽，是構成宇宙萬物的基本元素。

五行指的就是：木火土金水；人體中含有百分之七十的水——五行的「水」；人體中含有熱量、熱能（體溫）——五行的「火」；人體中含有鐵、鈣、鉀、鉛、鎂：等金屬化學元素——五行的「金」；人體中含有磷、碘、硫黃……等非金屬化學元素——五行的「土」；人體中含有構成木材的碳、氫、氧化學元素——五行的「木」；故五行亦是構成宇宙萬物的基本元素。

五行必分陰分陽，而陰陽五行結合，宇宙萬物方得以延續，連綿不絕；陰和陽乃相對論，五行相生木生火，火生土，土生金，金生水，水生木，相生的相對必相尅，乃木尅土，土尅水，水尅火，火尅金，金尅木；陰陽五行相生相尅間，必有太過或不及之處，自須有生尅制化之道，以期均衡、中和、圓滿。

凡人必在某一時間（年、月、日、時），誕生於某一地點（空間），而此時間和空間，即宇宙天地；當時間亦包含了四季：春夏秋冬，空間則代表方位：東、西、中、南、北；陰陽五行就在其中，故謂：「人秉天地之氣而生」。八字推命學，就是根據人出生的時間（年、月、日、時），換算出年、月、日、時等四柱干支，共爲八字，再依據此八個字所代表的四季：春、夏、秋、冬，所代表的方位：東、西、中、南、北，所代表的陰陽五行：木、火、土、金、水等等，視其互相配合狀況，而來推論人生的吉吝窮通、富貴貧賤、壽殀禍福……等。

天干十字，地支十二字，代表著陰陽五行——包括時間、季節、方位；每一天干字和地支字，組合成一組干支字，共可組合六十組，循環不息，週而復始，以記年、記月、記日、記時。八字推命學，就是依人出生的年、月、日、時，換算出四組干支字，即爲四柱八字。四柱排出後，而以日干爲主，來推論其餘干支七字和日干間的生尅制化關係，更進一步的推命論運。

雖然「八字推命學」僅僅八個字而已，卻能精細入微的推論出人生之種種命和運，而且是錯綜複雜，千變萬化，工程浩大之說，實亦不算誇張。試想，年柱、月柱、日柱、時柱，每柱均由六十組干支字輪流記載，依排列組合將造成六十乘六十乘六十乘六十，總共可組合成多少種命式？算算看實在是個天文數字，若再依陰順陽逆，陽順陰逆的原理，代入男女命造，尙得再乘以二，那麼不難得知八字推命學，竟能將人細分至令人驚訝，不可思議的精密度，運用以推命論運的準確度，實無庸置疑。

也許就因爲八字推命學太過於精密，反不易研究而得其精髓以實際推命論運上之運用，而常有「八字易學難精」之嘆；話雖如此，事實亦然，但並非永遠都「登堂而難入室」，本書即針對初學朋友，或久學難入門的同好而寫，以最基礎、最簡單、最淺顯的文詞，一一詳盡論述，交待清楚，若有掛萬漏一處，書後尚附有「讀者書中解疑服務卡」，爲求使本書盡善盡美，讓同好朋友，確實能開卷有益。但尚請耐心詳閱書中之種種論述，不急躁，不貪快，相信多少必能有所啓廸與收穫。

1章　天干地支四時五行

一、十天干

1. 天干有十：甲、乙、丙、丁、戊、己、庚、辛、壬、癸。
2. 天干陰陽：甲丙戊庚壬屬陽；乙丁己辛癸屬陰。
3. 天干五行：甲乙屬木，丙丁屬火，戊己屬土，庚辛屬金，壬癸屬水。
4. 天干方位：甲乙爲東方，丙丁爲南方，戊己爲中央，庚辛爲西方，壬癸爲北方。
5. 天干相尅：甲與庚尅，乙與辛尅，丙與壬尅，丁與癸尅，戊己中央不尅。
6. 天干相合：甲己五合，乙庚五合，丙辛五合，丁壬五合，戊癸五合。
7. 天干合化：甲己合化土，乙庚合化金，丙辛合化水，丁壬合化木，戊癸合化火。

二、十二地支

1. 十二地支：寅、卯、辰、巳、午、未、申、酉、戌、亥、子、丑。
2. 地支陰陽：寅辰巳申戌亥屬陽；卯午未酉子丑屬陰。（亦有寅辰午申戌子屬陽；卯巳未酉亥丑屬陰之說——流傳之誤後述。）
3. 地支月份：正月寅，二月卯，三月辰，四月巳，五月午，六月未，七月申，八月酉，九月戌，

陽) 甲　丙　戊　庚　壬
陰) 乙　丁　己　辛　癸

十月亥，十一月子，十二月丑。

4. 地支生肖：子爲鼠，丑爲牛，寅爲虎，卯爲兔，辰爲龍，巳爲蛇，午爲馬，未爲羊，申爲猴，酉爲雞，戌爲狗、亥爲豬。

5. 地支五行：寅卯屬木，巳午屬火，辰戌丑未屬土，申酉屬金，亥子屬水。

6. 地支方位：寅卯爲東方，巳午爲南方，辰戌丑未爲中央，申酉爲西方，亥子爲北方。

7. 地支四季：寅卯辰司春，巳午未司夏，申酉戌司秋，亥子丑司冬。

8. 地支三會：寅卯辰三會木方，巳午未三會火方，申酉戌三會金方，亥子丑三會水方。

9. 地支三合：亥卯未三合木局，寅午戌三合火局，巳酉丑三合金局，申子辰三合火局。

10. 地支六冲：子午冲，丑未冲，辰戌冲，寅申冲，巳亥冲，卯酉冲。

11. 地支六合：子丑合，午未合，巳申合，寅亥合，酉辰合，卯戌合。

12. 地支相刑：(1)寅巳刑，寅申刑，巳申刑。（無恩之刑）
(2)丑戌刑，丑未刑，未戌刑。（持勢之刑）
(3)子卯刑。（無禮之刑）
(4)辰辰刑，午午刑，亥亥刑，酉酉刑。（自刑之刑）

13. 地支相破：子酉破，午卯破，申巳破，寅亥破，辰丑破，未戌破。

14. 地支相害：子未害，丑午害，寅巳害，卯辰害，申亥害、酉戌害。（害又叫穿）

15. 地支季土：辰土旺於立夏，未土旺於立秋，戌土旺於立冬，丑土旺立春等四季前約十八日爲旺期。（天干戊己土旺於四季，即得辰未戌丑土旺管事之期，謂之當令最強。）

16.地支藏干：地支中所藏之天干，謂之藏干或人元，天干爲天元，地支爲地元，藏干爲人元，合稱爲三元。

※歌　訣：寅宮甲丙戊。卯宮乙木逢。辰宮戊乙癸。巳宮丙戊庚。午宮丁己土。未宮己乙丁。申宮庚壬戊。酉內獨辛金。戌宮戊辛丁。亥宮壬甲逢。子中藏癸水。丑宮癸辛己。

（地支藏干速見表）

子	丑	寅	卯	辰	巳	午	未	申	酉	戌	亥
癸	己、癸、辛	甲、丙、戊	乙	戊、乙、癸	丙、庚、戊	丁、己	己、巳、乙	庚、戊、壬	辛	戊、辛、丁	壬、甲

◎干支四季五行方位默記法◎

1.甲乙寅卯木司春在東方。　2.丙丁巳午火司夏在南方。　3.庚辛申酉金司秋在西方。

4.壬癸亥子水司冬在北方。　5.戊己辰戌丑未土，四季土旺在中央。

三、五行四時

1.五　行：木、火、土、金、水。

2.五行相生：木生火，火生土，土生金，金生水，水生木。

3.五行相尅：木尅土，土尅水，水尅火，火尅金，金尅木。

4.五行干支：木爲甲乙寅卯，火爲丙丁巳午，土爲戊己辰戌丑未，金爲庚辛申酉，水爲壬癸亥子。

5. 五行四時：木屬春，火屬夏，金屬秋，水屬冬，土屬於四「季」——立春、立夏、立秋、立冬前約十八日內。

6. 干支四時五行用事：（當令得時之意——管事）

(1)甲乙寅卯木旺於春（立春以後）。

(2)丙丁巳午火旺於夏（立夏以後）。

(3)庚辛申酉金旺於秋（立秋以後）。

(4)壬癸亥子水旺於冬（立冬以後）。

(5)戊己辰戌丑未土旺於四季（立春、立夏、立秋、立冬前約十八日爲旺期）。

7. 五行四時旺相死囚休：

(1)春：木旺、火相、土死、金囚、水休。

(2)夏：火旺、土相、金死、水囚、木休。

(3)秋：金旺、水相、木死、火囚、土休。

(4)冬：水旺、木相、火死、土囚、金休。

(5)季：土旺、金相、水死、木囚、火休。

說明：當我者旺。我生者休。生我者相。尅我者囚。我尅者死。

例如：日干甲乙木者，生於春天謂之旺，因春天屬木當令得時之故；生於夏天謂之休，因夏天屬火，木生火洩氣之故；生於秋天謂之死，因秋天屬金，金尅木而木則死之故；生於冬天謂之相，因冬天屬水，水生木之故；生於四季謂之囚，因四季土旺，木尅土而耗力自囚之故。其餘火、土、金、水等陰陽日干類推之。初學者對於四時五行的旺相死囚休，很容易混淆，後列表述之更詳。

五行四時表

四時＼五行	春天	夏天	秋天	冬天	四季
木	旺	休	死	相	囚
火	相	旺	囚	死	休
土	死	相	休	囚	旺
金	囚	死	旺	休	相
水	休	囚	相	旺	死

註解：上表意思綜合說明簡例如左。

(1)春天木最旺，木在春天最旺之意。
(2)春天火爲相，火在春天爲相之意。
(3)春天土爲死，土在春天爲死之意。
(4)春天金爲囚，金在春天爲囚之意。
(5)春天水爲休，水在春天爲休之意。
(6)四季木爲囚，火爲休，土爲旺，金爲相，水爲死；或曰木囚、火休、土旺、金相、水死於四季。

※其餘均依照四時五行而類推之。若再將干支代入四時五行，則成如左：

(1)甲乙寅卯木：春旺、夏休、秋死、冬相、季囚。
(2)丙丁巳午火：春相、夏旺、秋囚、冬死、季休。
(3)庚辛申酉金：春囚、夏死、秋旺、冬休、季相。
(4)壬癸亥子水：春休、夏囚、秋相、冬旺、季死。
(5)戊己辰戌丑未土：春死、夏相、秋休、冬囚、季旺。

四、天干和地支組合

1. 周天六十甲子：

(1)甲子、乙丑、丙寅、丁卯、戊辰、己巳、庚午、辛未、壬申、癸酉。謂之甲子旬。

(2)甲戌、乙亥、丙子、丁丑、戊寅、己卯、庚辰、辛巳、壬午、癸未。謂之甲戌旬。

(3)甲申、乙酉、丙戌、丁亥、戊子、己丑、庚寅、辛卯、壬辰、癸巳。謂之甲申旬。

(4)甲午、乙未、丙申、丁酉、戊戌、己亥、庚子、辛丑、壬寅、癸卯。謂之甲午旬。

(5)甲辰、乙巳、丙午、丁未、戊申、己酉、庚戌、辛亥、壬子、癸丑。謂之甲辰旬。

(6)甲寅、乙卯、丙辰、丁巳、戊午、己未、庚申、辛酉、壬戌、癸亥。謂之甲寅旬。

2. 說明：天干有十字，地支有十二字，各取干支一字組成一組，共成爲六十組干支字，即謂之周天六十甲子。天干由甲起，地支由子起，一干一支爲一組，六十組干支字循環不息的用以記年、記月、記日、記時。如：甲子年、乙丑年、丙寅年……連續記年；甲子月、乙丑月、丙寅月……連續記月；甲子日、乙丑日、丙寅日……連續記日；甲子時、乙丑時、丙寅時……連續記時等，週而復始，循環不息。

3. 六十花甲子納音歌：

甲子乙丑海中金。丙寅丁卯爐中火。戊辰己巳大林木。庚午辛未路旁土。壬申癸酉劍鋒金。

甲戌乙亥山頭火。丙子丁丑澗下水。戊寅己卯城頭土。庚辰辛巳白蠟金。壬午癸未楊柳木。

甲申乙酉泉中水。丙戌丁亥屋上土。戊子己丑霹靂火。庚寅辛卯松柏木。壬辰癸巳長流水。

甲午乙未沙中金。丙申丁酉山下火。戊戌己亥平地水。庚子辛丑壁上土。壬寅癸卯金箔金。
甲辰乙巳復燈火。丙午丁未大河水。戊申己酉大驛土。庚戌辛亥釵釧金。壬子癸丑桑柘木。
甲寅乙卯大溪水。丙辰丁巳沙中土。戊午己未天上火。庚申辛酉石榴木。壬戌癸亥大海水。

4. 干支掌上速推法：

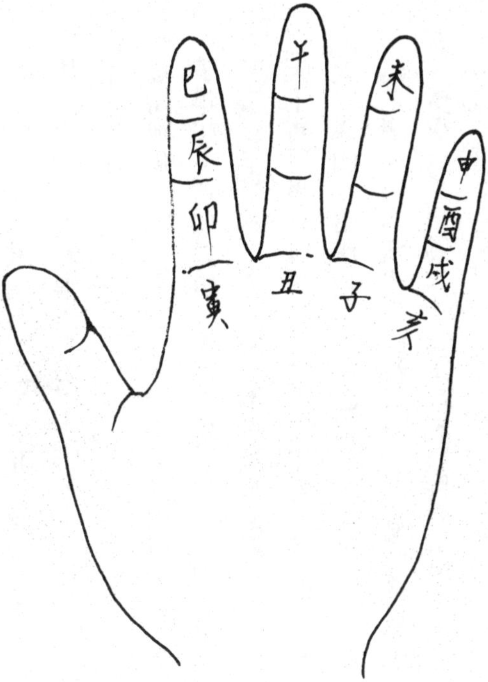

如圖將十二地支固定掌上位置，十天干即可用拇指在掌上順行或逆行，以便於推算年、月、日、時的干支組。如：今年爲民國七十三年甲子年，推算七十二年、七十一年、七十年…等，則在掌上逆行爲癸、壬、辛、庚…等，於是易知七十年爲辛酉年；推算七十四年、七十五年、七十六年……等，則在掌上順推爲乙、丙、丁…等，於是易知七十六年爲丁卯年。又天干有十，故每隔十年天干相同，地支前進或後退二位，如今年爲七十三年，十年前則爲六十三年，於是地支前進二位爲寅，天干同樣是甲，此六十三年則爲甲寅年；若十年後爲八十三年，則地支後退二位爲戌，天干同爲甲，故爲甲戌年；於是八十四年爲乙亥，六十二年癸丑；同理二十年前或後，地支前進及後退四位，天干不變，立即快速得知所要知道某年的干支字。

5. 出生年干支速推法：

如前所述周天六十甲子用於記年，必由甲子年、乙丑年、丙寅……癸亥年止，經過六十年再由甲子年起，週而復始，循環不息以記年。因此甲子年出生者，當年即爲一歲，乙丑年爲二歲……至癸亥年爲六十歲，甲子年再開始循環爲六十一歲……等。因天干正好爲十位，故凡出生年之天干爲甲者，每逢流年天干爲甲時，其歲數之個位數必爲一，流年天干逢乙爲二、逢丙爲三、逢丁爲四、逢戊爲五、逢己爲六、逢庚爲七、逢辛爲八、逢壬爲九、逢癸爲十；若出生年天干爲乙者，每逢流年天干爲乙時，其歲之個位數必爲一，逢流丙爲二、丁爲三、戊爲四、己爲五、庚爲六、辛爲七、壬爲八、癸爲九、甲爲十。其餘出生年干丙、丁、戊、己、庚、辛、壬、癸等，類推之。

如何由歲數而得知出生年的干支字？詳見左列之表和舉例說明：

例一：甲今年民國七十六年丁卯年，歲數爲三十四歲，則於丁卯年旁格寫4，戊辰年旁格寫5……等見表列；然後於甲子旬上格寫3，甲戌旬上格寫4，甲申旬上格寫5，甲午旬上格寫0、甲辰旬上格寫1、甲寅旬上格寫2等。因此很明顯可以從表上看出甲午年年爲一歲，乃甲出生之年。亦可由此表而知甲48歲爲辛巳年，25歲爲戊午年，丙戌年爲53歲，己酉年爲16歲等等。

（例一）

2	1	0	5	4	3	
甲寅	甲辰	甲午	甲申	甲戌	甲子	1
乙卯	乙巳	乙未	乙酉	乙亥	乙丑	2
丙辰	丙午	丙申	丙戌	丙子	丙寅	3
丁巳	丁未	丁酉	丁亥	丁丑	丁卯	4
戊午	戊申	戊戌	戊子	戊寅	戊辰	5
己未	己酉	己亥	己丑	己卯	己巳	6
庚申	庚戌	庚子	庚寅	庚辰	庚午	7
辛酉	辛亥	辛丑	辛卯	辛巳	辛未	8
壬戌	壬子	壬寅	壬辰	壬午	壬申	9
癸亥	癸丑	癸卯	癸巳	癸未	癸酉	10

（例二）

4	3	2	1	0	5	
甲寅	甲辰	甲午	甲申	甲戌	甲子	9
乙卯	乙巳	乙未	乙酉	乙亥	乙丑	10
丙辰	丙午	丙申	丙戌	丙子	丙寅	1
丁巳	丁未	丁酉	丁亥	丁丑	丁卯	2
戊午	戊申	戊戌	戊子	戊寅	戊辰	3
己未	己酉	己亥	己丑	己卯	己巳	4
庚申	庚戌	庚子	庚寅	庚辰	庚午	5
辛酉	辛亥	辛丑	辛卯	辛巳	辛未	6
壬戌	壬子	壬寅	壬辰	壬午	壬申	7
癸亥	癸丑	癸卯	癸巳	癸未	癸酉	8

例二：乙今年民國爲八十年，辛未年五十六歲，則於辛未年旁格塡上6，壬申旁格塡7，癸酉旁格塡8，甲子旁格塡9……等見表列；然後於甲子旬上格塡5，甲戌旬上格塡0，甲申旬上格塡1，甲午旬上格塡2，甲辰旬上格塡3，甲寅旬上格塡4等。因此可很明顯看出表上丙子年爲一歲，乙所出生年干支；亦由表可知乙在庚申年爲45歲，壬子年爲37歲，18歲時爲癸巳年。

※運用前述之表格，務必注意周天六十甲子的循環順序，方不致於搞錯或混淆；運用此表不僅可速推出，出生年干支，亦可速知某年幾歲，幾歲爲某年，過去及未來的流年干支均可由表而迅速得知。亦可藉此表而做中華民國幾年的干支速見表，如左：

	1、7	2、8	3、9	4	5	0、6
3	甲子	甲戌	甲申	甲午	甲辰	甲寅
4	乙丑	乙亥	乙酉	乙未	乙巳	乙卯
5	丙寅	丙子	丙戌	丙申	丙午	丙辰
6	丁卯	丁丑	丁亥	丁酉	丁未	丁巳
7	戊辰	戊寅	戊子	戊戌	戊申	戊午
8	己巳	己卯	己丑	己亥	己酉	己未
9	庚午	庚辰	庚寅	庚子	庚戌	庚申
10	辛未	辛巳	辛卯	辛丑	辛亥	辛酉
1	壬申	壬午	壬辰	壬寅	壬子	壬戌
2	癸酉	癸未	癸巳	癸卯	癸丑	癸亥

◎由表縱橫交叉而觀，即可知民國13年與73年爲甲子，民國28年及88年爲己卯；民國5年及65年爲丙辰年；民國39年與99年爲庚寅…餘類推。

五、小結

今再將前面諸節所述天干、地支、四時、五行等等，重作一番整理、複習與說明，此些基本知識、概念必須深刻、牢記、清晰。

1. 天干有十，地支十二。各分陰陽二組。代表五行：木火土金水。代表方位：東西中南北。代表四時：春夏秋冬。以次頁圖加強記憶和理解。
2. 天干五合：甲己合土，乙庚合金，丙辛合水，丁壬合木，戊癸合火。一陰一陽之合，乃有情之合。
3. 天干相尅：甲庚尅、乙辛尅、丙壬尅、丁癸尅、甲戊尅、乙己尅、戊壬尅、己癸尅、丙庚尅、丁辛尅。同陰同陽之尅，同性相斥，尅之無情。甲辛尅、乙戊尅、丙癸尅、丁庚尅、己壬尅。一陰一陽之尅，異性相吸，乃尅之有情。
4. 地支六合：子丑合、午未合、酉辰合、戌卯合、寅亥合、巳申合。
5. 地支六冲：子午冲、卯酉冲、辰戌冲、丑未冲、巳亥冲、寅申冲。
6. 地支相刑：寅巳刑、巳申刑、寅申刑、丑戌刑、未戌刑、丑未刑、子卯刑、辰辰刑、午午刑、亥亥刑、酉酉刑。
7. 地支三合：申子辰、寅午戌、亥卯未、巳酉丑。半三合則：申子合、子辰合、寅午合、午戌合

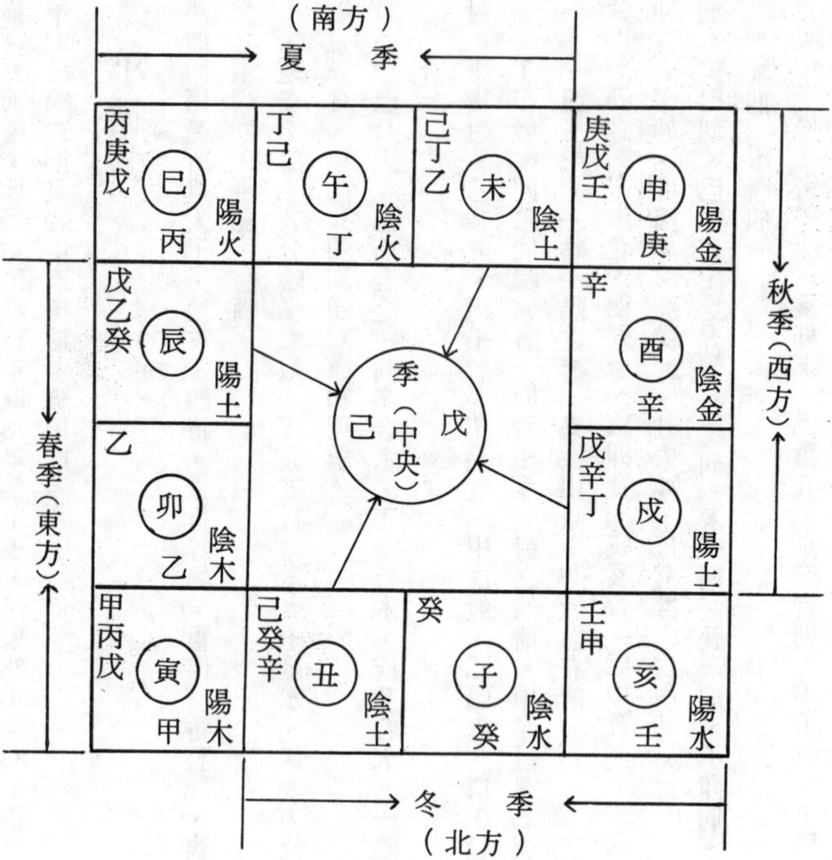
（南方）
夏 季
丙庚戊 巳 丙 陽火
丁己 午 丁 陰火
己丁乙 未 陰土
庚戊壬 申 庚 陽金
戊乙癸 辰 陽土
乙 卯 乙 陰木
甲丙戊 寅 甲 陽木
季（中央）
己 戊
辛 酉 辛 陰金
戊辛丁 戌 陽土
秋季（西方）
春季（東方）
己癸辛 丑 陰土
癸 子 癸 陰水
壬申 亥 壬 陽水
冬 季
（北方）

（A圖）

、亥卯合、卯未合、巳酉合、酉丑合。

8. 地支三會：寅卯辰、巳午未、申酉戌、亥子丑。

※半三合如：申辰、寅戌、亥未、巳丑等不謂半三合，純無意義。再整理成表如後：

◎天干相尅五合表◎

天干五合	天干相尅(尅之有情、無情)		
甲己合土	甲庚相尅	甲辛相尅	甲戊相尅
乙庚合金	乙辛相尅	乙己相尅	乙戊相尅
丙辛合水	丙庚相尅	丙壬相尅	丙癸相尅
丁壬合木	丁癸相尅	丁庚相尅	丁辛相尅
戊癸合火	戊壬相尅	己壬相尅	己癸相尅

◎地支合會刑冲表◎

地支三會		地支三合		地支六合		地支六冲	地支相刑	
寅卯辰東方木	亥子丑北方水	亥卯未三合木	申子辰三合水	子丑合土	辰酉合金	子午冲	寅巳申	酉酉刑
						卯酉冲	丑未戌	
巳午未南方火	辰戌丑未會土	寅午戌三合火		寅亥合木	巳申合水	寅申冲	子卯刑	
						巳亥冲	辰辰刑	
申酉戌西方金		巳酉丑三合金		卯戌合火		辰戌冲	亥亥刑	
						丑未冲	午午刑	

9. 地支相害：子未害、丑午害、寅巳害、卯辰害、申亥害、酉戌害。（害又叫穿）

10. 地支相破：子酉破、午卯破、申巳破、寅亥破、辰丑破、戌未破。

※地支相破和相害，僅參考即可，其中諸多矛盾之處，諸如：巳申六合卻又相破，寅亥六合又相破，未戌相刑又相破，寅巳相刑又相害等等，相破和相害鮮爲推命時所採用。

11. 四時：即春、夏、秋、冬。立春後爲春天的開始，由木管事，木最旺之期，截至立夏前約十八日謂之季，由土管事，土最旺之期；立夏後爲夏天的開始，由火管事，火最旺之期，截至立秋前約十八日謂之季，由土管事，土最旺之期；立秋後爲秋天的開始，由金管事乃金最旺之期，截至立冬前約十八日謂之季，由土管事，土最旺之期；立冬後爲冬天的開始，由水管事，乃水最旺之期，截至立春前約十八日謂之季，由土管事，乃土最旺之期。

12. 五行：即木、火、土、金、水。五行相生：木生火，火生土，土生金，金生水，水生木。五行相尅：木尅土，土尅水，水尅火，火尅金，金尅木。五行所屬干支：木爲甲乙寅卯，火爲丙丁巳午，土爲戊己辰戌丑未，金爲庚辛申酉，水爲壬癸亥子。

13. 五行四時：五行和四時乃一體之兩面，相輔相成，關係密切。五行因四時而當旺，旺而休，休而囚，囚而死，死而相。如木於四時春爲旺，夏爲休，季爲囚，秋爲死，冬爲相。類推其餘。

※旺即最旺，相次旺，休爲衰，囚爲次衰，死爲最衰。衰乃弱也。

2章 四柱排命法

所謂排四柱，就是根據出生的年、月、日、時，而排成四柱干支，共爲八字，故亦普稱爲「八字推命學」。首先必須準備一本萬年曆，方能迅速排出出生年之年柱干支及出生日的日柱干支，再藉「五虎遁年起月法」排出正確的月柱干支，以及「五鼠遁日起時法」而排出正確的時柱干支，於四柱四組干支字俱齊，方得以推命論運。年柱及日柱可由萬年曆查知，月柱及時柱則得詳述一下。

一、如何起月柱？

一年有十二個月，每個月均有一固定的地支字所代表。如正月爲寅，二月爲卯，三月爲辰，四月爲巳，五月爲午，六月爲未，七月爲申，八月爲酉，九月爲戌，十月爲亥，十一月爲子，十二月爲丑。但月干字則須視年柱天干來決定，凡一年的開始必須以立春爲標準，而非正月一日即爲新一年的開始，立春日時可能是正月八日午時，亦可能是十二月二十三日未時…等，依萬年曆記載而取捨。同樣每月的開始，亦非該月一日，必須以節氣爲月令之標準來取捨。故必先來探討月建和節氣。

1. 十二月建及節氣

正月建寅。立春，雨水。　二月建卯。驚蟄，春分。　三月建辰。清明，穀雨。

四月建巳。立夏，小滿。　五月建午。芒種，夏至。　六月建未。小暑，大暑。
七月建申。立秋，處暑。　八月建酉。白露，秋分。　九月建酉。寒露，霜降。
十月建亥。立冬，小雪。　十一月建子。大雪。冬至。　十二月建丑。小寒，大寒。

說明：從立春開始，經雨水到驚蟄爲正月建寅管事；從驚蟄開始，經春分到清明爲二月建卯管事；依此而類推諸月月建。但一定得依萬年曆之記載爲準，如立春爲正月三日巳時，在此之前由上年十二月管事，在此之後爲本年正月管事，若驚蟄爲二月三日卯時，則從正月三日巳時起，至二月三日寅時止，此段期間皆屬正月建寅管事；二月三日卯時起則建卯二月管事，截至清明爲止。其餘諸月均依此而類推。

2. 起月法：依「五虎遁年起月法」——確定月份後。尤其正月更得先查就立春之日時，而確定了年柱爲首要。

歌訣：甲己之年丙作首，乙庚之歲戊爲頭，丙辛便向庚寅起，丁壬壬寅順行流，唯有戊癸甲寅求。

說明：凡甲或己爲年之天干時，正月起丙寅，二月則丁卯…推至十二月；乙或庚之年干，則正月起戊寅，二月爲己卯，三月庚辰…等推至十二月；其餘均依此而類推得知，速見如左表：

（五虎遁年起月表）

月份＼年干	甲己	乙庚	丙辛	丁壬	戊癸
寅	丙	戊	庚	壬	甲
卯	丁	己	辛	癸	乙
辰	戊	庚	壬	甲	丙
巳	己	辛	癸	乙	丁
午	庚	壬	甲	丙	戊
未	辛	癸	乙	丁	己
申	壬	甲	丙	戊	庚
酉	癸	乙	丁	己	辛
戌	甲	丙	戊	庚	壬
亥	乙	丁	己	辛	癸
子	丙	戊	庚	壬	甲
丑	丁	己	辛	癸	乙

3.特別記憶法：

從「五虎遁年起月表」，很容易看出年柱天干呈五組型態出現，即天干五合：甲己、乙庚、丙辛、丁壬、戊癸等五組，按順序甲、乙、丙、丁、戊，再從頭己、庚、辛、壬、癸，而起正月天干順序爲丙、戊、庚、壬、甲；因此熟記「丙、戊、庚、壬、甲」之順序，配合年柱天干之順序，無表時亦可迅速推出。如年干爲乙，正月天干則爲戊，求七（申）月即可由戊爲正月，往下順算至七月得知爲甲，即是甲申月；壬×年十月，即由壬爲正月干而算至十月爲辛亥月。

此亦歌訣的主要用意。

二、如何起時柱？

一天有二十四小時，每二小時爲一時辰，每一時辰則有一固定的地支字爲代表，故必須先知道那一時辰以那一地支來表示。同時習慣上，我們通常以十二點謂之中午，十二點之前謂之上午，十二點以後謂之下午；同時習慣以凌晨一點開始計算時間至中午十二點止，再從下午一點開始計算至夜晚十二點，常很容易造成混淆。尤其一日爲二十四小時，當過了二十三小時六十分，則正好在深夜，乃另一日之開始，此點亦常爲人所疏忽，如三日夜晚十二點過五分，應該謂四日凌晨五分，但通常亦被視爲三日之日時觀念（習慣），就往往因如此差之毫釐，推命時則失之千里，因此必須明確認識一日，乃由凌晨零時一秒開始，截至二十四時止方是。

1. 十二時辰之分配：

早子時	0點～1點	（上午）
丑時	1點～3點	
寅時	3點～5點	
卯時	5點～7點	
辰時	7點～9點	
巳時	9點～11點	
午時	11點～1點	（下午）
未時	1點～3點	
申時	3點～5點	
酉時	5點～7點	
戌時	7點～9點	
亥時	9點～11點	
夜子時	11點～12點	

由表可知時辰地支字是永遠固定不變，而時柱天干則須依日柱天干，根據「五鼠遁日起時法」來尋求。因爲日之交換點在於下午十二點整（即二十四時），正好將子時分割成兩半，故有夜子時與早子時之分野。

2. 起時法：確定時辰之後，即可依「五鼠遁日起時法」來起時柱天干。日柱干支可從萬年曆得知，日干和時支確定無誤爲首要。

歌訣：甲己還加甲。乙庚丙作初。丙辛從戊起。丁壬庚子居。戊癸推壬子。時元定必須。

說明：凡甲或己爲日柱天干，則子時必以甲做時干；乙或庚爲日柱天干時，則子時必以丙爲時干；其餘丙、辛、丁、壬、戊、癸之日干等類推起子時之時干；然後依時辰順序子、丑、寅…等，將求得子時天干字亦依順序往下配合。

（五鼠遁日起時表）

時支＼日干	甲己	乙庚	丙辛	丁壬	戊癸
子	甲	丙	戊	庚	壬
丑	乙	丁	己	辛	癸
寅	丙	戊	庚	壬	甲
卯	丁	己	辛	癸	乙
辰	戊	庚	壬	甲	丙
巳	己	辛	癸	乙	丁
午	庚	壬	甲	丙	戊
未	辛	癸	乙	丁	己
申	壬	甲	丙	戊	庚
酉	癸	乙	丁	己	辛
戌	甲	丙	戊	庚	壬
亥	乙	丁	己	辛	癸

※如同起月柱般，由「五鼠遁日起時表」而可知，依日干起子時天干的順序爲「甲、丙、戊、庚、壬」，強記熟習無表亦能迅速、正確排出時柱。

3. 早子時與夜子時：

一天的交換點在於下午十二點整（即二十四時），正好將子時切割成兩半，下午11點～12點謂之夜子時，上午（或曰淩晨）0時～1時謂之早子時。早子時正爲一天的開始，只須根據該日的天干而依「五鼠遁日起時法」即可求得，正確的子時天干；也就是說直接以該日日柱來起時柱。若是夜子時，下午11點～12點，該日之最後一小時，尚未交次日，故仍以該日干支爲日柱；但因子時乃下午11點起至上午1點止，包含了二日的結束與開始。因此夜子時，則以該日干支爲日柱，而以次日的天干爲準，依「五鼠遁日起時法」來起子時之時柱。

例如：民國45年11月5日下午11點25分生（夜子時）。

(A)	(B)
丙申	丙申
己亥	己亥
丁未	戊申
壬子	壬子

(A)以5日丁未爲日柱，而以次日戊申起子時——正確。

(B)直接算6日戊申爲日柱而起子時——錯誤。

例如：民國38年7月7日夜晚11點43分生（夜子時）。

(A)	(B)
己丑	己丑
辛未	辛未
癸亥	甲子
甲子	甲子

(A)以7日爲日柱，而以次日甲子日來起子時——正確。

(B)直接算8日甲子爲日柱來起子時——錯誤。

※所舉二例之差異，在於目的觀點之別，(B)例者乃認爲一到下午（夜晚）11點後，不分早子時與夜子時，即列爲次日之故。當然是(A)方爲正確，也就是說要區分出早子時及夜子時，而夜子時生者，以該日爲日柱，而以次日來起子時，此點十分重要，切記!!

4. 特別注意之時辰：

因政府爲節約能源，在某些年的夏季及秋季期間，曾發佈調整時鐘，撥快一個小時，謂之夏令時間或日光節約時間。因此，在那些年的特定月份期間內出生者的時辰，往往失察而有一小時之誤差，故於排四柱時必須查對一下，而加以調整減少一小時回來。時支有誤，時干必定錯誤，八字中有二字之誤，推命的結果很可能相去十萬八千里，實不得不仔細、審愼。今將夏令時間及日光時間實施的年及月份列表如後，乃是國曆之月份。

三四年至四十年	夏令時間	五月一日至九月三十日
四十一年	日光節約時間	三月一日至十月三十一日
四二年至四三年	日光節約時間	四月一日至十月三十一日
四四年至四五年	日光節約時間	四月一日至九月三十日
四六年至四八年	夏令時間	四月一日至九月三十日
四九年至五十年	夏令時間	六月一日至九月三十日
六三年至六四年	日光節約時間	四月一日至九月三十日
六十八年	日光節約時間	七月一日至九月三十日

※八字推命學乃依陰曆而此表所列期間月份爲國曆，故最好所準備之萬年曆，俱有陰曆及國曆對照較方便。

5. 出生時辰推測、判別法：

常有許多人對於出生的時辰，記不清楚或不能確定。如大概是日落中或點燈酉、天約亮…等，實況不詳時，可依後三種方法來參考判斷。

(1)寅申巳亥時：男三六九胎，女一四七胎。髮旋一個偏右。喜好側睡。

(2)子午卯酉時：男一四七胎，女二五八胎。髮旋一個正中或偏左。喜好仰睡。

(3)辰戌丑未時：男二五八胎，女三六九胎。髮旋兩個。喜好側睡。

三、如何起年柱和日柱？

排年柱和排日柱，應該謂之查年柱、查日柱，只要手中有本萬年曆，立刻可迅速查出生年的干支及出生日的干支，則此二柱即可排成。雖然很簡單容易，但一定注意日的重要性，它可能影響到年及月的正確性。因立春爲年的交界點，節氣爲月的交界點，且一年的開始並非正月一日，每月的開始亦非該月一日，初學者此觀念必須清晰，絕不可混淆。因此從萬年曆中查出日干支的同時，則必須視節氣如何？而決定年及月。今舉例如後：

例一：農曆五十年十二月二十三日。

※查爲丙寅日，小寒建丑爲十二月一日，立春建寅換年爲十二月三十日，故年柱辛丑（五十年），月柱辛丑（十二月），二十三日正介於小寒和立春之間，年不變月亦不變。

例二：農曆四十九年十二月二十日。

※查爲己巳日，立春建寅爲十九日，乃正月的開始，亦是新一年的開始，故四十九年十二月二十日，已算是五十年的正月，因此年柱爲辛丑，月柱爲庚寅。年改變月亦改變，相差十分之

大。

例三：農曆五十九年六月一日。

※查爲甲申日，五月三日芒種建午，六月五日小暑建未，而六月一日則介於芒種與小暑之間，故仍算五月。

例四：農曆六十六年九月二十八日。

※查爲庚午日，九月二十六立冬建亥，而九月二十八日乃立冬之後，故已算是十月份了。

例五：農曆六十八年正月八日申時。

※查爲壬寅日，正月八日酉時爲立春建寅，新一年正月的開始，而申時爲酉時之前，故仍算爲六十七年十二月，即戊午年乙丑月。細至時辰都得注意。

例六：農曆四十四年十二月二十四日卯時。

※查爲壬寅日，十二月二十四寅時立春建寅，新一年正月的開始，而卯時在寅時之後，故算四十五年正月，即丙申年庚寅月。

例七：農曆七十四年六月二十一日戌時。

※查爲戊寅日，六月二十一日亥時立秋建申，爲七月份的開始，然戌時在亥時之前，故仍算六月份。

例八：農曆三十九年三月二十日午時。

※查爲辛丑日，三月二十日巳時立春建巳，爲四月份的開始，然午時在巳時之後，故已算是四月份了。

特註：市面上的萬年曆大概可分爲新舊兩種型式。較新式的萬年曆，記載十分完備，包括陰曆、陽曆對照，年、月、日干支俱全，節氣、中氣、星期幾、西元年、諸年九星、太歲名…等，相當便利。另一種舊式的萬年曆，則較爲簡單如左表式：乃初一爲戊子日，十一日爲戊

五月小、戊子		
戌	初六癸巳　未正一刻七分	芒種
申	廿二己酉　辰初一刻	夏至

戌日，二十一日爲戊申日，初六癸巳日未時爲芒種，二十二日己酉日辰時爲夏至，五月小即表示五月份僅二十九日。然後依此表來推初八則爲乙未日，十五日爲壬寅日…等，如此推算自然較不方便，且容易算錯或疏忽。現今大概較少人使用，但知道其使用法，或許碰上時亦能派上用場。

四、如何安命宮？

安命宮有認爲是畫蛇添足，毫無意義；亦有認爲命宮之支和八字行運、吉凶禍福有莫大關係，宮干則不重要；更有主張命宮乃四柱推命上，最重要之宮，爲命運之竇，精神寄託之所，對人之貧賤、壽夭、富貴、愚賢等等，有著莫大的關係。誰是誰非？眞實意義如何？則得視個人研究的功夫及心得；但對於初學者則亦是不可缺乏的知識或常識。古傳安命宮法，乃逢卯安命，於手掌地支訣（如前面手掌圖），計月逆行從子向亥，計時順行從子向丑。今直接列表參考更速如左：

（安命宮速見表）

生月／生時	寅月	卯月	辰月	巳月	午月	未月	申月	酉月	戌月	亥月	子月	丑月
子	卯	寅	丑	子	亥	戌	酉	申	未	午	巳	辰
丑	寅	丑	子	亥	戌	酉	申	未	午	巳	辰	卯
寅	丑	子	亥	戌	酉	申	未	午	巳	辰	卯	寅
卯	子	亥	戌	酉	申	未	午	巳	辰	卯	寅	丑
辰	亥	戌	酉	申	未	午	巳	辰	卯	寅	丑	子
巳	戌	酉	申	未	午	巳	辰	卯	寅	丑	子	亥
午	酉	申	未	午	巳	辰	卯	寅	丑	子	亥	戌
未	申	未	午	巳	辰	卯	寅	丑	子	亥	戌	酉
申	未	午	巳	辰	卯	寅	丑	子	亥	戌	酉	申
酉	午	巳	辰	卯	寅	丑	子	亥	戌	酉	申	未
戌	巳	辰	卯	寅	丑	子	亥	戌	酉	申	未	午
亥	辰	卯	寅	丑	子	亥	戌	酉	申	未	午	巳

五、胎元推算法

胎元即受胎之月份，正常人之胎期爲十個月爲標準。但事實上，早產與晚產的情況，亦很常見之事，故亦僅具參考的意義罷了。但有時候，碰上並不怎麼特殊的八字，卻有相當輝煌的成就，或八字很明顯的凶厄背逆，卻也能平安無事。逢此而觀察其胎元所蘊藏之氣，往往卻具有相當大的影響作用和功能。如一八字取用神以火爲最佳，但火星卻不現於八字上，此種情形卻見其胎元中蘊含相當強烈之火，則對命造將產生十分有利的助益，甚可另立一柱爲五柱爲論命更眞。當然如前述有可能早產或晚產情形，若無特殊表徵於推命上時，僅參考即可。

胎元的推算法，依八字之月柱干支爲準，天干進一位，地支進三位，所得的干支組，即是胎元。如月柱干支爲甲戌，天干進一位爲乙，地支進三位爲丑，則乙丑爲胎元；如月柱干支爲庚寅，天干庚進一位爲辛，地支寅進三位爲巳，則辛巳即爲胎元；其餘均依此類推——以月柱干支爲準。另外尚有所謂的安小限及推算胎息，實無什麼意義及運用上的實效作用，故捨棄不談，眞正的畫蛇添足。另於此補充一下，命宮之支求得，而宮干則同樣依八字年柱爲準，以「五虎遁年起月法」而推算出。

六、小結

學習、運用「八字推命學」的最基本工作，即正確的排出四柱，並推算出命宮及胎元，以做爲推命論運的參考。今將本章整理、複習一下，排四柱的步驟、順序如左：

(1)確定正確的出生年、月、日、時。
(2)由萬年曆查出年柱及日柱干支組。
(3)依出生之日，確定年份及月份——注意立春爲年的交界點，節氣爲月的交界點。
(4)月份（支）確定後，依「五虎遁年起月法」而求得月柱干支組。

(5)確定時辰（支）後，依「五鼠遁日起時法」而求得時柱干支組——注意夏令時間及日光節約時間，以及早子時、夜子時之區別。時辰不明確時，可依胎數、睡姿、髮旋三法來做爲判別之參考。

(6)四柱排出後，依生月支及生時支而求得命宮支，依命宮地支以年柱天干爲準，而以「五虎遁年起月法」求得宮干，於是命宮干支組成。

(7)依月柱干支爲準，天干進一位，地支進三位，而求得胎元。

經過以上七道手續，即可正確的排出四柱、命宮及胎元。以下幾則排四柱實例供初學者參考，並試著去演練一番。

例一：農曆四十三年八月二十四日下午八點十分生。

例二：農曆四十五年十一月五日下午十一點二十分生。

例三：農曆四十七年十一月十四日下午六點出生。

㈠

年柱	甲午
月柱	癸酉
日柱	乙卯
時柱	甲戌
命宮	甲戌
胎元	甲子

㈡

年柱	丙申
月柱	己亥
日柱	丁未
時柱	壬子
命宮	甲午
胎元	庚寅

㈢

年柱	戊戌
月柱	甲子
日柱	乙酉
時柱	乙酉
命宮	庚申
胎元	乙卯

例四：農曆五十三年一月二十一日上午二點十分生。

例五：農曆六十三年九月十五日上午十一點二十五分生。

例六：農曆三十六年十二月二十日上午六點五分生。

(一)

年柱　甲辰
月柱　丙寅
日柱　壬子
時柱　辛丑
命宮　丙寅
胎元　丁巳

(二)

年柱　甲寅
月柱　甲戌
日柱　癸卯
時柱　戊午
命宮　丁丑
胎元　乙丑

(三)

年柱　丁亥
月柱　癸丑
日柱　甲寅
時柱　丁卯
命宮　癸丑
胎元　甲辰

3章 大運及流年排法

命、歲（流年）、運（大運）三者關係密不可分，乃相輔相成則佳，相左相逆則凶。命、歲、運綜合而主宰人生的一切吉、凶、禍、福、富、貴、貧、賤、壽、殀、愚、賢…等。命之良窳，可由四柱干支間的生尅制化、強弱、寒暖濕燥、格局、用神…等而推論出，但尚得視歲、運能否相輔相助？而方能發揮、發展，擁有美好的人生。命佳而運劣，即使王公貴侯、才智多能者，亦有志而難伸，多波折阻滯；命劣運佳，雖凡夫俗子亦能平安、健康、順利、如意；命劣運又背者，自是多災厄、霉咎、貧微、病弱、短壽或早殀…等等。

命好比汽車、機車、脚踏車，運好比高速公路、普通道路、羊腸小徑；自是汽車開上高速公路，奔馳暢行、快速無阻爲最佳，如此類推命和運，道理淺顯易懂。所謂的「馬有千里之行，無人不能奔馳；人有縱天之志，無運不能自通。」故有命三分，運七分之說；亦有主張命爲君、運爲臣，命論一世之榮枯，運言一時之休咎，此乃主張命七分，運三分。然無論如何，命和運乃一體之兩面，密切不可分離、相背；故四柱排定，緊接著就必須排出一生大運之行運，配合流年，方能命、歲、運合參，則一生盡在推論中。

一、大運起運法

首先依年柱天干屬陰或屬陽，而決定陽男順行、陽女逆行、陰男逆行、陰女順行；然依上述原則，視年干陰陽及命造男女，由出生之日順算至下月之節氣止或逆算至上月之節氣止，看總共爲幾日幾個時辰？三日折算一歲，一日折算四個月，一個時辰折算十天。再加上習慣上一出生即算一歲，則可得知某一命造從虛幾歲起大運。（常有人將大運視爲好運——自是外行人，大運乃論吉、論凶、論平或吉凶參半等）。

舉例：男命女命同爲四十三年八月二十四戌時出生。

(1)男命四十三年次爲甲午年，天干屬陽謂陽男，故必須順行，從出生日算至下月節氣（寒露始爲止，得十八日又五十天，（因九月十三日卯時寒露建戌之故）。三日折算一歲，以十八除三得六歲，出生即爲一歲，加上六歲爲七歲，八月二十四日加上五十天，則爲十月十四日，故虛七歲十月十四日起行大運，通常稱此男命造虛七歲起大運順行即可。

(2)女命四十三年次爲甲午年，天干屬陽謂陽女，故必須逆行，從出生日算至上月節氣（白露）起爲止，因本月節氣始於八月十二日未時（白露），得十一日又五十天。三日折算一歲，11除3得3歲餘2日，二日爲八個月，出生爲一歲加三歲爲四歲八月二十四日，再加八個月爲五歲四月二十四日，再加上五十天爲六月十四日，故爲虛五歲六月十四日起行大運，通常稱此女命造虛五歲起大運逆行即可。

又例：男命女命同爲乙巳年五月七日寅時出生。

(1)男命乙巳年爲陰男，故必須逆行，又五月七日卯時方爲芒種建午，差一時辰仍做四月論，從出生日逆算至四月六日丑時立夏建巳止，共得三十一日又十天，三日折算一歲，三十一除三得十歲餘一日，一日爲四個月，出生即爲一歲，加十歲爲十一歲五月七日，再加四個月又十天，則爲九月十七日，故爲虛十一歲九月十七日起行大運，通常稱此男命造虛十一歲起大運逆行即可。

(2)女命乙巳年爲陰女，故必須順行，又五月七日卯時爲芒種建午，順行正好得一個時辰爲十天，即五月十七日，故爲虛一歲五月十七日起行大運（出生後十天即開始行大運），通常稱此女命造虛一歲起大運順行即可。因寅時出生，尙差一時辰方芒種建午，故其月柱仍算四月份。

二、大運順逆排法

由前節所述，以年干陰陽來分陽男或陰男，陽女或陰女，再視出生日而決定順算或逆算至節氣，以求得幾歲數起行大運。大運一運管事五年，大運一柱（干支兩字）管事爲十年。同樣以年干陰陽來區別男女命造之順行或逆行，即爲大運排法。陽男陰女順排，陰男陽女逆排決定後，則依月柱干支字爲準，按照天干地支的順序，順排或逆排之。推命論運時，通常大運之行運以七柱爲標準，因大運一柱管事十年，且起大運歲數必在虛一歲或虛十二歲之間，故較重視前四柱，大體上已是四、五十歲間，乃人生最精華時期，凡工作、事業、家庭…等，應該要有所成就或基礎；後三柱再吉佳，恐較易生欲振乏力感之故。大運排法例左：

例一：男命陽曆四十三年八月二十四日戌時生。

		大運	
年柱	甲午	甲戌	7歲
月柱	癸酉	乙亥	17歲
日柱	己卯	丙子	27歲
時柱	甲戌	丁丑	37歲
		戊寅	47歲
命宮	甲戌	己卯	57歲
胎元	甲子	庚辰	67歲

※因屬陽男大運由月柱癸酉順排爲：甲戌、乙亥、丙子、丁丑、戊寅、己卯、庚辰等七柱，查虛七歲起行大運，故表示整體如上之大運順排法及各運柱歲數。

例二：女命農曆四十三年八月二十四日戌時生。

		大運	
年柱	甲午	壬申	5歲
月柱	癸酉	辛未	15歲
日柱	乙卯	庚午	25歲
時柱	甲戌	己巳	35歲
		戊辰	45歲
命宮	甲戌	丁卯	55歲
胎元	甲子	丙寅	65歲

※因屬陽女大運則由月柱癸酉逆排爲：壬申、辛未、乙巳、戊辰、丁卯、丙寅等七柱，查虛五歲即起行大運，故以上即爲命造大運逆排法及各運歲數狀況。

例三：男命五十四年五月七日寅時生。

		大運	
年柱	乙巳	庚11～15歲。	辰16～20歲。
月柱	辛巳	己21～25歲。	卯26～30歲。
日柱	辛卯	戊31～35歲。	寅36～40歲。
時柱	庚寅	丁41～45歲。	丑46～50歲。
		丙51～55歲。	子56～60歲。
命宮	丙戌	乙61～65歲。	亥66～70歲。
胎元	壬申	甲71～75歲。	戌76～80歲。

※因屬陰男大運則須從月柱辛巳逆排爲：庚辰、己卯、戊寅、丁丑、丙子、乙亥、甲戌等七柱，查虛十一歲起行大運，大運一運管五年，故大運排法較細密如上所示。

例四：女命五十四年五月七日寅時生。

		大運	
年柱	乙巳	壬1～5歲。	午6～10歲。
月柱	辛巳	癸11～15歲。	未16～20歲。
日柱	辛卯	甲21～25歲。	申26～30歲。
時柱	庚寅	乙31～35歲。	酉36～40歲。
		丙41～45歲。	戌46～50歲。
命宮	丙戌	丁51～55歲。	亥56～60歲。
胎元	壬申	戊61～65歲。	子66～70歲。

※因屬陰女大運則須從月柱辛巳順排爲：壬午、癸未、甲申、乙酉、丙戌、丁亥、戊子等七柱，查虛一歲起行大運，大運一運管事五年，一運即一天干字或一地支字之意，故大運排法較細密如上所示。

特註：關於大運排法，亦有主張「陽順陰逆，陰順陽逆」是錯誤、不合理，應該一律以月柱干支順排大運，不論陽男陰女或陰男陽女均如此。當然在此種理論、觀點下，起大運歲數之推算，亦同樣一律由出生日算至下月節氣。此種理論不等於陰陽不分，男女無別。所持大自然運行唯順無逆，即由今日↓明日↓後日順往前，絕不能由後日↓明日↓今日逆向行；正月過後二月方來，不可能二月過後正月才來；依自然法則，乃是進化而非復去，似乎蠻有道理，故主張行運一律順行，無所謂的「陽順陰逆，陰順陽逆」之分野。若此種理論是正確，可以成立的話，那麼推至最原點的天干地支，如甲乙俱屬木，爲何尙得區分成甲爲陽木，乙爲陰木呢？若行運無陰陽順逆之別，那甲木和乙木又有何差別及意義？而且行運爲何以月柱干支爲順逆行之標準？爲何不以年柱、日柱或時柱？自然法則雖往前進化爲事實，但如何將此事實來解釋爲什麼要將木分爲甲陽木、乙陰木、丙陽火、丁陰火…呢？爲什麼行運得以月柱干支來做排運依準呢？陰陽五行，陽生陰死，陽死陰生，陽順陰逆，陽逆陰順等等，乃我們藉以推命論運的原理、依據，此和自然法則似乎相似，但其實卻風馬牛不相及，何故？若以自然法則如何來判斷木是陰？是陽？何種木爲甲木或乙木？什麼樣的火叫做丙火或丁火？如何依自然法則來判斷何種何類之火謂之陽火、陰火？寒土、暖土、濕土、燥土又如何依自然法則來辨別？其餘金水亦然。又如五行相生中木生火，若依自然法則而言，木無火焚則木如何自生火？但在八字推命上日主火逢木，謂之得木生扶，木火謂之同黨；然依自然法則，事實上木就是木火就是火，兩種完全不同的物體或物質，絕無所謂木火同黨之說法。命理哲學和自然科學，畢竟兩碼事，似是而非，實不能相提並論，牽強附會於任一方。因此在命學上行運得視陰陽而論順行、逆行，絕對是此確無誤。通常我們可以找一對異性之雙胞胎，八字本命相同，然男女陰陽有別，二者行運必一順一逆的背道而馳，很容易就可以比較其事實，而得到明確的答案。

三、流年排法

時間由秒→分→時→日→月→年→世紀，永不停息的向前飛奔；人亦跟著時間的流逝中而誕生，亦隨著時間的前進中死亡。「八字推命學」乃根據人出生的年、月、日、時，換算干支排出四柱以推命，再依「陰順陽逆，陽順陰逆」來論行運；命之良窳，尙得視行運良窳，兩者合參方是眞正的人生歷程。行運即歲運，就是所謂的大運和流年，大運一運管事五年，大運一柱管事十年；流年管事爲一年，因時間一年接一年的流逝，故謂之流年。

光就行運而言，大運爲君，流年則爲臣，二者君臣關係十分密切，可能產生加乘作用，大吉大利；可能產生拮抗作用，大凶大厄。流年干支管事之年，通常稱爲當年太歲，每年流逝而干支亦跟著輪流轉換，即爲流年或稱遊行太歲，一般所謂的歲乃指的是流年。

若是甲子年出生之人，經過六十年一循環後，再逢甲子年則稱此年爲眞太歲，或叫轉趾煞；若大運干支、日柱干支或四柱干支等，逢流年干支而產生天尅地冲，則謂之征太歲。如今年爲甲子年，四柱干支或大運干支爲庚午，天尅地冲即爲征太歲。當一命造出生，尙未至起大運年歲之前，則須命、歲合參論吉凶，行大運起則得命、歲、運合參方是。流年——年之流逝，有固定的順序，即依周天六十甲子，按順序年年配以一組干支字。如今年甲子年，明年則爲乙丑年，後年則爲丙寅年，大後年則爲丁卯年…等按序輪流。

至於如何排流年？即以出生之年爲一歲，視此年干支字爲何？二歲則將一歲流年干支往後順移一位；如一歲爲甲子年，二歲則爲乙丑年，三歲則爲丙寅年……十歲則爲癸亥年，依此往下推而排出三十歲、四十六歲、六十二歲等等流年干支。爲求迅速簡單排出流年或尋出某歲數之流年干支，可利用前面出生年干支速推表，如左：

例如：甲君四十三年出生，甲年是爲一歲，六歲流年爲己亥，十三歲流年爲丙午，二十四歲流年爲丁巳，三十一歲流年爲甲子，三十八歲流年爲辛未，四十五歲流年爲戊寅，五十九歲流年爲壬辰，六十二歲流年爲乙未（六十年一循環，又從出生之甲午年起爲六十一歲……等，均可由表上迅速得知，故此表爲排流年最佳的方法，既迅速又方便，一表在手可省去許多記憶的時間，而且相當正確不易犯錯。

	3	4	5	0	1	2
1	甲子	甲戌	甲申	甲午	甲辰	甲寅
2	乙丑	乙亥	乙酉	乙未	乙巳	乙卯
3	丙寅	丙子	丙戌	丙申	丙午	丙辰
4	丁卯	丁丑	丁亥	丁酉	丁未	丁巳
5	戊辰	戊寅	戊子	戊戌	戊申	戊午
6	己巳	己卯	己丑	己亥	己酉	己未
7	庚午	庚辰	庚寅	庚子	庚戌	庚申
8	辛未	辛巳	辛卯	辛丑	辛亥	辛酉
9	壬申	壬午	壬辰	壬寅	壬子	壬戌
10	癸酉	癸未	癸巳	癸卯	癸丑	癸亥

四、小結

根據出生之年、月、日、時，排出四柱、命宮、胎元後，接下依年柱天干之陰陽，以及男女命造之別，按照「陽男順行陽女逆行，陰男逆行陰女順行」法則，由出生之日逆算至本月建之節氣始，順算至下月建之節氣前一時辰，而求得幾歲？幾月？幾十日？起行大運；再依「陽男順行陽女逆行，陰男逆行陰女順行」原理，以月柱干支字爲準，順行或逆行依序排大運行運之干支柱，習慣上大運之行運，通常是以七柱爲標準；最後就是排流年，以便於能夠命、歲、運合參，來推命論運。爲方便、迅速起見，可將大運及流年，使用表格來記載如左：

例一：男命四十三年八月二十四日戌時出生。

（大運行運表）

行運	甲	乙	丙	丁	戊	己	庚
年齡	7～11歲	17～21歲	27～31歲	37～41歲	47～51歲	57～61歲	67～71歲
行運	戌	亥	子	丑	寅	卯	辰
年齡	12～16歲	22～26歲	32～36歲	42～46歲	52～56歲	62～66歲	72～76歲

※查年柱爲甲午，乃屬陽男順行，由出生之日順算至下月節氣前一時辰止，得知爲虛七歲起行大運；月柱干支爲癸酉，以此類推行運干支七柱；甲午年爲一歲而排流年表。即詳如表列。

例二：女命四十三年八月二十四日戌時出生。

（流年明細表）

	3	4	5	0	1	2
1	甲子	甲戌	甲申	甲午	甲辰	甲寅
2	乙丑	乙亥	乙酉	乙未	乙巳	乙卯
3	丙寅	丙子	丙戌	丙申	丙午	丙辰
4	丁卯	丁丑	丁亥	丁酉	丁未	丁巳
5	戊辰	戊寅	戊子	戊戌	戊申	戊午
6	己巳	己卯	己丑	己亥	己酉	己未
7	庚午	庚辰	庚寅	庚子	庚戌	庚申
8	辛未	辛巳	辛卯	辛丑	辛亥	辛酉
9	壬申	壬午	壬辰	壬寅	壬子	壬戌
10	癸酉	癸未	癸巳	癸卯	癸丑	癸亥

（大運行運表）

行運	年齡	行運	年齡
壬	5～9歲	申	10～14歲
辛	15～19歲	未	20～24歲
庚	25～29歲	午	30～34歲
己	35～39歲	巳	40～44歲
戊	45～49歲	辰	50～54歲
丁	55～59歲	卯	60～64歲
丙	65～69歲	寅	70～74歲

※查年柱甲午，屬陽女逆行，由出生日逆算至本月節氣始止，得知爲虛五歲起大運；月柱干支癸酉，以此逆推行運七柱干支；甲午年爲一歲而排流年表。詳如表列。

（流年明細表）

2	1	0	5	4	3	
甲寅	甲辰	甲午	甲申	甲戌	甲子	1
乙卯	乙巳	乙未	乙酉	乙亥	乙丑	2
丙辰	丙午	丙申	丙戌	丙子	丙寅	3
丁巳	丁未	丁酉	丁亥	丁丑	丁卯	4
戊午	戊申	戊戌	戊子	戊寅	戊辰	5
己未	己酉	己亥	己丑	己卯	己巳	6
庚申	庚戌	庚子	庚寅	庚辰	庚午	7
辛酉	辛亥	辛丑	辛卯	辛巳	辛未	8
壬戌	壬子	壬寅	壬辰	壬午	壬申	9
癸亥	癸丑	癸卯	癸巳	癸未	癸酉	10

4章 長生十二運及納音五行十二運

一、陰陽順逆生死之辯

古命書所云：「陽生陰死，陽死陰生；陽順陰逆，陰順陽逆；陽主聚，以進爲進，故主順；陰主散，以退爲進，故主逆；陽之所生，即陰之所死，彼此交換，自然之運；陰陽生死之分，如母生子，子成而母老死，理之自然，循環順逆。」基於以上之論點，四柱排出後，依陽男陰女順行排大運，依陰男陽女逆行排大運；依日干陰陽而順行、逆行排出衰旺十二運；如甲木屬陽，長生於亥死於午，乙木屬陰，長生於午死於亥；丙火屬陽，長生於寅死於酉，丁火屬陰，長生於酉死於寅……等。

有人則認爲「陽生陰死，陽順陰逆」互換之說，不合乎自然運行的法則。因宇宙萬物，均順時序進行，如春→夏→秋→冬，正月→二月→三月，子時→丑時→卯時，昨日→今日→明日；而非倒時序逆行，反如冬→秋→夏→春，十二月→十一月→十月，亥時→戌時→酉時，明日→今日→昨日；有違時間之不可逆性。又夫之所生乃妻之所死，妻之所生乃夫之所死，此陰生陽死互換之理爲謬。木乃碳、氫、氧化合物，此三種元素乃由原子所構成，而每一原子則含有陰、陽二種電子，如何區分甲木爲陽、乙木爲陰呢？故認爲有違自然運行法則，不合乎自然科學邏輯。因此主張無「陽生陰死，陽順陰逆」之區分，一律得順行，包括行運、衰旺十二運。

就自然科學的觀點，自然宇宙萬物實順序進行，時間實無可逆性，夫生妻死，妻生夫死，更毫無道理。似乎具有相當的說服力、證據鑿鑿；然問題徵結在於，如何以科學的方法來區分爲什麼甲木屬陽、乙木屬陰？因木乃碳氫氧化合物，此三種元素細分成原子，原子中則含陰、陽兩種電子，故科學無法證明甲木爲陽，乙木爲陰；木就是木，陰陽俱全，無純陰或純陽；其餘五行：火、土、金、水亦然。既然五行陰陽俱全，無法分成純陰、純陽，那麼十天干有何意義和作用？何謂尅之有情？何謂尅之無情？

將自然科學代入命理哲學來解釋，實太牽強附會，純被二者間似是而非所惑。八字推命以日干爲主，來推論人一生之種種吉凶禍福…等，日干是甲、乙、丙、丁、戊、己、庚、辛、壬、癸其中之一——藉以探討四柱干支間的生尅制化、合會刑冲等等，而引申出該人之命和運，故得先設定甲木爲陽，乙木爲陰，丙火爲陽丁火爲陰…等，而演繹出一套推命學或理論，換句話說乃命理學運用一些自然法則來闡釋、引申以推命論運，而非自然法則之運行，爲推命論運之依據。

舉一實際的例子，十一月節氣大雪建子月。在台灣或許連合歡山、玉山都未必能見到霜，此又合乎自然法則嗎？此時期在高雄、屏東或許艷陽高照，熱帶地區更無四季之分，寒帶地區亦然；但節氣大雪建子月，推命仍得以天寒地凍，調候爲急爲先不是嗎？自然法則還得牽就命理學，節氣大雪天寒地凍，事實熱帶地區四季皆夏，換算經緯度後，依然得照子月論命，能因自然法則全年均以巳月、午月論命嗎？

因設定甲木爲陽，乙木爲陰，故甲長生於亥死於午，乙長生於午死於亥；自然法則下木自然無陰陽之分，且事實上有些樹木萬年長青，午亥月不死，申酉月不絕，此又如何以自然法則來解釋，凡木均長生於亥，均死於午呢？時間之不可逆性，相信誰也無法否定的自然定律？但陽順陰逆排大運之行運干支，乃依干支字順排或逆排，雖干支逆行排出大運，然視幾歲起大運，同樣依大運一運五年，一柱十年的將歲數順著加上去，而非逆著往後減，實也與時間不可逆的原則不相背逆。若說命學得完全依自然法則來解釋，那爲什麼大運逆順得依月柱干支爲準？就算一定得順行，那如何以自然法則來解釋此點呢？

如果硬要將八字推命學代入自然法則來解釋，那矛盾之處未免太多太多，何止陰陽生死順逆而已；五行生剋制化豈不更不合乎自然法則的邏輯性？如水生木合理嗎？木乃因種子或插枝，藉水之助而成長，並非木由水而產生；木剋土合理嗎？木不僅須水尚得須土方得以生長、茁壯，當然尚得日光及肥料等；金生水合理嗎？誰又見過水從金、銀、銅、鐵、錫⋯等分泌出來呢？木眞剋土嗎？河堤、海岸尚得造林以防止土壤的流失；火生土合理嗎？誰見過蠟燭、瓦斯燃燒後，跑出土來嗎？若無媒介物，木會自焚生火嗎？火在冬、秋、夏、春均能煮飯、燒菜，火爲何旺於夏呢？眞夏天煮飯火較旺而能節省時間嗎？如何以自然法則來證明土旺於四季？土旺木折，眞立春、立夏、立秋、立冬前約十八日內，所有樹木都得枯折嗎？

以上之說明很淺顯可知，八字推命學乃根據自然法則的一些現象、變化或原理，綜合、融會、引申，藉以建立起一套推命論運的理論；並非自然法則的運行，而產生了推命學。誠如前述設定甲木純陽，乙木純陰，子中藏癸水，丑中己癸辛，陽生陰死，陽順陰逆，土旺於四季，木剋土而生火，水生木而剋火，甲己五合土，寅亥六合木，木東金西，土爲中央⋯⋯等一套理論，藉以推命論運。似是而非，然實不關自然法則之運行的眞實性。

二、長生十二運

陽生陰死，陽死陰生；陽順陰逆，陽逆陰順；彼此互換，自然運行。宇宙萬物生旺死絕具有其一定的過程，泰極否來，否極泰來，生極而死，死極而生，旺極而絕，絕極而旺；週而復始，生旺死絕循環不息，新陳代謝。引申於人生發展的過程，可區分成長生、沐浴、冠帶…等十二運：(1)長生：猶如人之誕生，新生命的開始。(2)沐浴：人出生必沐浴以去垢。(3)冠帶：如人成長後而戴冠。(4)建祿：成人後則須謀生、立業、求功名。(5)帝旺：如人功成名就，最顛峯時期。(6)衰：人至顛峯後，必逐漸衰弱、衰退。(7)病：衰弱、衰退後，則病必伴隨而生。(8)死：病重久後必死。(9)墓：死後必然得入墓埋葬。(10)絕：人死入墓身體必腐爛而滅絕。(11)胎：滅絕後必再受大地之氣孕而成胎。(12)養：受胎後必吸收營養。——養分充足後必又是一新生命的誕生，又由長生、沐浴、冠帶……等，如此生旺死絕的循環不息，週而復始。

依長生歌訣：「甲木長生在亥，乙木長生在午，丙戊生於寅，丁己生於酉，庚金長生在巳，辛金長生在子，壬水生於申，癸水生於卯。陽干順行，陰干逆行。」即寅申巳亥五陽生之局，子午卯酉五陰生之局。今將十天干長生十二運列表速見如左：

（長生十二運表）

日干	長生	沐浴	冠帶	建祿	帝旺	衰	病	死	墓	絕	胎	養
甲	亥	子	丑	寅	卯	辰	巳	午	未	申	酉	戌
乙	午	巳	辰	卯	寅	丑	子	亥	戌	酉	申	未
丙	寅	卯	辰	巳	午	未	申	酉	戌	亥	子	丑
丁	酉	申	未	午	巳	辰	卯	寅	丑	子	亥	戌
戊	寅	卯	辰	巳	午	未	申	酉	戌	亥	子	丑
己	酉	申	未	午	巳	辰	卯	寅	丑	子	亥	戌
庚	巳	午	未	申	酉	戌	亥	子	丑	寅	卯	辰
辛	子	亥	戌	酉	申	未	午	巳	辰	卯	寅	丑
壬	申	酉	戌	亥	子	丑	寅	卯	辰	巳	午	未
癸	卯	寅	丑	子	亥	戌	酉	申	未	午	巳	辰

※右表以日干對照四柱地支，直閱即知十二運爲何？

例：

甲午　建祿
癸酉　長生
日主己卯　病
甲戌　養

己酉　絕
庚午　長生
日主乙卯　建祿
戊寅　帝旺

乙巳　死
壬午　病
日主辛酉　建祿
己亥　沐浴

三、納音五行十二運

六十花甲納音歌：甲子乙丑海中金，丙寅丁卯爐中火，戊辰己巳大林木，壬申癸酉劍鋒金，甲戌乙亥山頭火，丙子丁丑澗下水，戊寅己卯辰頭土……等（詳見前面納音歌全部內容）。因此可知甲子乙丑的納音五行爲金，丙寅丁卯的納音五行爲火，戊辰己巳的納音五行爲木，壬申癸酉的納音五行爲金，甲戌乙亥的納音五行爲火，丙子丁丑的納音五行爲水，戊寅己卯的納音五行爲土……等，類推出六十甲子的納音五行爲何？

又甲子乙丑的納音五行爲金，而金死於子，墓於丑；丙寅丁卯的納音五行爲火，而火長生於寅，敗（沐浴）於卯；戊辰己巳的納音五行爲木，而木衰於辰，病於巳；壬申癸酉的納音五行爲金，而金長生於申，旺於酉；甲戌乙亥納音五行爲火，而火墓於戌，絕於亥；丙子丁丑的納音五行爲水，而水旺於子，衰於丑；戊寅己卯的納音五行爲土，而土長生於寅，敗（沐浴）於卯……等，類推出六十甲子納音的十二運是：生、敗、冠、臨、旺、衰、病、死、墓、絕、胎、養。其中敗即沐浴，臨即建祿，因沐浴又名敗神，建祿亦稱臨官之故。今將納音五行十二運做成速見表如後：

（納音五行十二運表）

癸酉	壬申	辛未	庚午	己巳	戊辰	丁卯	丙寅	乙丑	甲子
金旺	金臨	土衰	土旺	木病	木衰	火敗	火生	金墓	金死
癸未	壬午	辛巳	庚辰	己卯	戊寅	丁丑	丙子	乙亥	甲戌
木墓	木死	金生	金養	土敗	土生	水衰	水旺	火絶	火養
癸巳	壬辰	辛卯	庚寅	己丑	戊子	丁亥	丙戌	乙酉	甲申
水絶	水墓	木旺	木臨	火養	火胎	土絶	土墓	水敗	水生
癸卯	壬寅	辛丑	庚子	己亥	戊戌	丁酉	丙申	乙未	甲午
金胎	金絶	土養	土胎	木生	木養	火死	火病	金冠	金敗
癸丑	壬子	辛亥	庚戌	己酉	戊申	丁未	丙午	乙巳	甲辰
木冠	木敗	金病	金衰	土死	土病	水絶	水胎	火臨	火冠
癸亥	壬戌	辛酉	庚申	己未	戊午	丁巳	丙辰	乙卯	甲寅
水臨	水冠	木胎	木絶	火衰	火旺	土臨	土冠	水死	水病

5章　吉神凶煞

古來命學吉神凶煞，多如牛毛，不勝一一枚舉。子平推命學乃以用神爲主，次論格局，神煞則爲輔佐罷了。然吉神凶煞在推命論運時，往往扮演著相當的參考價値和意義。所謂的「貴命凶煞不近，賤命吉神不臨」，對於神煞既不能太過於重視，亦不可完全忽略、漠視。當論命時逢上難評的八字時，參酌吉神凶煞出現的狀況，實大有助益於下決斷，尋出條批論的正確途徑。因此，若能將吉神凶煞和命造八字，綜合探討、分析、鑑定吉凶，則必大爲提高推命論運的準確性。

就整體上而言，吉神凶煞的影響作用力，尙可以加以區分其層次和等級。有些吉凶十分應驗者，有些則吉凶預示不明顯者，有些僅應驗於女命，有些則僅適用於男命，另有一些乃可有可無的僅能當爲參考資料而已；當然諸多神煞中，難免有一些從古流傳至今的過程上，被加油添醋、渲染誇張或強加附會，甚至編造、歪曲事實，以訛傳訛終積非而成是。故不可太重視，亦不可太忽視，其理在此。仍得以子平推命學爲主，首論用神，次論格局、明喜忌、觀行運，而輔佐以神煞合參方是。今將較具有應驗性的神煞，詳述於後以供擇取運用和參考。

一、查神煞

吉神凶煞的查法，基本有四種方式：一以日干對照四柱地支字。二以年支對照其餘三柱地支字。三以月支對照天干及其餘三柱地支字。四以日支對照其餘三柱地支字。然後將所對照查出之神煞，塡於該柱之下。另外一種方式乃直接觀日柱干支、時柱干支及純天干字，即可查知神煞爲何？以此種方式求得者，多半爲吉神，甚至可引爲貴格來論命，先述如左：

1. 三奇貴：（三奇貴格）
(1) 天上三奇：甲戊庚；即甲日戊月庚年，或甲日庚月戊年。
(2) 人中三奇：壬癸辛；即壬日癸月辛年，或壬日辛月癸年。
(3) 地下三奇：乙丙丁；即乙日丙月丁年；或乙日丁月丙年。

2. 金神貴：（金神貴格）
(1) 日柱爲乙丑日，己巳日，癸酉日，月支爲火星方是，逢火運富貴大發。
(2) 時柱爲乙丑時，己巳時，癸酉時，且日干必是甲或己，月支爲火星方是，逢火運富貴大發。
※ 一生最忌諱見逢壬癸，金神原命火須強，逢水爲弊。

3. 魁罡貴：（魁罡貴格）
(1) 庚辰日、庚戌日爲魁罡，忌見官殺星，然天干有水星可制火，則格破又成格。
(2) 壬辰日、戊戌日爲魁罡，忌見財星，若財星見而被合住，則破格又成格。

4. 天赫貴：（天赫貴格）
◎凡春天戊寅日出生者，夏天甲午日出生者，秋天戊申日出生者，冬天甲子日出生者——依季節觀日柱方是。

5. 福星貴：（福星貴格）
◎凡日柱爲甲寅、乙亥、乙丑、丙子、丙戌、丁酉、戊申、己未、庚午、辛巳、壬辰、癸卯等

十二組干支字，謂之福星貴。（命局上無比劫星不入格）

根據以上所述的五種情況，而得知命帶吉神爲三奇、魁罡、金神、天赫、福星，更在合乎特定的條件下，可引爲三奇貴格、金神貴格、魁罡貴格、福星貴格來論命格，亦有稱之爲奇格。然福星貴的十二組干支中：戊申同秋天之天赫貴，壬辰則同魁罡貴，乙丑則同金神貴，很顯然在推命論運時，難免會產生模稜兩可之矛盾，故前曰神煞僅爲輔佐參考罷了。

（日干見地支表）

日干／神煞	天乙貴人	文昌	祿神	羊刃	紅艷	學士	流霞	飛刃	天財	金輿	截空
甲	丑未	巳	寅	卯	午申	亥	酉	酉	戊	辰	申酉
乙	子申	午	卯	寅	午申	午	戌	戌	己	巳	午未
丙	亥酉	申	巳	午	寅	寅	未	子	庚	未	辰巳
丁	戌酉	酉	午	未	未	酉	申	丑	辛	申	寅卯
戊	丑未	申	巳	午	辰	寅	巳	子	壬	未	子丑
己	子申	酉	午	未	辰	酉	午	丑	癸	申	申酉
庚	丑未	亥	申	酉	戌	巳	辰	卯	甲	戌	午未
辛	午寅	子	酉	戌	酉	子	卯	辰	乙	亥	辰巳
壬	卯巳	寅	亥	子	子	申	亥	午	丙	丑	寅卯
癸	卯巳	卯	子	丑	申	卯	寅	未	丁	寅	子丑

二、神煞速見表

1. 以日干對照四柱干支：

※凡偏財出現於天干即謂之天財。

※截空乃日干對照時支（如上表所示）方算，年支月支日支逢之則不做截空論。

2. 以年支對照其餘三柱（月、日、時）地支：

（年支見地支表）

神煞／年支	龍德	金匱	紅鸞	天狗	勿絞	歲破	破碎	大耗	五鬼	桃花	血刄
子	未	子	卯	戌	卯	午	午	午	辰	酉	戌
丑	申	酉	寅	亥	辰	未	未	未	巳	午	酉
寅	酉	午	丑	子	巳	申	申	申	午	卯	申
卯	戌	卯	子	丑	午	酉	酉	酉	未	子	未
辰	亥	子	亥	寅	未	戌	戌	戌	申	酉	午
巳	子	酉	戌	卯	申	亥	亥	亥	酉	午	巳
午	丑	午	酉	辰	酉	子	子	子	戌	卯	辰
未	寅	卯	申	巳	戌	丑	丑	丑	亥	子	卯
申	卯	子	未	午	亥	寅	寅	寅	子	酉	寅
酉	辰	酉	午	未	子	卯	卯	卯	丑	午	丑
戌	巳	午	巳	申	丑	辰	辰	辰	寅	卯	子
亥	午	卯	辰	酉	寅	巳	巳	巳	卯	子	亥

※金匱全名：金匱將星。

※五鬼全名：五鬼官符。

3. 以月支對照其餘天干地支：

（月支見天干地支表）

神煞＼月支	天德	月德	血刃
子	己	壬	午
丑	庚	庚	子
寅	丁	丙	丑
卯	申	甲	未
辰	壬	壬	寅
巳	辛	庚	申
午	辛	丙	卯
未	甲	甲	酉
申	癸	壬	辰
酉	寅	庚	戌
戌	丙	丙	巳
亥	乙	甲	亥

4. 以日支對照其餘三柱（年、月、時）地支：

（日支見地支表）

神煞＼日支	華蓋	將星	驛馬	桃花	血刃	孤辰	寡宿	亡神	喪門	隔角	劫煞
子	辰	子	寅	酉	戌	寅	戌	亥	寅	寅	巳
丑	丑	酉	亥	午	酉	寅	戌	申	卯	卯	寅
寅	戌	午	申	卯	申	巳	丑	巳	辰	辰	亥
卯	未	卯	巳	子	未	巳	丑	寅	巳	巳	申
辰	辰	子	寅	酉	午	巳	丑	亥	午	午	巳
巳	丑	酉	亥	午	巳	申	辰	申	未	未	寅
午	戌	午	申	卯	辰	申	辰	巳	申	申	亥
未	未	卯	巳	子	卯	申	辰	寅	酉	酉	申
申	辰	子	寅	酉	寅	亥	未	亥	戌	戌	巳
酉	丑	酉	亥	午	丑	亥	未	申	亥	亥	寅
戌	戌	午	申	卯	子	亥	未	巳	子	子	亥
亥	未	卯	巳	子	亥	寅	戌	寅	丑	丑	申

5. 補註：除前述外，尚有三個神煞較普通被人所運用、參考如左，均主聰明、出衆、拔萃之意謂：

(1) 六秀：戊子、丙子。日柱或時柱逢之，謂六秀。

(2) 進神：甲子、甲午、己卯、己酉。日柱或時柱逢之，謂進神。

(3) 十靈日：甲辰、乙亥、丙辰、丁酉、戊午、庚戌、庚寅、辛亥、壬寅、癸未等共十日。

6章　六甲空亡

天干有十：甲乙丙丁戊己庚辛壬癸，地支十二：子丑寅卯辰巳午未申酉戌亥。天干由甲開始，地支由子開始，按照干支順序，一干一支搭配爲一組干支字，十及十二的最小公倍數爲六十，故共可組合搭配成六十組干支字，週而復始，循環不息的用以記年、記月、記日、記時，即所謂的周天六十花甲子。六十除以十得六，也就是說六十甲子一循環，由甲爲首的十天干，將出現六次，每次爲一旬，故又稱爲六甲旬。

每旬天干十字配合地支十字，然地支一組爲十二個字，則多出兩個地支字，此二字即爲地支空亡，共有六甲旬，故亦謂之六甲空亡。即所謂的甲子旬中無戌亥，甲戌旬中無申酉，甲申旬中無午未，甲午旬中無辰巳，甲辰旬中無寅卯，甲寅旬中無子丑。爲求方便省去記憶，可將空亡字

（空亡速見表）

										空亡
甲子	乙丑	丙寅	丁卯	戊辰	己巳	庚午	辛未	壬申	癸酉	戌亥
甲戌	乙亥	丙子	丁丑	戊寅	己卯	庚辰	辛巳	壬午	癸未	申酉
甲申	乙酉	丙戌	丁亥	戊子	己丑	庚寅	辛卯	壬辰	癸巳	午未
甲午	乙未	丙申	丁酉	戊戌	己亥	庚子	辛丑	壬寅	癸卯	辰巳
甲辰	乙巳	丙午	丁未	戊申	己酉	庚戌	辛亥	壬子	癸丑	寅卯
甲寅	乙卯	丙辰	丁巳	戊午	己未	庚申	辛酉	壬戌	癸亥	子丑

列於流年明細表上，如前頁：

由表很清楚的可以看出：甲子旬中乙丑、丙寅、丁卯…等十組干支，其空亡爲戌亥；甲戌旬中乙亥、丙子、丁丑…等十組干支，其空亡爲申酉；甲申旬中乙酉、丙戌、丁亥…等十組干支，其空亡爲午未；其餘甲午旬、甲辰旬、甲寅旬，均可迅速由表而得知空亡爲何？

「空亡」二字，顧名思義，乃空洞、虛無、消失或滅亡之意。空亡字出現於年支時，謂之年柱空亡；出現於月支時，謂之月柱空亡；出現於日支時，謂之日柱空亡；出現於時支時，謂之時柱空亡。四柱中可能一柱、兩柱、三柱或四柱俱空亡，亦可能四柱均無空亡。至於如何而得知四柱中何柱逢空亡？

首先觀年柱干支屬於六甲旬中的那一旬？即知空亡爲那兩字，然後對照月支、日支、時支，看是否和此二字相同？若月支相同，則謂月柱逢空亡；若時支和日支和此二字相同，則謂日柱及時柱空亡，則謂日柱及時柱空亡；若無則不謂空亡。接著觀日柱干支屬於六甲旬中的那一旬？即可知空亡爲那兩字，然後對照干支、月支、時支，看是否有和此二字相同？若年支相同，則謂年柱空亡；若月支和時支和此二字相同，則謂之月柱空亡，時柱空亡；若全無相同，則不謂空亡。

簡言之：即以年柱和日柱干支爲準，對照其餘三柱地支，由空亡速見表立刻可得知何柱空亡？或全無空亡，舉例如左：

	(A)				(B)				(C)		
年	月	日	時	年	月	日	時	年	月	日	時
甲午	癸酉	己卯	甲戌	乙未	己卯	戊辰	己未	己酉	庚午	乙卯	己卯

(A)：年柱甲午空亡爲辰巳，其餘三地支酉卯戌，故無空亡。再觀日柱己卯在甲戌旬中，空亡爲申酉，其餘三地支午酉戌，酉爲空亡在月柱，故此命造乃月柱逢空亡。（月柱空亡）

(B)：年柱乙未在甲午旬中，空亡辰巳，其餘三地支卯辰未，辰爲空亡在日柱，故此命造日柱逢空亡；再觀日柱戊辰爲甲子旬中，空亡戌亥，其餘三地支卯未未，故無空亡。（日柱空亡）

(C)：年柱己酉爲卦辰旬中，空亡寅卯，其餘三地支午卯卯，卯爲空亡在日柱及時柱，故此命造日柱及時柱共二柱逢空亡。再觀日柱乙卯乃甲寅旬中，空亡子旬，其餘三地支酉午卯，故無空亡。（時柱及日柱空亡）

7章 配十神

陰陽五行（木火土金水）以十天干爲代表，則甲丙戊庚壬屬陽，乙丁己辛癸屬陰；以十二地支爲代表，則寅申巳亥辰戌屬陽，子午卯酉丑未屬陰。因八字推命學乃以日干爲主，而來探討日干與其他各干支間，陰陽五行生尅制化等等關係，進而從此種複雜關係，觀察、演繹、推論方得以預知命造一生的妻財子祿、吉凶禍福、富貴貧賤、壽殀…等，命和運之狀況。

日干在推命上，亦有稱之爲：日主、命主、日元、日神、天元等等，簡言之日干就代表命造本身——我的意思。以日干爲主來視其餘干支，依五行生尅關係則將產生：「生我」、「我生」、「尅我」、「我尅」、「同我」等五種狀況。如日干屬木，那麼生我者爲水，我生者爲火，尅我者爲金，我尅者爲土，同我者爲木。（日干五行類推之）

日干若爲木，必是陽甲木或陰乙木；生木者水，必是陽壬亥水或陰癸子水；尅木者金，必是陽庚申金或陰辛酉金；木尅者土，必是陽戊辰戌土或陰己丑未土；木生者火，必是陽丙巳火或陰丁午火；同木者木，必是陽甲寅木或陰乙卯木。（日干五行類推之）因此，將產生陽生陽、陰生陰，乃同性之生；陽生陰，陰生陽，乃異性之生；其餘我生、我尅、尅我、同我，均將出現陽對陽、陰對陰之同性關係，以及陰對陽、陽對陰之異性關係。

因此，以日干爲主來視其餘干支，本依五行生尅關係爲：我生、生我、我尅、尅我、同我五種狀況；然「生我」有同性之生及異性之生，「尅我」有同性之尅及異性之尅，「同我」有同性之同及異性之同……等，故由五種狀況變成十種狀況，爲明顯區別此十種狀況，是屬於同性關係或異性關係，而配以十種名稱（變通星），即所謂的配十神（十星）。詳述如左：

1. 「生我」者爲正印、偏印；同性之生：陽見陽，陰見陰，謂之偏印；異性之生：陽見陰，陰見陽，謂之正印。如：日干陽甲木逢陽壬亥水，陽見陽乃同性，故壬亥爲偏印；若逢陰癸子水，陽見陰乃異性，則癸子爲正印。再如日干陰乙木逢陽壬亥水，陰見陽乃異性，則壬亥爲正印；若逢陰癸子水，陰見陰乃同性，則癸子爲偏印。

2. 「我生」者爲傷官、食神；同性之生：陽見陽，陰見陰，謂之食神；異性之生：陽見陰，陰見陽，謂之傷官。如：日干陽甲木逢陽丙巳火，陽見陽乃同性，則丙巳爲食神；若逢陰丁午火，陽見陰乃異性，則丁午爲傷官。如：日干陰乙木逢陽丙巳火，陰見陽乃異性，則丙巳爲傷官；若逢陰丁午火，陰見陰乃同性，則丁午爲食神。

3. 「尅我」者爲正官、偏官；同性之尅：陽見陽，陰見陰，謂之偏官；異性之尅：陽見陰，陰見陽，謂之正官。如日干陽甲木逢陽庚申金，陽見陽乃同性，庚申則爲偏官；若逢陰辛酉金，陽見陰乃異性，則辛酉爲正官。再如日干陰乙木逢陽庚申金，陰見陽乃異性，則庚申爲正官；若逢陰辛酉金，陰見陰乃同性，則辛酉爲偏官。

4. 「我尅」者爲正財、偏財；同性之尅：陽見陽，陰見陰，謂之偏財；異性之尅：陽見陰，陰見陽，謂之正財。如日干陽甲木逢陽戊辰戌土，陽見陽爲同性，則戊辰戌爲偏財；若逢陰己丑未土，陽見陰爲異性，則己丑未爲正財。如日干陰乙木逢陽辰戌戊土，陰見陽爲異性，則戊辰戌爲正財；若逢陰己丑未土，陰見陰爲同性，則己丑未爲偏財。

5.「同我」者爲比肩、劫財；同性之同：陽見陽，陰見陰，謂之比肩；異性之同：陽見陰，陰見陽，謂之劫財。如日干陽甲木逢陽甲寅木，陽見陽爲同性，甲寅則爲比肩；若逢陰乙卯木，陽見陰爲異性，則乙卯爲劫財。再如日干陰乙木逢陽甲寅木，陰見陽爲異性，則甲寅爲劫財；若逢陰乙卯木，陰見陰爲同性，則乙卯爲比肩。

按照以上五種狀況的舉例及說明，將日干換成丙丁戊己庚辛壬癸，同樣可以配出十神（十星）。五行相生：木生火，火生土，土生金，金生水，水生木；五行相剋：木剋土，土剋水，水剋火，火剋金，金剋木；同理十神亦相生相剋如左述：

1.十神相生：正官、偏官生正印、偏印，正印、偏印生比肩、劫財（日主），比肩、劫財（日主）生食神、傷官，食神、傷官生正財、偏財，正財、偏財生正官、偏官。

2.十神相剋：正官、偏官剋比肩、劫財（日主），比肩、劫財（日主）剋正財、偏財，正財、偏財剋正印、偏印，正印、偏印剋食神、傷官，食神、傷官剋正官、偏官。

陰陽五行化出陰干、陽干、陰支、陽支，相生之間必是陰生陰，陽生陽，陰生陽，陽生陰等，同性之生和異性之生；相剋之間必是陰剋陰、陽剋陽、陰剋陽、陽剋陰等，同性之剋和異性之剋。根據異性相吸、同性相斥原理：同性之生，雖生而無情，異性之生，其生必有情；同性之剋，其剋必更無情，異性之剋，則雖剋而剋之有情。故十神相生相剋之間，亦有生之有情無情，剋之有情無情，同之有情無情之別。純針對日主而言，分述如左：

(1)正官剋日主爲剋之有情，正印生日主爲生之有情，劫財同日主爲同之有情，日主生傷官爲生之有情，日主剋正財爲剋之有情。（與日主爲異性之故）

(2)偏官尅日主爲尅之無情，偏印生日主爲生之無情，比肩同日主爲同之無情，日主生食神爲生之無情，日主尅偏財爲尅之無情。(與日主爲同性之故)

◎今特別製作十神速見表於後，以便於對照查閱◎

（天干十神速見表）

日主＼天干（十神）	甲	乙	丙	丁	戊	己	庚	辛	壬	癸
甲	比肩	劫財	食神	傷官	偏財	正財	偏官	正官	偏印	正印
乙	劫財	比肩	傷官	食神	正財	偏財	正官	偏官	正印	偏印
丙	偏印	正印	比肩	劫財	食神	傷官	偏財	正財	偏官	正官
丁	正印	偏印	劫財	比肩	傷官	食神	正財	偏財	正官	偏官
戊	偏官	正官	偏印	正印	比肩	劫財	食神	傷官	偏財	正財
己	正官	偏官	正印	偏印	劫財	比肩	傷官	食神	正財	偏財
庚	偏財	正財	偏官	正官	偏印	正印	比肩	劫財	食神	傷官
辛	正財	偏財	正官	偏官	正印	偏印	劫財	比肩	傷官	食神
壬	食神	傷官	偏財	正財	偏官	正官	偏印	正印	比肩	劫財
癸	傷官	食神	正財	偏財	正官	偏官	正印	偏印	劫財	比肩

（地支十神速見表）

日主＼地支	子	丑	寅	卯	辰	巳	午	未	申	酉	戌	亥
甲	正印	正財	比肩	劫財	偏財	食神	傷官	正財	偏官	正官	偏財	偏印
乙	偏印	偏財	劫財	比肩	正財	傷官	食神	偏財	正官	偏官	正財	正印
丙	正官	傷官	偏印	正印	食神	比肩	劫財	傷官	偏財	正財	食神	偏官
丁	偏官	食神	正印	偏印	傷官	劫財	比肩	食神	正財	偏財	傷官	正官
戊	正財	劫財	偏官	正官	比肩	偏印	正印	劫財	食神	傷官	比肩	偏財
己	偏財	比肩	正官	偏官	劫財	正印	偏印	比肩	傷官	食神	劫財	正財
庚	傷官	正印	偏財	正財	偏印	偏官	正官	正印	比肩	劫財	偏印	食神
辛	食神	偏印	正財	偏財	正印	正官	偏官	偏印	劫財	比肩	正印	傷官
壬	劫財	正官	食神	傷官	偏官	偏財	正財	正官	偏印	正印	偏官	比肩
癸	比肩	偏官	傷官	食神	正官	正財	偏財	偏官	正印	偏印	正官	劫財

因在取格局時，比肩劫財不爲格，故古來以財、官、印、食、傷、殺爲主，而稱之六神，亦即是十神（十星）並無特殊的意義。一般在運用上，偏官無制時謂之七殺，正印、偏印謂之印星，正財、偏財謂之財星，另官殺星、食傷星、比劫星等，均爲習慣性之用詞。

當一命造之四柱排出後，即可依日干爲主，而根據前面所述之種種，一一排出日干後其餘干支七字的變通星，即可以配十神。今舉例如後：

(A)
食神　癸卯　偏財
正印　戊午　七殺
日主　辛亥　傷官
偏印　己亥　傷官

(B)
比肩　丁酉　偏財
七殺　癸丑　食神
日主　丁亥　正官
偏財　辛亥　正官

(C)
偏印　丙申　食神
比肩　戊戌　比肩
日主　戊午　正印
食神　庚申　食神

(D)
比肩　丙戌　食神、正財、劫財
正財　辛丑　傷官、正官、正財
日主　丙申　偏財
食神　戊子　正官

許多書籍在爲命造干支配十神時，亦將地支所藏人元，同樣配以變通星，如(D)例般。因戌藏戊辛丁，丑藏己癸辛之故。戌及丑本氣爲土，作用力較大，故優先考慮、探討，並非完全摒棄藏干不論，而是應以明現者先論，以免複雜，只要牢記各支藏干爲何？必要時再求諸於地支所藏人元即可。

8章 排命順序—命式表製作

前面拉拉雜雜的敍述了一大堆，無非是運用「八字推命學」來推命論運的最基本知識和工作。換句話說，等於完成了推命論運前必須準備妥當的資料和依據。所謂「工欲善其事，必先利其器」；因此，前述之種種過程，必須能夠很明確、很完整、很清晰、很細膩的做成紀錄，妥善的記載於表。也就是說必須製作、設計出一十分實用、詳盡，而且相當省事方便的命式表。今以舉例方式來說明排命的順序，以及如何使用命式表。

例：男命農曆三十五年十二月五日零時二十五分出生。今年爲民國七十二年——癸亥年。

◎排命的順序以及命式表的運用如左：

1. 確定命造出生的年、月、日、時，是正確無誤——查有無涉及夏令時間或日光節約時間，尤其命造出生的時辰，更得注意早子時與夜子時之區別。

a. 於命式表上填寫命造姓名：張承先，男命寫乾造（女命爲坤造），然後寫上出生的年、月、日、時，註明農曆或國曆，以及早子時或夜子時。（見表列）

2. 查萬年曆三十五年十二月五日，此日干支爲乙亥；十二月十五日節氣大寒方建丑，故仍爲十一月管事，乃爲子月，年自然是三十五年，丙戌年管事。

b. 將乙亥日塡於表上，丙戌年塡於表上，月支及時支均塡上子字。

3. 年干爲丙，依「五虎遁年起月法」求得子月天干爲庚；日支爲乙，依「五鼠遁月起時法」求得子時天干爲丙。

c. 將月干庚及時干丙塡上，四柱即已排出：丙戌、庚子、乙亥、丙子。

4. 年干丙屬陽，陽男順行，由出生日（十二月五日子時）算至下月節氣止（十二月十五日巳時），共爲十日又五個時辰，乃三年五個月二十天，故必至三十九年四月二十五日，方正式起行大運。

d. 因習慣上出生即爲一歲，故虛五歲起大運，順行等塡於命式表上。

5. 以月柱庚子爲準，順行排出大運行運表，且由五歲起塡上大運行運年歲明細於表。

e. 天干由辛順排，地支由丑順排，即辛丑、壬寅、癸卯、甲辰、乙巳、丙午、丁未等七柱；由五歲起一運五歲，一柱十歲。（見表列）

6. 丙戌年爲一歲，排出流年表。

f. 詳見流年表上所排，而可知七十二年癸亥年，命造正爲三十八歲。

7. 命造的時支爲子，月支爲子，命宮速見表得知，宮支爲巳，依年干丙由「五虎遁年起月法」求得宮干爲癸。

g. 將命宮的干支癸巳，塡於命式表上。

8. 月庚進一位爲辛，月支子進三位爲卯，辛卯即爲胎元。

h. 將胎元辛巳，詳塡於命式表上。

9. 以日干乙爲主，查「長生十二運表」，而得知戌墓、子病，亥死。

i. 將墓、病、死、病之十二運，由年、月、日、時，逐一塡妥。

10. 日柱乙亥，查「納音五行十二運表」得知爲：火絕。
j. 將火絕之納音五行十二運塡於命式表上的日柱行內。
11. 年柱丙戌爲甲申旬，空亡午未；日柱乙亥爲甲戌旬，空亡申酉；四柱地支均未逢空亡。
k. 將空亡欄上，塡寫無。
12. 分別以日干乙對照四柱地支，以年支戌對照其餘三地支，以月支子對照其餘干支，以日支亥對照其餘三地支，查出神煞一一塡上命式表。
l. 將對照查得之神煞，年柱爲流霞及飛刃，月柱及時柱均爲天乙貴人和桃花，分別塡妥於命式表上。
13. 四柱干支間只有乙庚五合外，無其他合會刑冲。
m. 將乙庚五合塡於命式表上。
14. 以日干乙爲主，逐一對照其餘干支字的關係爲何？而得知變通星——配十神。
n. 日主爲乙木，見庚金爲正官，見丙火爲傷官，見戌土爲正財，見子水爲偏印，見亥水爲正印，一一配以十神於命式表上。
◎以上一一詳述之排命順序、過程，均列於左表上，乃運用「八字推命學」來推命論運的基礎部分。

（命式表）

姓名：張承先　乾造

出生日期	天	干	地	支	十二運	納音十二運	命帶貴人神煞
農35年	傷官	丙	戌	正財	墓		流霞、飛刃
12月	正官	庚	子	偏印	病		天乙貴人、桃花
5日	日主	乙	亥	正印	死	火　絕	
早子時	傷官	丙	子	偏印	病		天乙貴人、桃花

刑：

冲：

五合：乙庚

三合：

三會：

破：

日主：

格

虛5歲順行

運喜：

運忌：

空亡：無

行運	辛	壬	癸	甲	乙	丙	丁
年齡	5～9歲	15～19歲	25～29歲	35～39歲	45～49歲	55～59歲	65～69歲
行運	丑	寅	卯	辰	巳	午	未
年齡	10～14歲	20～24歲	30～34歲	40～44歲	50～54歲	60～64歲	70～74歲

命宮：癸巳

胎元：辛巳

	4	5	0	1	2	3
9	甲子	甲戌	甲申	甲午	甲辰	甲寅
10	乙丑	乙亥	乙酉	乙未	乙巳	乙卯
1	丙寅	丙子	丙戌	丙申	丙午	丙辰
2	丁卯	丁丑	丁亥	丁酉	丁未	丁巳
3	戊辰	戊寅	戊子	戊戌	戊申	戊午
4	己巳	己卯	己丑	己亥	己酉	己未
5	庚午	庚辰	庚寅	庚子	庚戌	庚申
6	辛未	辛巳	辛卯	辛丑	辛亥	辛酉
7	壬申	壬午	壬辰	壬寅	壬子	壬戌
8	癸酉	癸未	癸巳	癸卯	癸丑	癸亥
空亡	戌亥	申酉	午未	辰巳	寅卯	子丑

第二篇 八字基礎啓蒙(二)

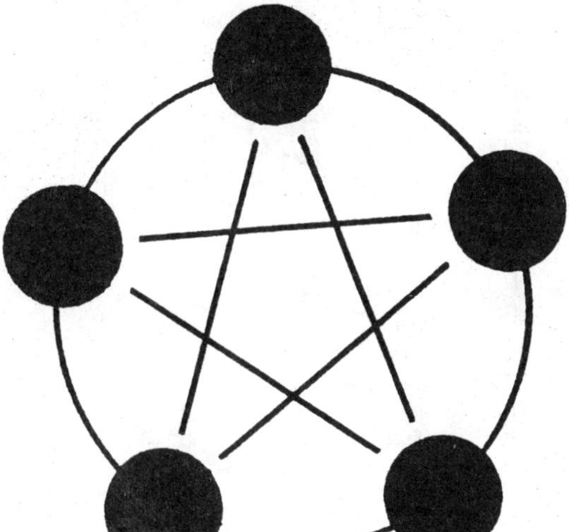

1章 天干地支註解

一、論天干

1. 天干五合：

甲己五合：中正之合。重信講義，安分守己。合化土。

乙庚五合：仁義之合。剛柔兼具，堅守義理。合化金。

丙辛五合：威嚴之合。智力優秀，儀表威嚴。合化水。

丁壬五合：仁壽之合。心善仁慈，命長多壽。合化木。

戊癸五合：多禮之合。循規蹈矩，禮節週到。合化火。

※甲己之合，亦有謂之「信合」；乙庚之合，亦有謂之「義合」；丙辛之合，亦有謂之「智合」；丁壬之合，亦有謂之「仁合」；戊癸之合，亦有謂之「禮合」以及「無情之合」。

2. 天干相尅：

(1) 天干相隔五位，謂之五合；而相隔四位，則謂之同性之尅——尅之無情。如甲戊相尅，乙己相尅，丙庚相尅，丁辛相尅…等。另異性之尅，則雖尅而尅之有情。如辛甲相尅，丙癸相尅，丁庚相尅，乙戊相尅…等，乃陰陽之異性相吸，故雖尅之尚有情。

(2) 吉神（天干若屬吉）逢冲尅者，不吉不利，倘被尅敗，則吉反變凶。如戊吉逢甲尅，木尅土且木勝土敗，自吉而變凶。

(3)凶神（天干若不吉）逢冲剋者，大吉大利，倘被剋敗，則凶反成吉。如戊凶逢甲剋，木剋土且木勝土敗，自凶而轉成吉。

※木剋土，然未必一定勝土，如土旺木反折；五行相剋俱同理，後面將有詳述。

3. 天干相連：

(1)天干二字連：雙重婚姻事，雙姓，兩個故鄉。所謂的兩丙兩庚俱壽短，兩庚兩甲兩故鄉，兩壬兩辛兩爹娘。

(2)天干三字連：所謂的三壬富不長。三戊子同鄉，別祖離家鄉。三己父母別，兄弟各一方。三丁多惡災，手足也自傷。三庚是才郎，萬里置田庄。三丙入火鄉，父母產中亡。三癸一亥火燒屋。三丁三辛切忌緣。

※以上天干二字連及三字連的歌訣，應該是屬於經驗之累積、統計而來。天干要出現二字連於四柱上的機會，相當常見，但絕不可就依此即論斷，必失之於偏頗，僅可當做參考的性質，則多少尚有些價值。

二、論地支

1. 地支六冲：

子午六冲：一身不安。　　寅申六冲：多情而敗。

辰戌六冲：剋親傷子。　　丑未六冲：凡事阻滯。

卯酉六冲：不重視親戚，勞苦憂愁多，樂趣少。

巳亥六冲：喜好助人，反多不利己。

年月支六冲：主背祖離鄉。

年日支六冲：主與六親不和睦。

年時支六冲：主與子女不和、不熱絡。

年支六冲日月時支：主易罹疾病。

日月支六冲：主與父母兄弟不和。

日時支六冲：主尅妻傷子息。

※以上亦僅能當成論命時之參考，有驗者及不應驗者，同樣絕不可就依以論斷，則反大失其價值性。

2. 地支相刑：

(1) 無恩之刑：即寅巳、巳申、寅申三刑。四柱帶有此刑，主其人性情較爲冷酷、寡情、薄義，易遭人陷害及惡事發生，常常會忘恩負義，翻臉無情。女性逢有此刑者，多半較易損孕。

(2) 持勢之刑：即未戌、丑戌、丑未三刑。四柱帶有此刑者，主其人性格較爲急躁，過於猛進，剛毅自負，自信太過而易遭挫折及易罹災禍。女性有此刑者，則多半較易陷於孤獨或孤寡。

(3) 無禮之刑：即子刑卯，卯刑子。乃刑中最凶厄者，主不孝不悌，相妬不睦，尅損六親，不知禮節、禮貌。女性帶有此刑者，多半與翁姑不和，而且較易損孕。

(4) 自刑之刑：即辰辰、午午、酉酉、亥亥刑。四柱帶有此刑者，主較缺乏獨立心，固執己見，思慮淺薄欠週詳，做事有始無終，依賴心重，四柱現二組自刑之刑，則其凶兆更為明顯。

※地支相刑除了現於四柱上時，可依所述參考以論命外，同時行運逢有以上地支相刑，亦具有相當凶兆之意謂。如本命上見戌字，大運逢未字，歲運（流年）逢丑字，則命、歲、運合參，正好成了丑未戌循環三刑，若刑冲入本限時，恐災厄難逃。

2章 日主與墓庫餘氣註解

『日主』又稱之爲：命主、日元、日神、天元、身主、身…等，也就是日干字。八字推命學，即是以日柱的天干爲主，其餘各干支爲輔，來推論日干與其他干支間，陰陽五行的生尅制化關係，進而從這些種種複雜的關係，來探討、推論出整個命造的一切種種。

八字推命學就是以命造的日主，來綜合研討全盤和日主的生尅制化關係，據以推命論運。此日主即代表命造本身，也就是「我」的意思。日主即是日干，也就是「我」，指的就是「命造」之意。

十天干：甲乙丙丁戊己庚辛壬癸，日干則必定是十天干中的一字，它可能是甲、是乙、是丙、是丁……等，故日干若爲甲，則曰：日主甲木（陽甲木）；若日干爲乙，則曰：日主乙木（陰乙木），丙丁戊己…類推。因此，推命即以日主甲木，日主丙火，日主辛金，日主癸水……等爲開始來推論人生命和運之種種。

綜之：八字推命學，就是以日主爲中心、爲主題，來推論其和其他干支間的陰陽五行生尅制化關係，配置結構狀況、型態。然後綜合探討，研判日主（命造）之強、弱、寒、暖、濕、燥、用神、喜忌神、格局、大運、流年……等等，對日主之種種影響作用、關係如何？進而引申出命造一生的吉、凶、福、禍、富、貴、貧、賤、壽、殀……等命和運。

「餘氣」：寅卯辰、巳午未、申酉戌、亥子丑等三會成木方、火方、金方、水方。以寅卯辰三會木方爲例，很顯然三會木方而木最旺，而辰土乃立夏前約十八日，土最旺之季，由辰土管事，寅卯木本最旺，至辰反土管事而木只剩餘氣了，故辰中藏戊、乙、癸，木已非最旺只藏於其中，辰乃木之餘氣。類推而知：未乃火之餘氣，戌乃金之餘氣，丑乃水之餘氣。

「墓庫」：如餘氣所述之例，辰爲木之餘氣，辰中藏戊、乙、癸，土最旺，木屬餘氣，而尚含有癸水，故辰爲水之墓庫。另未中藏己、丁、乙，未乃火之餘氣，而尚含乙木，故未爲木之墓庫；類推而知：戌爲火之墓庫，丑爲金之墓庫。

四柱有根方能承受財官食傷，而墓庫、餘氣其根雖輕，然有天干得一比肩，尚不如地支得一墓庫或餘氣，故亦不忽視其對於整個命局之影響力。速記墓庫、餘氣法：辰爲水庫木餘氣。未爲木庫火餘氣。戌爲火庫金餘氣。丑爲金庫水餘氣。

3章 長生十二運註解

1. 長生：猶如人之初生，其性本純善，且充滿喜悅，喜氣洋洋。故長生代表著：忠厚、溫和、斯文、善良、圓滿；人緣極佳，受人賞識、歡迎、提拔，容易平步青雲，扶搖直上；具有技術、才藝的天賦，學習能力很強；但卻不適宜當領導階層，乃是相當優秀的輔佐、企畫、幕僚人才，且較易能大有發揮的餘地。

2. 沐浴：人出生之後，必經過沐浴以去垢，方能淸除與生俱來之汚髒。故代表著：喜新厭舊，不太定性，較易受外界環境、人事的影響與左右，性格倔強，夫妻緣較易生變化，具有小風流、輕佻之性，經常更換工作、職業或住所。

3. 冠帶：古時必成長至十六歲，方可立冠戴帽，乃正式長大成人的開始。故冠帶代表著：名譽心、榮譽感旺盛，好勝不服輸，具有堅忍不拔之精神，好玩玩權弄術，擅於策略計謀，有工於心機之傾向。

4. 建祿：亦名臨官，意謂著長大成人須創業、謀生；古時則爲求取功名、官祿，而名建祿或臨官。故代表著：高潔、敦厚、聰明、成熟、圓滿、正大光明、獨立心旺盛，喜憑己力創業、出外謀生，不願繼承家產祖業。其性猶如正官，以薪水階級最適宜。且具有半世運之特性，乃中年以前，嚐盡艱辛困苦，中年以後則將相當幸福、享福；若中年以前富貴、幸福，則中年以後生活恐得陷於艱難苦戰中。

5.帝旺：創業求取功名，達於顛峯，其氣如帝王之旺勢。故代表著：生性自傲自負，恥居於人之下，霸道、過分自信、凡事獨斷獨行，寧爲雞頭不爲牛後，具有行吾大道之氣概，好勝好強，喜和人一爭長短，永不服輸與屈服，喜冒險投機性強，氣勢旺盛，並帶有強烈奢侈癖及佔有慾。

6.衰：物極必反，當顚峯期一過，必逐漸衰退、敗弱。故代表著：秉性敦厚，較欠缺積極性、決斷力，無雄心大志，生性較爲保守，不喜愛出鋒頭，寧可安穩、淸閒渡日，消極且競爭力不足。較適宜女性，心性保守、溫柔，侍奉公婆至爲孝順，多半爲賢妻良母的典型。

7.病：當衰弱、敗退之後，逐漸的由衰老而百病必至。其代表著：身體與精神較屬衰弱型，外表看起似乎不太健康，然並非眞的有病，反顯得外表較爲斯文，較不適合太過於心身交瘁之工作，而以一般事務爲佳。與雙親之緣分較爲淡薄，但相當富有同情心、人情味，喜以助人爲樂。

8.死：當衰老病弱之後，終必至於死的境地。其代表著：生性較爲急躁，欠缺決斷力，凡事猶豫不決，極端聰明，卻又喜愛鑽牛角尖，而自尋無謂的苦惱與困擾。夫妻緣分淡薄，極易產生變化而難白首偕老，而再婚者居多。

9.墓：病死後而入墓，乃必然之路。故代表著：個性內向，有些怪癖，不喜修飾外表，同胞手足間緣分較爲淡薄；墓乃收藏之際，故具有收集小物品的嗜好，一心一意想積蓄存錢者居多，宜打開胸襟，努力進取，則財運尙可言佳。與建祿同樣具有半世運的特性，即前半世愈幸運、富足，後半世則愈艱苦、貧困；而前半世較艱辛多困厄，則後半世愈幸運、享福。

10.絕：入墓之後，必逐漸腐爛而終至滅絕。故代表著：生性急躁，凡事三分鐘熱度，有頭無尾，喜新厭舊。個性衝動，欠缺深思遠慮，個性輕佻，易受人欺騙，易得意而忘形，常輕舉妄動而凡事挫敗，不安不穩的人生運，唯亦具有「絕處逢生」之機運。

11.胎：當滅絕之後，而受氣孕育成胎。故代表著：好奇心、研究心旺盛，擁有新生之靈魂，有新鮮感，有創意，富有幽默感，人情味，屬大智若愚型者，好運常見臨之幸運者，身體並非健康，然愈上年紀反愈形強健。女性逢之，多半較易生女——概率較高。

12.養：受胎後必須大量吸收、補給營養，方得以出生。故代表著：敦厚、擅於交際手腕，較無雄心壯志，滿足於現狀者居多；與生身父母之緣分較爲淡薄，常爲人養子女或入贅者居多；又養乃爲長生之入口，故只要努力進取，仍可獲得較高且大的成就。

天干之生旺死絕，以長生等十二運來表示，依「陽生陰死」、「陰生陽死」、「陽順陰逆」之原理，彼此互換，自然運行，循環不息，經過十二個階段，週而復始。八字推命學乃以日干爲主，故日干之十二運之運行，對於推命過程上實具有相當影響作用力，亦是很重要的一項依據。

十二運強弱區分如下：

強：帝旺、長生、建祿、冠帶。

中：養、胎、衰、病。

弱：沐浴、死、墓、絕。

4章　納音十二運註解

1. 生：如長生。代表著有理性，有德望，人格高尚、斯文，能步步高昇、發跡。健康且長壽之命。
2. 敗：如沐浴同。凡事極易半途而廢，有始無終，一生命運較呈波浪狀起伏，難獲大成就。
3. 冠：如冠帶同。運勢、聲望俱佳，人格圓滿，擅於交際手腕，多半具有先見之明。
4. 臨：如建祿同。代表敦厚、圓滿、高潔、聰明，人品極佳，獨立心旺盛之富貴命勢者。
5. 旺：如帝旺同。代表性格剛倔，毅力堅強，魄力十足，自我觀念重，人生運勢十分強旺。
6. 衰：如衰同。主秉性敦厚，怯懦，凡事消極畏縮，猜疑心重，好幻想，進取心不足。
7. 病：如病同。富有同情心，人情味，樂於助人，喜好藝術及閒靜生活。唯嫉妒心稍強些。
8. 死：如死同。主極端聰明，唯易迷失自我，常自尋苦惱。最宜往藝術及學問方面發展。
9. 墓：如墓同。主個性內向、保守、怪異。財運甚佳，故宜打開胸襟，努力進取。
10. 絕：如絕同。主凡事較易輕舉妄動，人生運勢不太安定，宜事事謹慎多留意，亦大有可能絕處而逢生。
11. 胎：如胎同。主好奇心、研究心旺盛，富人情味，幽默感，凡事講義理；唯較易見異思遷。
12. 養：如養同。主無依賴心，凡事認眞負責，講求實力主義者，事業運頗佳。

※納音五行十二運，可由第一篇之表中對照求知，於本書的運用時，只須查日柱之納音十二運即可，純爲判斷人之心性的綜合參考和依據，且多半較應驗於正格命造，對於變格八字只可

參考，容後逐一述及。

5章　命宮流年神煞（十二歲君）註解

（十二歲君速見表）

命宮＼流年	子	丑	寅	卯	辰	巳	午	未	申	酉	戌	亥
子	太歲	病符	天狗	福德	白虎	龍德	歲破	死符	五鬼	太陰	喪門	太陽
丑	太陽	太歲	病符	天狗	福德	白虎	龍德	歲破	死符	五鬼	太陰	喪門
寅	喪門	太陽	太歲	病符	天狗	福德	白虎	龍德	歲破	死符	五鬼	太陰
卯	太陰	喪門	太陽	太歲	病符	天狗	福德	白虎	龍德	歲破	死符	五鬼
辰	五鬼	太陰	喪門	太陽	太歲	病符	天狗	福德	白虎	龍德	歲破	死符
巳	死符	五鬼	太陰	喪門	太陽	太歲	病符	天狗	福德	白虎	龍德	歲破
午	歲破	死符	五鬼	太陰	喪門	太陽	太歲	病符	天狗	福德	白虎	龍德
未	龍德	歲破	死符	五鬼	太陰	喪門	太陽	太歲	病符	天狗	福德	白虎
申	白虎	龍德	歲破	死符	五鬼	太陰	喪門	太陽	太歲	病符	天狗	福德
酉	福德	白虎	龍德	歲破	死符	五鬼	太陰	喪門	太陽	太歲	病符	天狗
戌	天狗	福德	白虎	龍德	歲破	死符	五鬼	太陰	喪門	太陽	太歲	病符
亥	病符	天狗	福德	白虎	龍德	歲破	死符	五鬼	太陰	喪門	太陽	太歲

流年神煞共有十二位，每位神煞管一年之吉凶，故稱十二歲君。其中包括三吉、四凶、五大

凶。實爲八字推命學中的參考附帶作用，吉之歲君逢命中忌神之年仍論凶（吉作用不顯）；若逢喜用神之年，則吉上加吉；凶之歲君則永作凶論，純屬參考即可。以命宮地支對照流年地支，可由前表求知：

1. 太歲（凶）：太歲之年吉凶極端，所謂「太歲頭上坐，無喜便有禍」——參考即可，勿參加動工儀式爲要。

2. 太陽（吉）：太陽之年逢凶化吉，宜防人物之走失，亦有解釋爲：虛花不聚財，休管他人事，以免是非破財，並防家庭風波。

3. 喪門（凶）：喪門之年勿送葬探病觀喪禮，並宜防孝服臨身及破財事生。

4. 太陰（凶）：太陰之年防事有糾纏、仇恨風波，口舌是非，身體欠安，男性更宜防色情之憂。

5. 五鬼（大凶）：五鬼之年防陰邪破財，平地風波起，招小人是非，破財、官訟、牢災，凡事忍愼。

6. 死符（大凶）：死符之年防受傷、官刑、爭鬥、疾病、破財，勿送葬、觀喪禮。

7. 歲破（大凶）：歲破之年防破財、欠安、招災、破財痲煩事生，並注意火災、盜賊之厄。

8. 龍德（吉）：龍德之年主貴人多助，宜把握良機，大可發展事業。

9. 白虎（大凶）：白虎之年災劫強烈，防血光病難人口損傷，以及意外之災厄。

10. 福德（吉）：福德之年可得貴神助，財源廣進事業大發展。

11. 天狗（大凶）：天狗之年易招霉咎、口舌是非，防損傷之災，守安不遠行爲要。

12. 病符（凶）：病符之年身心愁悶病痛多，注意保養勿探病。

※犯太歲：1歲13歲25歲37歲49歲61歲73歲85歲。
　冲太歲：7歲19歲31歲43歲55歲67歲79歲91歲
※一般流傳上亦有以出生之年生肖，來論流年神煞，如子年生流年逢子爲犯太歲…等。

6章 神煞註解

1. 三奇貴：天上三奇甲戊庚，人中三奇壬癸辛，地下三奇乙丙丁。以天上三奇最佳，地下三奇次佳，人中三奇居三。乃世間最尊貴的福寶。凡命逢三奇貴，主人身強體健，精神超人，胸懷寬闊，博學多能，出將入相，勳業超羣，大富大貴，名震寰宇，出類拔萃，國家之棟樑。

2. 金神貴：英敏賢才，富貴蓋世，名聞寰宇；金神原命火須強，成格者必貴爲王侯；一生最忌壬癸水，月支須見火氣（星）方眞金神貴格。

3. 魁罡貴：智高膽大而氣粗，心思靈巧有潔癖，大富大貴之命，決斷力強，掌有生殺大權，博學多才，其性剛強，暗藏暴戾、殺伐之氣，乃吉凶表現極端之特殊星，故魁罡不可破格方佳。眞魁罡貴格成，運行身旺作文臣，大富貴格。男命魁罡破格，一生貧寒潦倒、波折多坎坷，且較富攻擊性、挑撥性及破壞性；女命魁罡破格，較易墮落風塵，命運多乖違、背逆。凡庚辰、庚戌、壬辰、戊戌等四日出生方是魁罡，年月時柱現則不算魁罡，得日柱魁罡，他柱再現才算是加強之意謂。

4. 福星貴：主名望高，博學多能，須日主身強方成將才，但有太過分自信傾向，反易遭敗；凡命帶福星貴，必身強或中和，方能顯其富貴、名望與權威，乃眞福星貴格。

5. 天赫貴：春戊寅日，夏甲午日，秋戊申日，冬甲子日出生者，即命帶天赫貴，也就是平常所謂的天赫日，凡事百無禁忌。主一生不犯牢災、官訟事，不逢凶災禍事，逢之亦轉凶爲吉，轉禍爲福，專解衆凶之大吉神。

6. 天德貴人：最安詳之大福星，主貴顯、仁慈、敏慧、溫和，一生福澤隆厚，無凶險災厄，專解衆凶，凡事逢凶必化吉，化險爲夷，如受神明護佑，多享福德。

7. 月德貴人：如同天德貴人般，乃安詳巨福、福壽雙全之大吉神。女命日柱天德及月德貴人俱現，則必定是賢淑善良之女性；命中天德及月德貴人多見，更是大福澤。

8. 天乙貴人：主聰明、外緣佳、人緣佳、擅交際，出入近貴。若與魁罡同柱，則氣質軒昂，義理分明，受人敬仰；與祿旺同柱則福力豐厚，善文詞，較爲清高。女命則不喜多見天乙貴人，反易流於交際婦女。

9. 將星：主領導能力特強，須命中官殺及印星得用，更能顯其權威，主掌大權；若命中財星得用，則主掌財政大權；故將星主文武兩相宜，武更勝於文，較易榮顯，然均以身旺方更明驗。

10. 金匱將星：將星再加上金匱，明顯的意謂著，乃錢財管理、處理能力特強，擅於理財的財務高手，易掌財政大權。商人實業家，最喜命中將星及金匱將星俱現，事業大爲有利。

11. 金輿：男命見之，主得妻助得妻財，然必須日支或財星爲喜用神，更驗。命帶金輿，利蔭六親，主男女均較易獲得良緣佳偶，或得較有財富之配偶，即配偶不錯，宜精挑細選，用心擇偶。

12. 華蓋：乃才藝之星，孤獨之星，命宜逢印綬且同柱更佳，定爲翰苑人才，勤學可成名；華蓋逢空亡，主聰明、清高之士。命帶華蓋星者，主其人具有文學、才藝、技術、音樂、美工、設計…等，屬於審美性的天賦才能。

13. 驛馬：命帶驛馬者，四柱須見財官方有利，所謂馬奔財鄉發如虎。其特性乃一生較奔波、忙碌、出差旅遊機會多，職業、工作及住所較常更換，心性較不定性。尤其驛馬逢冲或遇空亡，更主多變動，勞碌奔波，難以停息。若驛馬逢合，則駐足不動。

14. 羊刃：凡司刑之特殊星，要不冲不合，有制者吉。身弱印輕或財星過旺者，見羊刃反大吉大利。男命殺無刃不顯，刃無殺不威，殺刃雙全，非常人物其貴不可言喻。羊刃之性剛烈、暴戾、急躁、衝動。羊刃過多，易導致盲目或聾啞。男命多羊刃，易損妻或再婚；女命則多荒淫、遭惡死。另羊刃冲合歲君，主勃然禍至。

15. 文昌：文昌入命，主人聰明，逢凶化吉，文筆流暢表達力佳。

16. 學士：主文才出衆，擅於求學唸書。今日社會之學士，乃指大學畢業的資格。
※文昌與學士命中雙雙見之，較爲明驗於文筆佳，有利於求學、唸書。尤其八字上正官五合日主，命帶文昌學士者，多半是相當聰明的鬼才型人物，博學而廣且多才多藝，但未必一定學歷就高。

17. 紅艷：現於年柱及日柱方是，主浪漫不貞。古云多情多慾，衆人妻或路邊妓，官家女也偷情，不太實際，不合乎事實。大體上較富有浪漫之心性、氣質，尚可參酌。

18. 桃花：又名咸池。年月柱桃花，謂之牆內桃花，主夫妻恩愛；日時柱桃花，謂之外桃花，主人人可採。（未必可盡信之古說）桃花帶殺，酒色猖狂少禎祥。財官坐桃花，主福祿堪誇。桃花與驛馬同柱，主有淫奔不知恥。桃花和羊刃、帝旺同柱，主因色亡身。桃花忌刑合而喜空亡。天乙貴人加桃花，主聰明人緣佳，女性較易流於交際婦女。又子午卯酉，八字地支佔三字以上，為遍地桃花，荒淫到處人盡可夫。（參考即可）

19. 血刃：命帶血刃，尤其二位以上，主一生多半較易碰上意外、開刀、流血、住院等事件。

20. 劫煞：命帶劫煞，主是非破財事多；易罹患小腸、耳、咽喉之疾病；與天乙貴人同柱，有威嚴，巧於辦事；與七殺同柱易有災厄；與建祿同柱，主好酒如命。

21. 流霞：男犯流霞刀下死，女犯流霞盆上亡。男命多不驗，女命偏印與流霞同柱，多產厄——懷孕生產不順利，則十分應驗。

22. 亡神：命帶亡神者，主心地府城較深，較有心機，喜怒不太容易表露出來。

23. 孤辰：男命逢之易孤獨，早喪妻。尤其孤辰和華蓋星，日時二柱俱現，更為明顯。

24. 寡宿：女命逢之，六親緣薄，夫早喪。孤辰與寡宿若逢空亡，主少年時代多勞苦。

25. 隔角：即牢獄之災。命帶隔角，一生中易牽涉牢災、官訟之事，尤其男命十分的應驗。

26. 喪門：凡命帶喪門，主送葬探病不吉，儘量少去最佳。

27. 歲破破碎大耗：凡歲破、破碎、大耗三煞星，必同時出現於命上，均主一生中有破財多次之預示，亦是十分應驗，命上逢之則宜謹慎處理錢財之事，方可免破財之事發生。

28. 五鬼官符：主一生中甚易招惹小人是非，口角爭執，無故平地起風波，破財官訟事生，交友宜謹慎。

29. 勿絞：乃麻煩之星，主有麻煩事多，尤其現於日柱，夫妻、婚姻事多麻煩、不順利事叢生。

30. 天狗：現於日柱主有破相之虞，即臉上有割刮傷而留疤之意，不太應驗。
31. 紅鸞：主喜上加喜，吉上添吉。
32. 龍德：吉星降臨，逢凶化吉，亦主吉上添吉，其福力及解凶力約爲天德、月德貴人的一半。
33. 天財：主意外之財可獲，宛如天送來之財般。
34. 飛刃：主意外之災厄、橫禍、麻煩事等，不太應驗之凶煞。
35. 截空：現於日柱及時柱方算，主凡事多阻滯，不能順利進行，或多枝節旁生。

※以上諸吉神、凶煞於推命論運上，僅可當做一種輔助參考作用，其中有許多十分應驗，亦有不太靈驗者，絕不可喧賓奪主，以神煞爲主以論命；所謂命佳吉神多現，命歹凶煞常臨，乃命式判斷上很好的參考、比較資料和依據。

※倘能將各神煞妥當、貼切的運用於推命論運的過程上，往往亦能大增推斷的準確，故仍不可全然忽略、漠視，唯初學者最喜光憑神煞來推斷，如此乃本末倒置的學習方式，於此特別說明一下。

7章　十神註解

1. 正官：尅我者（日干），屬異性之尅，即陽尅陰，陰尅陽者，謂之正官。因異性相吸，故雖尅之而有情。亦可視之爲，對於日干屬善意之尅，好意的約束和管制。

正官顧名思義，乃正直光明的官。官者，管也。故正官之性質，猶如正人君子，循規蹈矩、奉公守法。表面而言，正官應屬吉神，能約束、管制日主，使之從善如流，仁慈爲懷。然正官過多或過旺，則對日干仍然尅害過甚，同樣大不利於日主。太過或不及，皆難言佳，以中庸適度最理想。因此，正官之爲利或爲弊，則須視日主之強弱而論斷。

日主屬強，當扶官；日主屬弱，則應扶日、抑官；均爲求中庸、均衡之理。凡舉正官太多太旺，則須以印星化之，食傷星制之，最忌財星生之；正官太弱太少，則反須以財星生之，而忌食傷星制之，印星化之。正官得月令（在月支），又透出天干爲旺，若再有財星生之更旺；倘正官不當月令，但干支俱現，亦爲旺；或僅在月支得令，亦可論旺；如干有支無，支有干無，且不在月支，則不言正官旺。以上綜合而論斷。

逢官看財，官衰倚財生，財多爲貴；官旺則不倚財，略見財星足矣。正官的作用在於：衞財、制比劫、拘身、生印。日主強：財弱喜官，比劫強更喜官，印弱亦喜官；日主弱：財旺忌官，印旺忌官，比劫強亦忌官。

2. 七殺：尅我者（日干），屬同性之尅，即陽尅陽，陰尅陰者，謂之七殺（偏官）。因由日干算起數至第七位，便是尅日干之同性之尅的偏官，故名又叫七殺。同性相斥，尅之必然激烈又無情。七殺專以攻身爲尙，旣剛暴又凶猛；對日主而言，深具尅害、威脅、壓迫。通常有制者謂之偏官，無制者謂之七殺。偏官，顧名思義，乃不正直、偏激的官。故其性質，必然較凶猛、剛暴、不正派，表面上而言，應屬凶神。然七殺駕御、控制得宜，可以做權威，造就出大富大貴命造。其之爲福爲禍，則全得視四柱干支間，陰陽五行配置的狀況而論斷。

日主強者，七殺可做威權爲喜，不宜制之；日主弱者，則須以食傷制之，印星化之，劫財或傷官合之。身強殺淺，喜財星生之；身弱殺重，喜印星化殺生身；身弱制殺太過，亦喜印制、化殺生身；身弱財星旺而生殺，則喜比劫制財抗殺。

日主強：最愛七殺，印輕亦愛七殺，印輕財重更愛七殺，比劫重尤愛七殺。日主弱：忌見七殺，印重財輕怕見七殺，倚賴比劫幫身亦怕見七殺。七殺作用在於：耗財、生印、攻身、制比劫。

3. 財星：即正財和偏財之總稱。我尅者，屬異性之尅，陽尅陰，陰尅陽者，謂之正財，因異性相吸，故雖被我尅，然我尅之我有情；我尅者，屬同性之尅，陽尅陽，陰尅陰者，謂之偏財，因屬同性相斥，故我尅之我無情。

財星乃養命之源，均須憑己力之進取、謀求而得，故被我所尅者爲財星。財星不論是正財或偏財，均不喜太多或太旺，亦不喜太少或太弱，均得視日主之強弱而定。凡日主強則當扶財星，日主弱則當扶日。財星能滋殺生官，以尅害日主，亦能壞印以弱日主，故財星之爲喜爲忌，則須與日主較量而下論斷。身強財旺無剋破者，其命也必佳；若財星太弱，則喜財星有源頭，即有食傷來生財星爲喜；倘財星旺已足夠，則反不喜財星再有源頭，即忌有食傷星來生財。身弱財旺反不佳，其命也必差；財旺則喜比劫奪財並幫身。財星的作用在於：生官、滋殺、洩食傷，壞印、制梟（偏印）。

4. 印星：即正印和偏印之總稱。生我者，屬異性之生，陽生陰，陰生陽者，因異性相吸，生之而有情，謂之正印；生我者，屬同性之生，陽生陽，陰生陰星，因同性相斥，生之而無情，謂之偏印。

正印者能剋制傷官以保護正官，故表面上而言，應可算爲吉神。而偏印者能剋倒食神，食神能制殺生財以存身，故表面上而言，偏印應算是爲凶神；偏印逢食神則謂之梟神，食神被偏印剋倒則謂之倒食。

印星之爲吉爲凶，則應以日主之強弱來判斷。日主弱，既喜正印來生扶，亦喜偏印來生助；日主強，則不僅忌正印來生扶，亦忌偏印來生助。日主強：而財官弱則怕印星；食神輕亦怕印星剋制之；倘印星旺則喜財星來壞印。日主弱：喜印星，則大忌財星來壞印。印星之作用在於：生身、洩官、化殺，制食傷。

5. 食傷：我生者，屬異性之生，陽生陰，陰生陽者，生之而有情，乃異性相吸，故謂之傷官。我生者，屬同性之生，陽生陽，陰生陰，生之而無情，乃同性相斥，故謂之食神。食傷星，當然指的是食神和傷官。

傷官顧名思義，乃傷害正官，而正官能約束、管制日主，使其能奉公守法，循規蹈矩，然卻被傷官所傷，則必然是放蕩不拘，不依法從事，多叛逆乖違，故表面上而言，傷官通常被視爲凶神。而食神能制七殺，七殺則以攻身爲尚，尅害日主嚴厲，能得食神以制之，人乃有福，故表面上而言，食神通常被視爲吉神。

然而食神和傷官之爲喜爲忌，仍得視日主之強弱方能下論斷。日主強而財官弱，則喜食傷星來洩日主爲佳；身強財輕，亦喜食傷生財並洩身；身強而官殺輕，則反忌食傷來尅制官殺星。日主弱，自大忌食傷星來洩氣使之更弱；日主弱而財星旺，更忌食傷星生財又洩日主之氣。食傷星作用在於：洩身、生財、制殺、尅官。

6. 比劫：同我者，屬異性之同，陽同陰，陰同陽者，因異性相吸，同之而有情，故謂之爲劫財。同我者，屬同性之同，陽同陽，陰同陰者，因同性相斥，同之而無情，故謂之比肩。比劫星，當然指的是比肩和劫財。

比劫星就是和日主爲同性、異性之同胞手足，故和日主乃比肩同步，日主強則忌比劫來幫身，日主弱則喜比劫星來比助；端視日主之強弱，來斷比劫星之喜忌。日主強：忌比劫星助身更強；財星弱，忌比劫奪財又幫身；官殺弱，亦忌比劫星來幫身抗官殺。日主弱：喜比劫星來助身強；財星旺，則喜比劫奪財幫身；官殺旺，亦喜比劫幫身以抗殺；食傷旺，印星無，勉強喜比劫星幫身，以任食傷之洩（比劫星將生食傷星之故）。比劫星的作用在於：幫身、抗殺、代洩、奪財。

※以上十神歸類成六部分來論述，此即有所謂六神之因；不論如何？十神之喜忌吉凶，完全決

定於日干之強弱，以及十神在命局上出現之狀況，綜合推論之。

8章 四柱與本限註解

「四柱」當然指的是年柱、月柱、日柱、時柱，每柱各由一天干字及一地支字，組合而成以管其事。乃根據人正確的出生年、月、日、時，換算而排出，總共爲八字，是推命論運，預知、探討人生命運的基本架構，故有稱之爲「八字推命學」或「四柱推命學」。

八字推命的整個過程上，自然是以日干爲主，來探討其和其餘干支間，陰陽五行生尅制化的關係以及命局干支出現之狀況、位置等等，所產生的種種影響作用如何？進而加以引申、演繹、推論以察日主之強弱，命局之寒暖濕燥，辨格局、取用神、明喜忌，最終而命、歲、運合參，人一生之種種歷程、過程盡在其中。

所謂「萬丈高樓平地起」，要廣泛去探討人一生的命和運，研究此浩瀚無邊的「八字推命學」，最基本的架構——年柱、月柱、日柱、時柱，勢必要深切的體會、瞭解其意義和作用。四柱它代表什麼？它能提供什麼？可當爲推命論運時的參考和運用。

在命學上，通常最喜歡將人和樹木來相比擬，如年柱好比樹之根，月柱好比樹之苗，日柱好比樹之花，時柱好比樹之果；四柱即根、苗、花、果的組合。根穩固則苗茁壯成枝幹，枝幹茁壯、茂盛則必能綻放出美麗的花朵，絢爛繽紛的花朵則自然能結出甜美的果實。

將以上所述代入四柱，運用實際推命上，可製作成左列一覽表，即可一目了然，四柱它代表著什麼意義？

（四柱終身一覽表）

四柱		天干	地支	六親宮	人生運	管事年歲
年柱	根	祖父	祖母	祖上宮	少年運	1歲～16歲
月柱	苗	父與兄	母與姊	父母手足宮	青年運	17歲～32歲
日柱	花	本人	夫妻	夫妻宮	中年運	33歲～48歲
時柱	果	子與弟	女與妹	子女宮	晚年運	49歲～64歲

從右表以觀，不難可體會、瞭解四柱——年柱、月柱、日柱、時柱，在人生命運種種歷程的探討、推論上，各有其所代表的特定人事，各俱有其所特定的含意，以及各皆有其特定的管事時期——運途及年歲等等，對於推命論運時，均扮演著相當舉足輕重的角色，實不可等閒以視之，更不能不有深切的認識和瞭解。

1. 年柱：乃人之根，所指的自然是祖父母，故謂之祖上宮。所管事年歲由一歲～十六歲，乃幼少年時期，即爲前運、早運。幼少年運之吉凶，當然牽涉出生家境的富貴、貧賤、好壞，也就是人的基礎運。年柱干支字，若爲命造之喜用神，則祖上必多餘蔭，或謂祖上富貴、名門望族，主出生家境必佳，能擁有一美好的幼少年時期；若年柱干支爲命造之忌神，則祖上必貧賤，祖蔭難靠，主出生家境必差，無法有一美好的幼少年運，隨家運背逆而跟著諸多不順。另依年柱干支之何爲喜忌？即可推斷年柱干支所代表六親與命造之親緣如何？

※命造之喜神、用神、忌神等，容後將逐一詳述之。

2. 月柱：乃人之苗，所指的自然是父母和同胞手足，故謂之父母手足宮。所管事年歲由十七歲～三十二歲，乃青年時期，即青年運。青年運之吉凶，當然牽涉及父母、兄姊與己身之運勢如何？依月柱干支字，視其爲命造之喜用神或仇忌神？而可推論父母兄弟姊妹的品質條件之優劣、運勢之吉凶，以及和命造之親緣如何？

通常在實際推命時，應以年柱及月柱干支合併參論，祖上及父母的品質條件、出生家境以及蔭親之有無；而月柱干支則可純推論同胞手足的品質條件之優劣，以及和命造的關係、緣分、互助力等等，應較爲貼切。當然，尚得合參命造之行運吉凶，則所推論必更爲精確、明驗。

3. 日柱：乃人之花，指的就是命造自身以及配偶，故謂之夫妻宮。日干乃命造自己，日支則爲配偶。同樣視日支爲命造之喜用神或仇忌神，而來推論配偶的品質條件之良窳——和命造相比較。配偶的品質條件佳，未必有助益力於命造；相反配偶品質條件差，未必就無助益於命造。日支之喜忌，純推論配偶之品質條件之良窳罷了，有無助益力，則得視配偶所代表之十神，是命造之所喜所忌而定。又日柱管事三十三歲～四十八歲，乃爲命造之中年時期，謂之中年運、壯年運或中運，亦是人生最精華的時段。故以日支之喜忌並合參行運吉凶，綜合以推論，此中年運勢之吉凶、良窳。

4. 時柱：乃人之果，指的就是命造之子女，故謂之子女宮。同樣依時柱干支字，視其爲命造之喜用神或仇忌神，來推斷子女品質條件之好壞、優劣如何？前表上：時干代表子和弟，時支代表女和妹。然於推命時，則多半以時干代表子女中之老大，時支代表子女中老二以下，較爲應驗。且可依時柱干支之何爲喜何爲忌？而推論子女中，個人之賢孝狀況如何？子女名及子女福如何？又時柱管事四十九歲～六十四歲，乃爲命造之晚年時期，故謂之老運或晚年運；同樣可依時柱干支喜忌以及合參行運吉凶，綜合以推論晚年運之優劣、良窳。

以日主之喜忌，而觀四柱干支之喜忌狀況，來推論四柱各所代表之六親的品質條件之良窳，並可藉以引申而知命造的家庭背景之優劣，親蔭之有無，以及同胞手足、夫妻婚姻、子女等親情骨肉等吉凶良窳狀況。同時，亦可得知人生四個階段的基本運勢之梗概。以上雖從簡說明，但實不難瞭解「四柱」各司之職，在推命論運過程中，確實具有舉足輕重的影響作用力及參考的價值性。

此外，尚不忽略了四柱所坐下之十二運如何？因年柱管事一歲～十六歲，月柱爲十七歲～三十二歲，日柱爲三十三歲～四十八歲，時柱爲四十九歲～六十四歲，即每柱管事十六年，而各柱坐下十二運是長生、帝旺、墓、死、絕……等，當然依十二運的強、中、弱，自將影響該柱所管事十六年中的運勢之強旺或衰弱。可將前面長生十二運強中弱之區分，代入於推論中，綜合而論斷運勢之吉凶強弱，此四柱所坐下之十二運，亦可稱之爲命中運。

至於，何謂「本限」？本限有何意義？由前述可知，四柱每柱各管事十六年，此管事之十六年，謂之一限。如年柱管事一歲～十六歲，命造十六歲之前的各年齡的本限，就是在年柱；如月柱管事十七歲～三十二歲，而命造年齡在十七歲～三十二歲之間時，則月柱爲其本限；如此類推之，每限十六年由年、月、日、時柱順推至六十四歲，再從頭由年柱開始，爲六十五歲～八十歲，月柱爲八十一歲~九十六歲，接下爲日柱、時柱等。

例如：甲今年四十一歲，則其本限在日柱；乙今年七十三歲，則其本限在年柱；丙今年爲二十六歲，則其本限在月柱。本限很容易求得而知，然其主要的意義或作用爲何？它在推命論運上，有時常扮演著相當重要的角色，不過俱屬於凶多吉少。

當命、歲、運合參時，推論的重點不外乎，觀三者間的刑冲尅合…等，產生之吉凶作用。如月支字午，乃命造之喜用神，而大運逢子，子來冲午自是大凶——喜用神逢冲且冲敗（水尅火）。若命造正好爲二十八歲，其本限在月柱，而大運子冲午，亦正冲月支，即冲入命造的本限，則其冲之凶厄更大，恐災禍難逃，嚴重則有生命之憂。若命造乃四十歲，此冲則不入本限，較易逃災。故推命論運時，亦不可忽視本限的問題。

9章 空亡註解

「空亡」顧名思義，空就是無、沒有、空洞之意；亡就是死亡、滅亡、敗盡之意；綜合空亡乃意謂著：虛無、消失、死亡。逢空亡就是本有而變無，吉則變凶，反凶則變吉。空亡的意義，本淺顯易懂，但未必人人均能適切的去運用於推命上。因爲空亡之論述太多，有基本的六甲空亡、四大空亡、截路空亡、日坐空亡（甲戌日、乙亥日）等。

理論上又有：木空則折，火空則發，土空則陷，金空則響，水空則流。有認爲空亡逢冲、逢刑、逢合，可以解空（空亡消失，不算空亡）；亦有主張空亡逢冲，無法解空反更加強空亡之凶兆；四柱有二柱以上逢空亡，一生無法大成就；逢合逢貴人可以解空等等。以下所列舉諸項，有關空亡論述，應較有可信度，可供參考應用：

1. 年柱空亡：主一生勞苦。年柱乃基礎運，逢空亡人生之基礎不穩固，勢必一生較辛勞是有道理的。
2. 月柱空亡：主兄弟緣薄。月柱乃兄弟姊妹宮之故。
3. 日柱空亡：主有婚破、離異，夫婦一方早喪者。日柱爲夫妻宮，逢空亡代表婚姻是虛無，易消失、滅亡或死亡之故。且日主乃命造本人，故日柱空亡最爲不吉不利。
4. 時柱空亡：主空泛子孫。因時柱爲子女宮之故，亦主多生女不生男之預示。
5. 三空致發：反富貴，且富貴辛苦。所謂三空致發，即年、月、時柱空亡，光獨日柱不能空亡，反有富貴之作用，唯富貴得來相當辛苦。

6.空亡逢合是可以解空；逢三奇貴、金神貴、魁罡、福星、天赫、天乙貴人、天德及月德貴人、將星及金匱將星，亦是可以解空。然吉神因解空而福力大爲減半，甚或消失；凶煞逢空亡，則其凶力亦跟著消失，然空亡作用尚有三四分力。此乃逢空亡，吉則減吉，凶則滅亡的緣故。

7.空亡逢冲是無法解空，反更增強空亡作用。如驛馬逢空亡又逢冲，則主勞苦奔波，忙碌終而客死他鄉之兆。

※接下所述乃十神逢空亡之解說，初學者可先跳過，容後詳述十神的意義及其所代表之種種人事物，再回觀方不致混淆或不知所以然。

8.正官逢空亡，無解救者，從政爲官，必不穩固，易失敗失權勢。男命逢之，主多生女少生男，或生男較不易帶養。女命正官逢空亡，則有再婚，早喪偶之兆；倘正官空亡又合入日主，則主多嫁多離之兆。

9.七殺逢空亡，而無解空者。從政爲官，必掌權力旁落，易失敗失權勢。男命七殺空亡，主不生女反多生男，生女較不易帶養。女命七殺空亡，則主夫緣差，易婚破、早喪偶；七殺空亡合入日柱，則主多嫁多離；若官殺混雜之女命，其一逢空亡，則尚有吉兆之可能。

10.偏財逢空亡，主父緣較差，且父壽短於母最驗，亦主財政權旁落，並非不擅於賺錢，乃平生身上少帶巨款，易有破財事，財來財去較不穩定，積財不易。男命則亦主妻較易病弱，或逢災厄事生。

11.正財逢空亡，主財來財去，易破財且聚財不易，亦有掌財權旁落之兆。男命正財逢空亡，主有婚變、再婚、早喪偶，太太多病弱或易罹不幸之災禍。

12. 正印逢空亡，主母緣差，母壽短於父，學術上難有大成就。偏印空亡亦同論，然層次上較不若正印空亡明顯。

13. 比劫星逢空亡，主同胞手足中有早喪者，或緣薄、不和睦；亦主事業合夥多不易成事，友人及手足俱無助益力。

14. 傷官空亡，女命易損子息，主多生女少生男或生男不易帶養，或子女中有比命造早喪者。男命則不若女命明顯。

15. 食神空亡，女命易損子息，主多男少生女或生女不易帶養，或子女中有比命造早喪者。男命則不若女命明顯。

10章 寒暖濕燥註解

五行、四時，有所謂的寒、暖、濕、燥者，當然是冬最寒，夏最暖，水最濕，火最燥。亦因此八字命局，同樣有寒、暖、濕、燥之別，即後面將述及的，以調候來取用神的依據。所以，對寒、暖、濕、燥等，必先有一明確的認識和觀念。

天干氣純且專，依五行分陰分陽，陽主剛猛、強健，陰主柔弱、輭韌，如此而已。如甲木，謂之純陽之木；乙木謂之純陰之木；丙火，謂之純陽之火；丁火，謂之純陰之火……等。又如甲木，體本堅固；丙火，其勢猛烈；戊土，固重既中且正；庚金，剛健最旺；丁火，柔中溫和；辛金，輭弱溫潤；癸水，性弱勢靜……等。

論命乃以日干爲主，不論其陰陽五行爲何？均得視其出生於何月令？爲論命的開始。而四時則細分成十二個月，以十二地支爲代表：春：寅、卯、辰，夏：巳午未，秋：申酉戌，冬：亥子丑。由地支藏干表知：寅藏甲、丙、戊，卯中獨乙木，辰中戊、乙、癸，巳藏丙、戊、庚，未中己、乙、丁，戌中……等，很顯然地支氣雜而不專，其爲燥爲濕，實得逐一研探、推敲。

1. 寅木：人元甲、丙、戊，因丙火居其中，故其甲爲燥木，戊爲燥土。
2. 卯木：人元獨乙木，純木無濕燥之分。
3. 辰土：人元戊、乙、癸，因癸水居其中，故其乙木爲濕木，戊土爲濕土。
4. 巳火：人元丙、戊、庚，因丙火居其中，故其戊土爲燥土，庚金爲燥金。

5. 午火：人元丁、己，因丁火居其中，故其己土爲燥土。
6. 未土：人元己、乙、丁，因丁火居其中，故其乙木爲燥木，己土爲燥土。
7. 申金：人元庚、壬、戊，因壬水居其中，故其庚金爲濕金，戊土爲濕土。
8. 酉金：人元獨辛金，純金無濕燥之分。
9. 戌土：人元戊、辛、丁，因丁火居其中，故其戊土爲燥土，辛金爲燥金。
10. 亥水：人元壬、甲，因壬水居其中，故其甲木爲濕木。
11. 子水：人元獨癸水，純水但水本就是濕的。
12. 丑土：人元己、癸、辛，因癸水居其中，故其己土爲濕土，辛金爲濕金。

由以上之分析可知，十二地支卯木及酉金無濕燥之分外，其餘(1)寅木、巳火、午火、未土、戌土等五地支屬燥。(2)亥水、子水、丑土、辰土、申金等五地支屬濕。而四時：春、夏、秋、冬，則以冬最寒，夏最暖，春秋則寒暖適中。

因此，在推命時：若命局逢水過旺而有氾濫成災之虞，則須見未、戌燥土方能制水；倘見辰、丑濕土，則非但無法止水，反有助長水勢，因辰爲水庫，丑爲水餘氣之故耳。若命局逢火過旺而炎熱自焚之憂，則須見丑、辰濕土方能洩火晦火；倘見未、戌燥土，則非但無法洩火晦火，反有助長火勢，實因戌爲火庫，未爲火餘氣之故耳。

凡命局必以中和爲貴，寒暖濕燥必調候至中和爲最佳，若命局爲炎燥，則宜潤澤爲喜；若命局爲寒濕，則宜暖燥爲喜。若日主不論其五行爲木火土金水中的那一種？如果其出生於夏月，炎熱至極，必定喜水以潤之；如果其出生於寒冬之月，酷寒冷極，必定喜火以溫暖之；如果其是出生於春、秋之月，則寒暖適中，最爲佳宜。

以上所述之種種，簡而言之，純爲求整個命局的寒、暖、濕、燥，達於中和爲貴，以及如何促使寒、暖、濕、燥，眞正達到中和的目的和方法？故必先明確認識，何爲寒、暖、濕、燥？方能實際運用於命局上，正確的去潤澤，去暖燥。

第三篇　八字推命初步

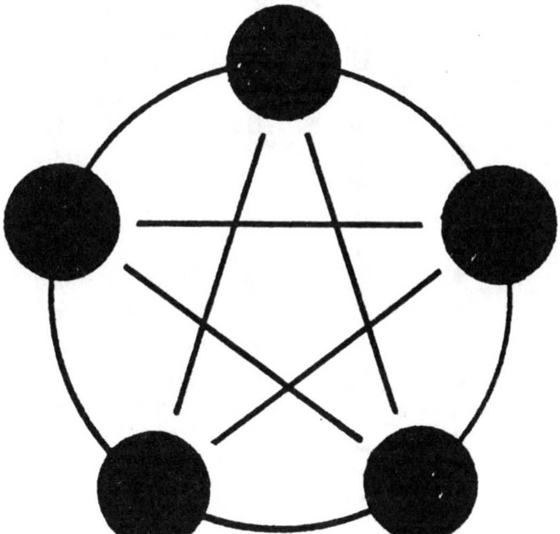

1章　五行四時喜忌

一、五行生剋制化

1. 木：木旺得金，方成棟樑；木賴水生，水多木漂；木能生火，火多木焚；木能剋土，土多木折；木弱逢金，必被砍折；強木得火，方化其頑。

2. 火：火旺得水，方成相濟；火賴木生，木多火熾；火能生土，土多火晦；火能剋金，金多火熄；火弱逢水，必被熄滅；強火得土，方止其焰。

3. 土：土旺得木，方能疏通；土賴火生，火多土焦；土能生金，金多土變；土能剋水，水多土流；土弱逢木，必被傾陷；強土得金，方制其壅。

4. 金：金旺得火，方成器皿；金賴土生，土多金埋；金能生水，水多金沈；金能剋木，木多金缺；金弱逢火，必被銷鎔；強金得水，方挫其鋒。

5. 水：水旺得土，方成池沼；水賴金生，金多水濁；水能生木，木多水縮；水能剋火，火多水蒸；水弱逢土，必被淤塞；強水得木，方泄其勢。

◎五行生剋制化，不外乎中庸之道，均衡之理，方得以相生相剋。故木能生火，火旺木自焚；木能剋土，土旺木反折；木賴水生，水多則木漂；木旺逢金成器皿，木弱逢金被砍折，強木逢火化其頑…等，五行木火土金水間，生剋制化原理俱同。

「八字推命學」即藉著四柱天干地支，所代表的五行之間，生尅制化關係，而取其中庸、均衡之理，以推命論運。因此，融會貫通五行生尅制化之理外，尚得明五行之喜忌及救助之法。

◎前述中五行如：強木乃木得月令且八字干支黨多；木旺乃木未必得月令但干支黨多；木多乃得時得勢；木弱乃失時失勢。此點後面將逐一論述。

二、五行喜忌救助法

1. 木：(1)木強喜火洩、金尅、土耗；木旺喜金尅、土耗、火洩；強者宜洩，旺者宜尅；均忌水生木助。

(2)木弱喜水生、木助；忌金尅、火洩、土耗。

(3)木見水多易漂：喜土制水，土少取火耗水；忌金生水，水助水勢。

(4)木見火多易焚：喜水制火，水少喜金生水，土洩火；忌木助火燃，火增火勢。

(5)木見土多易折：喜水生木，取木制土；忌火生土，土助土更旺。

(6)木見金多易斷：喜火制金，喜木助木，水洩金生木；忌土生金，金助金勢。

2. 火：(1)火強喜土洩、水尅、金耗；火旺喜水尅、土洩、金耗；強者宜洩，旺者宜尅；均忌木生火，火助火。

(2)火弱喜木生火，火助火；忌土洩、金耗、水尅。

(3)火見木多易燃：喜金制木，金少取土耗木生金；忌水生木，木再助木。

(4)火見土多易晦：喜金洩、木制，木少取水；忌火生土，土助土。

(5)火見金多易熄：喜木生火，火助火；忌土生金，金助金。
(6)火見水多易滅：喜土制水，取木洩水並生火，木土少則取火助火；忌金生水，水助水。

3.土：(1)土強喜金洩、木尅、水耗；土旺喜木尅、金洩、水耗；強者宜洩、旺者宜尅；均忌火生土，土助土。
(2)土弱喜火生土，土助土；忌木尅、金洩、水耗。
(3)土見火多易焦：喜水制火，水少取金生水並耗火；忌木生火，火助火。
(4)土見金多易變：喜火制金，火少取水洩金，取木生火；忌土生金，金助金。
(5)土見水多易流：喜土制水，火生土；忌金生水，水助水。
(6)土見木多易傾：喜金制木，火洩木生土，火金少則取土助土；忌水生木，木助木。

4.金：(1)金強喜水洩、火尅、木耗；金旺喜火尅、水洩、木耗；強者宜洩，旺者宜尅；均忌土生金，金助金。
(2)金弱喜土生金，金助金；忌水洩、火尅、木耗。
(3)金見土多易埋：喜木制土，木少取水生木耗土；忌火生土，土助土。
(4)金見水多易沈：喜土尅水，木洩水，火生土並耗水；忌金生水，水助水。
(5)金見木多易缺：喜土生金，金助金；忌水生木，木助木。
(6)金見火多易熔：喜水制火，土洩火並生金，水土少則取金助金；忌木生火，火助火。

5.水：(1)水強喜木洩、土尅、火耗；水旺喜土尅、木洩、火耗；強者宜洩、旺者宜尅；均忌金生水，水助水。

(2)水弱喜金生水，水助水；忌木洩、土尅、火耗。
(3)水見木多易縮：喜火洩木，金尅木並生水，金火少方取土；忌水生木，木助木。
(4)水見金多易濁：喜火制金，火少取木來生火耗金；忌土生金，金助金。
(5)水見火多易沸：喜金生水，水助水制火，金水少方取土洩火生金；忌木生火，火助火。
(6)水見土多易淤：喜木制土，金洩土並生水，金木少取水比助；忌火生土，土助土。

三、五行四時喜忌

1. 春天：

(1)春月之木：餘寒尚存，喜火來溫暖，方無盤屈之患；得水資扶，方有舒暢之美。春初不宜水過盛，陰濃濕重，則根枝枯損；亦不可無水，陽氣煩燥，則根葉乾枯；水火既濟方佳，土多則損力，土薄財可豐；忌逢金重尅傷，得木旺逢金爲良。

(2)春月之火：母旺子相，勢均力敵，宜木生扶，然不宜過旺，旺而火炎，欲水來既濟，仍不宜過多，多則火滅；土多晦光，火盛燥烈，見金方可施功，即使金重多現，財富方能如願。

(3)春月之土：其勢孤虛，喜火生扶，忌水氾濫，厭木過多，喜土比助；得金制木爲吉，金多則盜洩土氣亦非宜。

(4)春月之金：餘寒未盡，得火氣而榮貴；性柔體弱，宜得厚土輔佐；水氣增寒，銳鋒失勢；木旺損力，有反制之危，宜金比助土生扶，最爲佳妙，然無火氣，亦失之非良。

(5)春月之水：其勢滔滔，若再逢水助，必成崩堤氾濫之勢，宜土盛方無憂；喜金生扶，不宜金盛，欲火既濟，不宜火炎；見木而可施力，無土反愁散漫。

2. 夏天：

⑴夏月之木：根葉乾燥，必得水盛方成滋潤之功，忌火旺而招自焚之患；火宜薄不宜厚，厚重反生災咎；金忌其多，卻不可缺以削木；木見重重，徒成繁林，終無結果。

⑵夏月之火：乘旺秉權，逢水制可免自焚之憂；見木助必招夭折之患；逢金多必作良工，得土遂成稼穡；然土金雖美雖利，無水則土焦金燥，再加木助其勢力，必更易傾易危。

⑶夏月之土：其勢燥烈，得水滋潤爲功，忌火煆煉成焦；木助火炎，水尅無礙；金生水泛，妻財有益；逢土比助則阻滯不通，太過得又宜木尅方佳。

⑷夏月之金：尤爲柔弱，形質未備，更嫌死絕；火多不厭、金潤呈祥；見木助鬼（火）傷身，逢金扶持爲壯；土薄最佳，土厚反埋金光。

⑸夏月之水：執性歸源，時當涸際，欲得比助，喜金生助體，忌火旺涸乾；木盛反洩其氣，土旺則阻其流。

3. 秋天：

⑴秋月之木：形漸凋零，初秋火氣未除，尤喜水土相滋；仲秋果已成實，欲得剛金修削，霜降後不宜水盛，水盛木則漂；寒露後則喜火災，火災則木實；木盛有多材之美，土厚無任財之能。

⑵秋月之火：性自體休，得水生復明之慶，遇水尅難免滅之災；土重而晦其光，金多而傷其勢，火見木而光輝，重重叠見而有利。

(3)秋月之土：子旺母衰，金多而盜洩其氣，不盛須制伏純艮；火重重而不厭，水泛泛而非祥；得比助有利有益，至霜降不比助無妨。

(4)秋月之金：當權得令，逢火煅煉方成鍾鼎之材；土多培養，反生頑濁之氣，見水則精神愈秀，逢木則削斷施威；金助愈剛，遇剛易折，氣重愈旺，旺極反衰。

(5)秋月之水：母旺子相，表裏晶瑩；得金助則清純，逢土則混濁；火多則財盛，木重則身榮；重重見水，增其氾濫之憂，疊疊重土，始得清平之意。

4. 冬天：

(1)冬天之木：盤屈在地，水土多以培養，惡水盛而忘形，金縱多而尅伐無害，火重見而溫暖有功。歸根復命之時，木病安然輔助，必忌死絕之地，只宜生旺之方。

(2)冬天之火：體絕形亡，喜木生而有救，遇水尅以為殃，欲土制為榮，愛火比助為利，見金而難任財，無金則不遭磨折。

(3)冬天之土：外寒內溫，水旺財豐，金多子秀，火盛有榮，木多無咎，再加比助為佳，更喜身強有壽。

(4)冬天之金：形塞性冷，木多難施斧鑿之功，水盛未免沈潛之患。土能制水，則金不潛，金體不寒，火來助土，金土相助相扶，子母成功。喜比肩聚氣相扶，欲官印溫養為利。

(5)冬天之水：當權司令，逢火則增暖除寒，見土則形歲歸化，金多反致無義，木盛是謂有情。水流氾濫，賴土堤防，土重高亢，反成涸轍。

× × × ×

陰陽五行：木火土金水，以天干：甲乙丙丁戊己庚辛壬癸，以地支：子丑寅卯辰巳午未申酉戌亥等爲代表。而「八字推命學」則以日干爲主，來探討其餘干支字和日干的生尅制化關係以及其他種種因素、作用等等，方得以推命論運。然其最基礎的理論依據，即爲五行的生尅制化關係，五行喜忌救助原理，五行於四時之喜忌如何？所引申、演繹、推論的結果。因此，本章實爲研究「八字推命學」，必須具備的最基礎知識和理念，務必融會貫通，靈活運用純熟，方能更深入的去研習、領悟此門浩瀚無邊的大學問，並且積極運用於實際推論人生命運上。

換個方式而言，當知道某人的出生年、月、日、時，由第一章至第八章等於完成了此人的命式表——推命論運的最基本資料，接著即開始推命論運，一開頭得視日干爲何？月支爲何？若日干爲丙火，月支爲申金屬秋，即謂火命之人生於秋天——秋月之火如何？如何？此乃五行四時喜忌，就是從這裏開始推論起，若最基本的「秋月之火喜忌狀況」尚搞不清楚，自無往下推論的意義，故本章之重要性可想而知。

2章　天干五行四時喜忌

關於十天干所代表的陰陽五行，本書第一章已詳述及，在此自不用多加贅言。然「八字推命學」乃是以日干爲主，來探討日干與其餘干支間的生尅制化、刑冲合會……等關係和作用，而得以推論人生的命和運種種，故日干又稱之爲日主、日元、命主、天元…等，即代表命造自身——我的意思（本書使用日主稱謂）。因此，可以知道日干的重要性，乃八字推命論運的主角、主題。前章論述五行四時喜忌，光就五行而論其於四時之喜忌狀況，來區分五行之陰陽，爲求更精細推論，故必須進一步將十干支所代表的陰陽五行，併入於四時來探討其喜忌之狀況爲何？

×　×　×　×

一、甲木參天，脫胎要火，春不容金，秋不容土，火熾乘龍，水蕩騎虎，地潤天和，植立千古。

註：甲木乃純陽之木，形體堅固雄壯，枝葉繁茂有如參天之勢；生於春初，氣寒木嫩，須逢火而榮發；生於仲春，其勢強旺，反宜洩其菁英——乃強木逢火方化其頑；尅木以金，然金囚於春，衰金尅旺木，木堅反金缺實必然之象，故春不容金，木旺金囚則用金無益；生於秋季，木乃死令最衰最弱，枝葉凋零，根氣收斂　受尅者爲土，秋土旣虛且薄，無法培木之根，反洩其氣生金以尅木，且受木尅而自傾，故秋不容土，取土爲用無益；倘局中寅午戌三合火局，又午透丙丁，則洩氣太過，反火旺而木焚，故火熾宜乘龍——辰乃水庫、濕土，能生木洩火尅火，如甲辰即謂之乘龍；若局中申子辰三合水局，壬癸又透，則成水泛木漂，故水蕩騎

虎——甲寅是也，火土長生在寅，且甲木建祿在寅，自能納水氣，使不致漂浮。倘金不尅木，木不尅土，乃天和；若火不烈，土不燥，金不銳，水不狂，或火熾坐辰，水狂坐寅，乃地潤；地潤天和俱齊，自能植立千古永得長生矣。

二、乙木雖柔，刲羊解牛，懷丁抱丙，跨鳳乘猴，虛濕之地，騎馬亦憂，藤蘿繫甲，可春可秋。

註：乙木者，乃承甲木之氣，其性較為柔弱；生於春逢金尅則凋，喜火制金，見火而榮發；生於夏，喜見水潤地之燥，因水而滋生；生於秋，金旺更喜火尅金，因火而免於凋零；生於冬，天寒地凍，更喜火暖局，而得以續生；刲羊解牛，乃指乙未日、乙丑日或丑月、未月之意，未為木庫，可以蟠根，丑為水庫濕土，可以受氣；跨鳳乘猴，抱丙懷丁，指的乃生於申酉月或乙酉日，能得丙丁透出天干，有水而不爭尅，制化得宜，則不畏強金；虛濕之地，騎馬亦憂，指的乃生於亥子月，有水泛木漂之虞，四柱無丙丁且無未戌燥土，倘若年支見午，亦無法產生作用；如果天干甲透，地支藏寅時，於春得比助於秋得生扶，既堅且固，四季皆宜，故曰藤蘿繫甲，可春可秋。

三、丙火猛烈，欺霜侮雪，能煅庚金，逢辛反怯，土衆生慈，水猖顯節，馬虎犬鄉，甲來成滅。

註：丙乃純陽之火，其勢猛烈，能欺霜侮雪，具有除寒解凍之功；能煅煉尅伐庚之強金，卻懼辛金之柔弱，因丙辛五合反弱；土衆多必盜洩火氣，失其威猛之性，反親和；水旺猖狂而不懼，更顯其陽剛之性，反拮抗；虎馬犬鄉，乃寅午戌三合火局，若再逢甲木來生助，其火勢更炎，必導致焚滅——故必以己土卑濕之土，來收其元陽之氣，以洩其勢；必壬水剛中有德，方能制暴烈之火，以制其焰；癸水陰柔逢丙則乾，辛金柔見丙明合暗化水，故必以辛金來順

其性；戊土本燥，見丙則焦，庚金剛強，逢丙則成勢不兩立；丙火陽剛之性猛且烈，故不畏水尅；唯忌戊土，火炎土燥，萬物生機盡滅，最獨特之處。

四、丁火柔中，內性昭融，抱乙而孝，合仁而忠，旺而不烈，衰而不窮，如有嫡母可秋可冬。

註：丁火屬陰而性柔，既光明又溫和；乙木乃丁火之庶母，能使辛金不傷乙木，即抱乙而孝；壬水乃丁火之正官，然丁壬五合化木，不懼戊土尅壬水，即合仁而忠；丁火性柔，故旺而不烈，即使值衰弱之時，亦不會熄滅，皆因其性柔之故；倘天干甲乙木透出，雖生於秋亦不畏金；若寅卯木藏於地支，雖生於冬亦不忌水；此即如有嫡母可秋可冬之意。

五、戊土固重，既中且正，靜翕動闢，萬物司令，水潤物生，火熾物病，若在艮坤，怕冲宜靜。

註：戊爲陽土，其氣既固且重，居中得正。春夏氣動而闢則發生，秋冬氣靜而翕則收斂，故爲萬物之司令。生於春夏，火旺則宜水潤而萬物滋生；生於秋冬，水多則宜火暖而萬物化成。若在寅月，因春而受尅，若在申月，因秋而多洩，均乃氣虛體薄弱，故宜靜而怕冲，冲則其根動搖矣。

六、己土卑濕，中正蓄藏，不愁木盛，不畏水狂，火少火晦，金多金光，若要物旺，宜助宜幫。

註：己爲卑濕之土，能培木之根，能止水之泛，逢甲合而有情，見水則納而能蓄，故不愁木盛，不畏水狂；能洩火晦火，能潤金生金，然欲滋生萬物，則宜丙去卑濕之氣，戊土助其生長之力，故若要物旺，宜助宜幫。

七、庚金帶殺，剛健爲最，得水而清，得火而銳，土潤而生，土乾則脆，能贏甲兄，輸於乙妹。

註：庚金乃秋天肅殺之氣，最剛最健，逢壬水得以洩其剛健之氣，氣流暢而清；逢丁火可陶冶其

剛健本質，丁難敵庚，但可艮冶鍊以銳其鋒；若生於春夏逢辰丑濕土而生，逢未戌燥土反脆；能敵尅伐甲木，卻見乙木而相合有情。

八、辛金軟弱，溫潤而清，畏土之疊，樂水之盈，能扶社稷，能救生靈，熱者喜母，寒則喜丁。

註：辛爲陰金，其性溫和柔軟，逢戊己土多而埋之，見壬癸水反更秀；見丙而合，互爲輔佐，辛乃甲之正官，合丙而化水，使丙不焚甲，故爲能救生靈；生於夏而火多，己土爲辛之母，見己能晦火生金；生於冬水必旺，見丁火暖水而護金，故熱喜母，寒喜丁。

九、壬水通河，能洩金氣，剛中之德，周流不滯，通根透癸，冲天奔地，化則有情，從則相濟。

註：壬爲陽水，長生於申，故能洩西方金氣，周流漸進而不滯，乃剛中之德；若逢申子辰三合水局，癸水又透，其勢汜濫，即使有戊己之土，亦無法止其流，強制則恐反冲激而水患，必以甲木順洩其水之勢，方可免其冲奔；合丁而化木，且能生火，化之有情，生於巳午未月，柱中火土並旺，別無金水相助，火旺透干則從火，土旺透干則從土，亦爲相濟之功。

十、癸水至弱，達於天津，得龍而運，功化斯神，不愁火土，不論庚辛，合戊見火，化象斯眞。

註：癸乃純陰之水，其源雖長，然其性最弱，其勢最靜，能潤土以生金，發育萬物；其至弱之性，不愁火土，見多火即從化，不論逢庚金或辛金，弱水不能洩金之氣，金多反濁，皆因癸水之性弱且靜；見戊而合必賴柱中有火，陰極則陽生，戊土燥且厚，得丙火透而引出化神，乃爲眞化；然秋冬乃金水旺地，即使支見辰，干透丙丁，亦難從化。

× × × ×

以上乃十天干於四時的喜忌狀況，即所謂的日干四時體用，乃論命之大體；換個方式而言，這也就是命造本身的特性、特質，根據這些最基本的原理、依據或性質而加以引申、演繹，方得以運用於推命論運上。因此將日干四時體用做成如左之速見表：

（日干四時體用速見表）

四季／五行	十干	春天 季（寅卯辰）	夏天 季（巳午未）	秋天 季（申酉戌）	冬天 季（亥子丑）
木	甲乙	春木	夏木	秋木	冬木
火	丙丁	春火	夏火	秋火	冬火
土	戊己	春土	夏土	秋土	冬土
金	庚辛	春金	夏金	秋金	冬金
水	壬癸	春水	夏水	秋水	冬水

相信由右表即不難明瞭，本章及上一章所述，實屬連貫一體的，爲求更精簡、更平實易懂，特再將四時五行體用歸納如左：

春月之木：

1. 春月餘寒猶存，喜火來暖木，最佳；水旺爲最忌。
2. 木賴水生，命中少許水佳，寅月多水則大忌。
3. 辰月之木，其根易燥，多水及火者，乃大吉。
4. 土太旺爲凶，土薄方爲吉。
5. 金太旺多災厄，木過旺時，逢金則方言大吉。

夏月之木：

1. 其根燥，故逢水大吉，見火主大凶。
2. 土薄則論吉，土重反不吉不利。
3. 金多且旺則爲忌，無半點金亦爲忌。
4. 水最爲佳，金土次之，木多半論凶。

秋月之木：

1. 申月之木，火氣尙強，故水旺土旺皆主大吉。
2. 酉月之木，逢庚金最佳，辛金次之。
3. 霜降前，火旺爲佳；霜降後，水旺則忌。
4. 土厚最忌，土厚若逢水旺方適宜。

冬月之木：

1. 土多可培根，爲大吉。
2. 水多將腐根，爲大忌。
3. 金多或金少，均無吉凶。
4. 火多可暖木，亦爲大吉。

春月之火：

1. 木、火二者勢均者爲佳，木過旺則爲忌。
2. 水爲佳，但須適中，太旺反主凶。

3. 火過旺或土過旺，均爲忌。

4. 金多不忌，金旺更吉。

夏月之火：

1. 以水爲吉最佳。

2. 木可助火燃，爲凶。

3. 金可受火煉，亦主佳。

4. 土多洩火，亦相當吉利。

5. 土、金爲佳，但均須有水，反言大吉；無水或木多則反多災厄。

秋月之火：

1. 有木助火勢，主大吉；木重者更佳。

2. 水爲凶，有土制水，反又吉；光土多則亦爲凶。

3. 有火比助，亦主吉。

4. 有金來生水，金反帶來災厄，論凶。

冬月之火：

1. 冬月火弱，得木助大吉大利。

2. 水必爲大凶，有土制水反可言吉。

3. 火比助，自是大吉。

4. 金多生水，水易更旺，故主凶。

春月之土：

1. 得火生土，主大吉。

2. 木尅土，木多則主大凶。

3. 水不宜多見，水多亦主凶。

4. 得土比助，主吉。

5. 木旺逢金則爲吉；金多土洩氣，主凶。

夏月之土：

1. 夏月土燥，得水滋潤大吉大利。

2. 火生土，土必更燥，主大凶。

3. 木生火，多半以凶論。

4. 金可洩土並生水，故主吉。

5. 逢土比助，主凶；土比助而逢木則反吉。

秋月之土：

1. 金多洩土氣，主凶。木太旺，得金制木，反主吉。

2. 火多可生土，故主吉。

3. 水多主凶，若有土比助並制水，反爲吉。

4. 霜降之後，多不喜土助。

冬月之土：

1. 水旺主吉，金多生水，亦主吉。
2. 火旺可暖土，則主大吉利。
3. 木多生火亦主吉，得土比助亦是吉。

春月之金：

1. 金寒逢火，主大吉。
2. 得土生助，主大吉。
3. 逢水則主大凶。
4. 得金比助，主大吉，若見微火更佳宜。

夏月之金：

1. 火多主凶，若有水制火，方爲吉。
2. 木多生火，亦主凶厄。
3. 土薄，主吉；土厚埋金，反爲凶。
4. 逢金比助，亦主吉。

秋月之金：

1. 逢火煅煉，主大吉。
2. 土多生金，主大凶。
3. 水洩金氣，主大吉。
4. 逢金比助，亦主凶。

冬月之金：

1. 木多，金反受制，主凶。

2. 水旺盛，金洩氣更冷，主大凶。

3. 土可制水並生金，主大吉，再見微火，更佳宜。

4. 得金比助，亦主吉。

春月之水：

1. 逢水，必主大凶；若有土制水，方可言吉。

2. 薄金尙佳，但金旺生水，則爲大凶。

3. 木可生火，主大吉；但火若過旺，反不佳。

4. 土必不可缺，逢土多半以吉論。

夏月之水：

1. 得水比助，主大吉。

2. 得金生水，亦主大吉。

3. 火旺水蒸散，反主凶。

4. 木洩水氣，並且生火，故主凶。

5. 土過旺，水阻塞，亦主凶。

秋月之水：

1. 金多則水必清，主吉。

2. 土旺則水必濁，主凶。
3. 火多亦主吉，木可生火，木亦爲吉。
4. 水多反主凶，逢土制則反成吉。

冬月之水：

1. 逢火主大吉，木旺洩水且可生火，故亦主吉。
2. 土尅水，主不吉。
3. 金生水更旺，主凶。
4. 水比助亦主凶；若有土助反吉，但土不宜過旺。

3章　日主旺衰強弱判斷法

前已述及「八字推命學」乃以日干爲主，配合四柱干支間的五行生尅制化而論命。日干亦謂之日主、命主、日元、日神、身主、身⋯等等，就是我的意思，代表命造自身，當然指的就是人。以日干代表人，那麼日干的旺衰強弱，就等於人的旺衰強弱。而人的旺衰強弱，就好比智識之良窳，才能之高低，運勢之強旺或衰弱，精神之飽滿或萎靡，身強體健或體弱多病⋯⋯等，再再影響著、關係著人一生的吉凶禍福、富貴貧賤、事業前途；財富名利、婚姻家庭、父母子女⋯⋯等等。

因此，日主強弱旺衰的重要性、影響作用力，可想而知；實爲八字推命時，首要探討的重點，以及推命論運的最主要依據——如日主強者，宜尅宜耗宜洩；日主弱者，宜生扶宜比助。旺衰強弱判斷失誤，所推論之命和運，必全盤大錯大誤。而日主旺衰強弱的因素，則又是依據四柱五行之生尅制化而來的。所以，要判斷日主的旺衰強弱，則得視日主是否得時、得勢、得地或失時、失勢、失地？綜合研判後，方可下結論。

一、得時：日主生於祿旺之月，當令氣旺，謂之得時。如日干甲乙，生於春之寅卯月，月令爲日干當令之季；也就是說月令爲日干之旺或相時，即謂之得時爲強爲旺；換個方式而觀，凡月支之十神爲：比肩、劫財乃當令最旺，正印、偏印則乃相令次強，均謂之得時爲旺。

此外月令若爲日干的休、囚、死令等，則謂之失時爲衰爲弱；換個方式而言，凡月支之十神爲：食神、傷官、正財、偏財、正官、七殺等，均謂之失時爲衰。雖以旺相休囚死來區分強弱旺衰，得時失時，然逐月細論尚有其強弱之層次上的差別，故特製以表列示如後：

（日主月令強弱速見表）

月令＼五行強弱	木	火	土	金	水
一月 寅月	當令 最強	相令 次強	死令 最弱	囚令 弱	休令 洩氣
二月 卯月	當令 最強	相令 次強	死令 最弱	囚令 弱	休令 洩氣
三月 辰月	餘氣 稍弱	休令 尚弱	當令 最強	相令 次強	水庫 稍弱
四月 巳月	休令 洩氣	當令 最強	相令 次強	死令 最弱	囚令 弱
五月 午月	休令 洩氣	當令 最強	相令 次強	死令 最弱	囚令 弱
六月 未月	木庫 尚弱	火氣 稍強	當令 最強	火氣 仍弱	強土 最弱
七月 申月	死令 最弱	囚令 弱	休令 洩氣	當令 最強	相令 次強
八月 酉月	死令 最弱	囚令 弱	休令 洩氣	當令 最強	相令 次強
九月 戌月	囚令 仍弱	火庫 稍弱	當令 最強	金氣 次強	死令 最弱
十月 亥月	相令 次強	死令 最弱	囚令 弱	休令 洩氣	當令 最強
十一月 子月	相令 次強	死令 最弱	囚令 弱	休令 洩氣	當令 最強
十二月 丑月	囚令 弱	休令 仍弱	當令 最強	金庫 次強	餘氣 尚弱

二、得勢：日主雖生於休、囚、死之月令，然四柱干支對日主多生扶比助，黨多勢衆，謂之得勢。

如日干甲乙，四柱干支水木衆多，即壬癸亥子甲乙寅卯等，結羣成黨來生扶比助日干甲乙，雖非生於祿旺之月（月令爲旺或相），但仍因黨大勢衆而強，乃謂之得勢。相反四柱干支，生扶比助日主者少，則謂之失勢爲弱。

三、得地：日主雖非生於旺相月令，然坐下通根，支得生旺，即四柱地支爲日主的長生、帝旺、建祿等，謂之得地，乃根深、根重，得氣爲旺。若相反的失氣或無根，則謂之失地爲弱。

日干當令謂之旺，四柱又多見比劫印，則謂之強；日干失令謂之衰，四柱比劫印少或無，則謂之弱；日干雖當令，然四柱尅耗洩者衆且重，亦論衰；日干雖失令，然四柱生扶比助者旣衆且多，亦論旺。唯日主得時、得勢、得地，三者俱齊備全時，就是最強最旺了；相反，若失時、失勢又失地，那則爲最衰最弱至極了。

日主強弱旺衰之判斷，實爲八字推命上，最重要的第一關鍵。必須能正確的判斷出日主之強弱，方能進一步的去明喜忌、取用神，進而準確的推論出人生的命運種種。然日主之強弱，自以中和爲貴，命自必佳；太強或太弱，反皆屬下命。旺者宜尅勝於洩，強者宜洩勝於尅，未能如願方退而求其次。衰者宜生扶比助，衰弱者反抑制；旺至極反宜生，弱至極反宜洩——此乃從其強旺之勢，順其衰弱之勢，即所謂變格中的從旺從弱論命也。

日主強旺者，必喜尅耗洩，即尅之以官殺，耗之以財星，洩之以食傷；日主衰弱者，必喜生扶比助，助以印星生之扶之，用比肩、劫財相助之。故必須能夠百分之百、正確無誤的判斷出日主之強弱旺衰，方能於尅耗洩或生扶比助間，做一最正確的取捨。通常在日主強弱判斷上，以小強或小弱近乎於中和者，最難研判下決斷。今舉範例如後參考：

⑴最強之命：（得時、得勢、得地）

比肩	丙寅	偏印	長生
偏財	庚寅	偏印	長生
日主	丙午	劫財	帝旺
偏印	甲午	劫財	帝旺

此命造日主丙火生於寅木（正）月，相令次強爲得時；四柱三木生扶三火比助日主，謂之得勢；年柱及月柱坐下均逢長生，日柱及時柱坐下均爲帝旺，謂之得地。日主得時、得勢、得地，故爲最強之命。

(2)中強之命：（失時，得勢，得地）

劫財	戊戌	劫財	養
偏財	癸亥	正財	胎
日主	己未	比肩	冠帶
比肩	己巳	正印	帝旺

此命造日主己土生於亥水月，囚令爲弱，日失時；四柱一火生扶四土比助，日得勢；年柱坐養，月柱坐胎，日柱坐冠帶，時柱坐帝旺，日得地；失時、得勢、得地，故爲中強之命。

(3)小強之命：（得時，失勢，稍得地）

偏財	壬寅	七殺	長生
食神	庚戌	比肩	墓
日主	戊子	正財	胎
正官	乙丑	劫財	養

此命造日主戊土生於戌土月，當令最強曰得勢；四柱二木尅一金洩二水耗，曰失勢；四柱坐下爲長生、墓、胎、養，稍得地；故日主以小強論命。

(4)小弱之命：（得時、略得勢、失地）

正印	乙亥	七殺	絕
正官	癸未	傷官	衰
日主	丙申	偏財	病
比肩	丙申	偏財	病

此命造日主丙火生於未土月，木庫火餘氣，曰稍強爲得時；四柱一木一火生扶比助，略得勢；年柱坐絕、月柱坐衰，日及時柱坐病，均無失地；故爲小弱之命。

(5)中弱之命：（得時、失勢、失地）

正財　乙卯　正財　胎　此命造日主庚金生於申金月，當令最強，曰得時；四柱一火一水

偏財　甲申　比肩　建祿　洩四木耗，曰失勢；四柱坐下爲建祿、死、絕、胎，曰失地；故爲

日主　庚寅　偏財　絕　中弱之命。

七殺　丙子　傷官　死

(6)最弱之命：（失時、失勢、失地）

七殺　庚午　傷官　死　此命造日主甲木生丑土月，囚令爲弱曰失時；四柱二土二火三金

正財　己丑　正財　冠帶　尅耗洩交加，曰失勢；四柱坐下死、冠帶、絕、死，曰失地；故日

日主　甲申　七殺　絕　主爲失時、失勢又失地，最弱之命。

七殺　庚午　傷官　死

4章　辨格局要訣

八字的格局，大體上可區分爲兩大類：一爲正格，一爲變格。正格即所謂的普通格局，變格又有稱之外格，即所謂的特別格局。除了正格及變格，尚有所謂的雜格或美名爲奇格；而雜格中較普通爲人所接受及運用的，大概以三奇貴格、金神貴格、魁罡貴格、雙德格、一氣格五種，可信度較高，較有參考之價值；其他諸如：雙飛蝴蝶格、牛騎龍背格、老虎翻身格、金雞唱曉格、地支三友格、龍吟虎嘯格、天干三朋格、日貴格、八卦格、六陰朝陽格、聯珠格、胞胎格、六乙鼠貴格、拱貴格、拱祿格、飛天祿馬格、暗燈添油格、羣鼠夜遊格、子遙巳格、丑搖巳格…等，大都是巧立名目的雜亂無意義格，只混淆徒增研習的困擾罷了。

一、正格之取法

正格通常可區分成八種，即正官格、七殺格、正印格、偏印格、傷官格、食神格、正財格、偏財格等八格，比肩及劫財不取爲格；建祿格及月刃格，乃日主逢當旺之月令，即月支人元和日干屬陰陽同性爲建祿，陰陽異性爲月刃，故建祿格及月刃格實應列入於正格中，總共區分成十格。正格之取法如左：

1. 以月支本氣，透出天干，應先取以爲格。如寅月，寅藏甲丙戊，其本氣爲甲；若天干透出甲字，則先取甲所代表的十神爲格。卯月取乙，申月取庚，辰月取戊…等本氣優先取以爲格，類推其餘。

2. 若天干未透出月支本氣，如寅月未透出甲字，反透丙或戊，則兩者取一以爲格；倘丙、戊俱透，則二者斟酌而擇其一以爲格，類推其餘。

3. 若月支本氣未透干，月支所藏人元均未透干，則以月支所藏人元較量輕重，而擇一有利且無尅合者，以爲格。

4. 不管月支是否透干，直接取月支所代表十神之名，取以爲格。如傷官格、建祿格、月刃格等等。

註：通常透干之物若和月支本氣五行相尅，則不取此透出之物爲格；若二物同時透干，則擇取較強者爲格；若月支人元均無透干，則以月支本氣優先取爲格。

二、變格之取法

變格又稱爲外格，特別格。乃其五行之聚合較爲特別，其聚合的情況和普通命格，有相當之差異，用神喜忌亦不同之取捨。變格的重點，實在於氣之專或謂之偏，故依其特性而可區分成：專旺、棄從、化氣、同心、雙清等五種型態，再加以分門別類來取爲格局。如左：

1. 曲直格：日干爲甲或乙，生於春月，地支俱全寅卯木，或亥卯未三合木局、寅卯辰三會木方，無庚辛申酉金等來尅破，謂之曲直格。

2. 炎上格：日干爲丙或丁，生於夏月，地支俱全巳午火，或寅午戌三合火局，巳午未三會火方，無壬癸亥子水等來尅破，謂之炎上格。

3. 稼穡格：日干爲戊或己，生於四季土壬用事，地支全辰戌丑未或純土，無甲乙寅卯木等來尅破

4. 從革格：日干爲庚或辛，生於秋月，地支俱全申酉金，或巳酉丑三合金局、申酉戌三會金方，無丙丁巳午火等來尅破，謂之從革格。

5. 潤下格：日干爲壬或癸，生於冬月，地支亥子水俱全，或申子辰三合水局，亥子丑三會水方，無戊己未戌土等來尅破，謂之潤下格。

註：以上五種變格乃屬專旺獨佔一氣，即日干得氣專旺，日通月氣，得時秉令；干支成方會局與日干同一五行，且無尅破之神。依日干之五行而分成：木火土金水五種專旺格局，賦與以上五種名稱以類別其所專旺。

6. 從煞格：日干弱至極點，官殺星得月令，且官殺星多又無印化官殺並生扶日主，身弱不能任殺，只好從此官殺弱身之勢，謂之從煞格。

7. 從財格：日干弱至極點，財星得月令，地支財星純多且又透干財，日干弱無生氣，不能任財，只好從財旺而弱身之勢，謂之從財格。

8. 從兒格：日干弱至極點，食傷星得月令，無印生身制尅食傷，食傷星於地支結黨會局又透干，身弱難任旺食傷星來洩，只好從此食傷洩身弱之勢，謂之從兒格。

9. 從勢格：日干弱至極點，命局財、官殺、食傷星旺，尅耗洩交加，日主弱而無印比來生扶比助，然得月令之耗尅洩之物，並非命局中最旺之五行，故從尅洩耗身弱之勢，謂之從勢格。

註：以上四種格局，乃因尅耗洩日主太過，日主弱至極點，無生扶之物，反從其使日弱之勢以論

命；而得月令且爲命局上最旺之五行，以命其名爲格局，如從煞格、從財格、從兒格；若從弱勢而論命，但得月令之尅耗洩之物，並非命局上最旺之五行，則以從勢格名爲格局，即從尅耗洩三種弱身之勢以論命。

10. 化土格：凡甲日干逢己月或己時；或己日干逢甲月或甲時，生於辰戌丑未月，地支三土以上者，則謂之化土格。

11. 化金格：凡日干乙逢庚月或庚時；或日干庚逢乙月或乙時，生於申酉月或地支三合巳酉丑、三會申酉戌時，則謂之化金格。

12. 化水格：凡丙日干逢月干辛或時干辛；或辛日干逢月干丙或時干丙時，生於亥子月或地支三合申子辰，三會亥子丑時，則謂之化水格。

13. 化木格：凡丁日干逢月干丁或時干壬；或日干壬逢月干丁或時干丁時，生於寅卯月或地支三合亥卯未，三會寅卯辰時，謂之化木格。

14. 化火格：凡日干戊逢月干癸或時干癸；或日干癸逢月干戊或時干戊時，生於巳午月或地支三合寅午戌、三會巳午未時，謂之化火格。

註：以上五種化土、化金、化水、化木、化火格，即爲化氣格，必須天干五合而得月令同氣，或地支成方會局與化神同一五行，始可論化；倘若天干再得化神透出更佳。凡專旺格、從弱格、化氣格均有所謂的格局之眞之假等區別，甚由破敗而轉成格，容後再專述。

15. 半壁格：乃命局上只有兩種五行，各佔一半，平分秋色，四對四的半壁江山，絕不能滲雜其他任一五行，而此兩行可相生或相尅，謂之半壁格。

16. 二人同心格：乃命局上只有兩種五行，未必各佔一半的四對四，唯此兩種五行必相生，不得相尅，即月支必須是比劫、印綬或食傷，亦即日主與月支須我生，生我或同我，方得以入格，謂之二人同心格——母吾同心格或子吾同心格，亦有謂之兩神成象格。

17. 從旺格：命局上比劫星多，無官殺星，有印生身，旺至極點，只得從旺之勢以論命，謂之從旺格。

18. 從強格：命局上印綬旺、比劫星多，日主又當令，無官殺之氣，強旺至極點，只得從強論命，謂之從強格。

註：半壁格即所謂的雙清局，尚可分爲兩柱格，即四柱成二柱對二柱的半壁江山型；均可二行相生或相尅，此有別於二人同心格——必二行相生，但未必得半壁江山。從旺與從強主要差別在於，從強必得月令方謂之從強格，此又有點類似專旺格，但仍有差異不同之處，容後再做專述比較之。

5章 取用神與明喜忌

一、取用神

凡命造八字的五行生尅制化之配置狀況，乃推命之富、貴、貧、賤、壽、殀……等等之依據，而從四柱干支中擇取一字，此字能使整個命局的強弱，寒暖濕燥達於中和、均衡爲目的，或是具有此種功效，即所謂的用神字。然在複雜、變化多端的各個命造內，能否準確的判斷、擇取此一用神字？實爲推命上最難之處，故有道是：論命論用神而已矣！用神看不準，論命必不準。因此，必先明確的瞭解何謂用神？簡單的說，就是由八字中擇取一字，來論此字對於整個命局的影響作用力如何？

當然，所擇取的用神字佳，命必佳；何謂之用神佳？即此用神字能帶給日主（命造）最大、最多的好處者。事實上未必每一八字均能擁有一美好的用神，自有其艮窳層次上之差異，甚至有用神可擇取或無用神可取的情況；因此，而造成了各種不同的人生命運，故用神乃八字的靈魂，命運之總樞紐。

用神之艮窳關係著命運好壞，然推命時能否正確的判斷、擇取用神？此則關係著推命之準確性與結果，所謂「差之毫釐，失之千里」，無法正確的取用神，自無法精確的推命論運了。前章所述，格局可分成正格與變格兩種，而這兩類命格在取用神的方法上，是有所區別和差異的。通常變格，因其之所以謂之特殊命格，多半命局上五行較偏較專，而順其勢以取格局，以論命，故取用神上反較容易，同樣據其氣之偏之專而取用，即八九不離十。如從財格，用神取財星；從兒格，用神取食傷星；從革格，用神取金；曲直格，用神取木……等，後面再補述較易。

正格（普通格局）八字，則以中和爲貴，凡太強、太弱皆非佳命；也就是八字的五行生尅制化不得中和，等於命造有了疾病，有病就得有藥來醫治，此藥即爲「用神」字，而此用神就是要使命局趨於中和爲貴，故即是藥。凡八字命造，完全中和純粹無病者很少，亦不可能，無傷無病，中和不強不弱，五行皆美均不忌，如此不僅富貴兼備，且得長生永生，命和運均不忌，自無凶厄之所生的必然結果。

因此，凡舉任何八字命造必皆有病有傷，只是病之深重或少或輕罷了。有病則得要藥醫，依此種病藥原理來擇取用神。而在普通命格，通常較易產生疾病有三種狀況：一爲日主強弱不得中和——太強或太弱。二爲命局寒暖濕燥不得中和——太寒太炎、太濕太燥。三爲命局上，除日主外，兩神對峙，各不上下、勢均力敵，二強相爭必兩敗俱傷。以上三種狀況均爲有病，故得依病藥原理來：一扶抑，二調候，三通關，取用神以爲藥以治病，詳述如左：

1.「扶抑」取用神：

凡日主以不強不弱中和爲貴；而日主強旺就是病，日主強旺則須加以「抑制」使其中和，此抑制法即是藥——乃取尅、耗、洩之物爲用神；而日主衰弱也就是病，日主衰弱則須加以「生扶」使其中和，此生扶法即是藥——乃取生扶、比助之物爲用神。尅者爲官殺星，耗者爲財星，洩者爲食傷星，生扶者爲印星，比助者爲比劫星。

2.「調候」取用神：

凡八字命局以寒暖濕燥中和爲貴；過寒、過暖、過濕、過燥等，命局寒暖濕燥間過與不及均是病，均須以藥治病——乃調候取爲用神。如過熱，就得治之以寒；過寒者，治之以暖；過濕者，治之以燥；過燥者，治之以濕等等調候取爲用神。

3.「通關」取用神：

八字命造除了以上兩種狀況外，尚可能產生日主外，兩神對峙，勢均力敵，相持不下，而兩強相爭，勢必兩敗俱傷，此就是病，就得有藥來醫治——乃於二者之間，擇取一調解和平之物，使兩神得以續生，使命局氣勢流暢，生化不逆，取此物以「通關」爲用神。如命局上兩神對峙，三土三水勢均力敵，不相上下，則擇取金來通關爲用神，使土生金，金生水，而五行不背，生生有誼，即「通關」爲用神。

以上三種取用神之法，於推命運用上所取之用神，最好是既能俱有使日主強弱達於中和，並能使命局寒暖濕燥達於中和，同時又能有通關之效，乃最佳最美之用神；誠如前述，此用神字能提供日主及命局最大最佳的好處，就是一絕佳無比的用神之意。故在擇取用神時，必須能同時面面顧及扶抑、調候、通關三者，爲優先考慮的重點。

正格八字命造取用神在以上三法中，則以「扶抑」取用神法，較就被運用得最多，故日主爲強旺或衰弱時，在取用神上必須牢記如左條例：

(1)凡日干強旺者：必以尅、耗、洩取用神，強宜洩旺宜尅。

(2)日干強：比刼多，取食傷星爲用神最佳。

(3)日干旺：比劫多，取官殺星爲用神最佳。
(4)日干旺：印星多，取財星壞印爲用神最佳。
(5)日干衰弱者：必以印生扶，比肩劫財比助取爲用神。
(6)日干弱：官殺多，取印化殺生身爲用神最佳。
(7)日干弱：食傷多，取印星生身制食傷爲用神最佳。
(8)日干弱：財星多，取比劫星制財星並比助爲用神最佳。
※上述若難如願，方得以退而求其次而取用神，但必較不理想，不佳美，即非好的用神。

二、論用神之良窳

論命之良窳，論用神，而用神之良窳，自是關係著命運之好壞。因此，根據上一節所述，而擇取一命造最適切的用神後，緊接著得探討、研究此用神之良窳。凡所擇取之用神，必須能提供給日主、命局最大、最多的好處，必是一絕佳的用神，然事實上，所擇取之用神在俱備了以上所述之條件的同時，卻遭受干尅支冲…等其他因素，而有所破損、傷害，或其所出現於四柱上的位置不佳等等，用神無力有缺陷，自亦難大顯其所能提供、帶給日主及命局最完美、理想的作用與功能，則因用神之良窳，而命運乃跟著有好與壞的區別、差異。

1. 用神團結有情：

凡用神字出現的位置於：月干、日支、時干等，均因緊貼日主，必然關係密切，影響日主迅速直接；因用神乃有益於日主，故謂之有情，有情之物緊密聚合在一起，自然是團結的力量。所以，用神在日支、月干、時干者均可謂之團結有情。若用神出現位置爲年支、時支得翻山越嶺方達於日主，則力有不逮或鞭長莫及之憾，自是不團結且較無情。

2. 用神有力：

凡用神無破損且有生助之物者，謂之用神有力。若用神在天干，不遭尅合者，或遭尅合而有救助者，謂之用神無破損——如用甲不遭庚辛尅、己合，逢之則宜以乙合庚尅己及丙合辛爲有救助；用丙不遭壬癸尅、辛合，逢之則宜以戊合癸、丁合壬、戊制壬、甲乙化壬爲有救；若用神在地支，不遭冲、合、尅，或遭冲合尅而有救助者，謂之用神無破損——如用卯不遭酉冲、戌合、申尅，逢之則宜以辰合酉、辰冲戌、巳合申、寅冲申爲有救助。若用神得時、得勢、得地者，謂之用神有生助者——如用神在干爲甲或在支爲寅，正當春令出生或四柱干支多見甲乙寅卯亥子壬癸等生扶比助，即爲用神有生助之物者。

3. 用神無力：

凡用神有破損而無救助者；用神若失時、失勢又失地者，即用神無生助之物；以上二者均謂之用神無力。

根據用神團結有情或無情的層次狀況，再視用神有無破損、有無解救，有無生助之物的層次狀況，即可綜合判斷用神之良窳好壞的程度、實況，而藉以得知命運之優劣、吉凶。當然，一個最絕佳最理想最完美的用神，自是團結有情有力無破損有生助之物——逢此則以用神在月干最上，月干坐下得月令旺氣之故耳；最卑最劣的用神，自是既無情又不團結逢破損且無生助之物——逢此則以用神在年支爲最下；同時亦有八字中無用神可取者，且行運（大運）上亦無用神可逢而取用，自亦是卑劣、凶下之命了。

三、明喜忌

用神爲八字之靈魂，命運之總樞紐，自不能有所損傷，且若能獲生助者最佳。若用神逢冲、逢尅或逢合而有所傷害，但幸逢他神來尅制合化忌神或用神力不足，幸逢他神來生助，則此解救、生助用神之神，即謂之喜神。凡傷害用神或喜神者，即謂之忌神。

例如：日主強，比劫多，取食傷爲用神，若食傷星逢印星來尅制，則宜見財星壞印來救助食傷，則此財星爲喜神，比劫星尅財星，則比劫及印星爲忌神；日主旺，比劫多，取正官爲用神，若正官弱則喜財星來生助，此財星則爲喜神；而傷官正尅害正官，則此傷官爲忌神；比劫星害財星則爲忌神。

喜神乃生助、解救用神，若喜神被尅傷，等於用神之根源被切斷，則用神大失所依、憑靠，連帶影響日主得之於用神的好處、助益力。因此，不僅用神不宜遭受損傷、尅害，同樣喜神亦不得遭受破損、傷害。所以，看命的順序，乃察日主之強弱，而得以辨格局（正格或變格），而得以取用神，用神擇取後，方能明喜忌（何爲喜神？何爲忌神？），喜忌明後則可代入行運，而命、歲、運合參，綜論人生之歷程吉凶福禍種種。今將前未述變格用神之擇取部分，併入以下格局、日主強弱、取用神、喜神、忌神速見表，以便利於查閱、對照：

（正格命局強弱用神喜忌神速見表）

日主	格局	十神多重	用神	喜神	忌神
弱	正官	財星	比劫印星	比劫印星	財官星
弱	正官	食傷星	印星	官殺印星	食傷財星
弱	正官	官殺星	印星	比劫印星	財官殺星
強	正官	比劫印星	官殺星	財官殺星	比劫印星
強	正官	印星	財星	食傷財星	比劫印星
強	正官	食傷星	財星	財官殺星	比劫星
弱	七殺	財星	比劫星	比劫印星	食傷財星
弱	七殺	食傷星	印星	比劫印星	食傷財星
弱	七殺	官殺星	印星	比劫印星	財官殺星
強	七殺	比劫星	官殺星	財官殺星	比劫印星
強	七殺	印星	財星	食傷財星	官比劫印
強	七殺	官殺星	食傷星	食傷星	官殺印星
弱	財星	食傷星	印星	比劫印星	食傷財星
弱	財星	財星	比劫星	比劫星	食傷財星
弱	財星	官殺星	印星	比劫印星	財官殺星

強	財星	比劫星	食傷官殺	食傷官殺	比劫印星
強	財星	印星	財星	食傷財星	比劫印星
弱	印星	官殺星	印星	比劫印星	財官殺星
弱	印星	食傷星	印星	比劫印星	食傷財星
弱	印星	財星	比劫星	比劫印星	食傷財星
強	印星	比劫星	食傷官殺	食傷官殺	比劫印星
強	印星	印星	財星	食傷財星	比劫印星
強	印星	財星	食傷財星	食傷財星	比劫印星
弱	食神	官殺星	印星	比劫印星	財官殺星
弱	食神	財星	比劫星	比劫印星	食傷財星
弱	食神	食傷星	印星	比劫印星	食傷財星
強	食神	印星	財星	食傷財星	比劫印星
強	食神	比劫星	食傷星	食傷財星	比劫印星
強	食神	財星	官殺星	財官殺星	比劫印星
弱	傷官	財星	比劫星	比劫印星	財官殺星
弱	傷官	官殺星	印星	比劫印星	財官殺星
弱	傷官	食傷星	印星	官殺星星	食傷財星
強	傷官	比劫星	官殺星	財官殺星	比劫印星

強	傷官	印星	財星	食傷財星	比劫印星
弱	祿刃	財星	比劫星	比劫印星	財官殺星
弱	祿刃	官殺星	印星	比劫印星	財官殺星
弱	祿刃	食傷星	印星	比劫印星	食傷財星
強	祿刃	比劫星	官殺星	財官殺星	比劫印星
強	祿刃	印星	財星	食傷財星	比劫印星
強	祿刃	食傷星	財星	食傷財星	比劫印星
強	祿刃	財星	官殺星	財官殺星	比劫印星
強	祿刃	官殺星	財星	食傷財官	比劫印星

註：祿刃即月刃格和建祿格。財星即正、偏財總稱。印星即正、偏印總稱。財星格：正財格及偏財格。印星格：正印格及偏印格。

（變格命局用神喜神忌神速見表）

格局	用神	喜神	忌神	備註
曲直格	木	水木火	土金	局見亥字更貴
炎上格	火	木火土	水金	局見寅字更貴
稼穡格	土	火土金	水木	局見金星更貴

從革格	金	土金水	木火	局見水氣更貴
潤下格	水	金水木	火土	局見寅字更貴
從煞格	官殺星	財官殺	食傷印比	月令丑須見火星
從財格	財星	食傷財官	比劫印星	月令丑須見火星
從兒格	食傷星	食傷財星	官殺印星	無比劫財星不入格
從勢格	財官食傷	財官食傷	比劫印星	局中食傷旺最貴
化土格	火土金	火土金	木	忌庚辛乙之歲運
化金格	土金水	土金水	火	忌丙丁辛之歲運
化木格	金水木	金水木	土	忌壬癸丁之歲運
化木格	水木火	水木火	金	忌戊己癸之歲運
化火格	木火土	木火土	水	忌甲乙己之歲運
從強格	比劫星	比劫印星	食傷財官	最忌官殺星
從旺格	印星	比劫印星	食傷財官	最忌官殺星
半壁格	局中二行	局中二行	局無三行	擇較弱一行爲用神
母吾同心	印星	比劫印星	財官殺星	無比劫不入格
子吾同心	比劫星	食傷比劫	財官殺印	無比劫不入格

※兩柱局行運之喜忌及用神之取法，則完全和正格相同，此點有別與半壁局。

※從勢格用神乃取財官食傷於命局中，何者最旺爲用神？或取通關者爲用神。

※母吾及子吾同心格，其吾母星或子吾星必達於命局中六位以上者方入格。

※變格表備註中，許多前未述及，容後面變格專論時詳述，請暫先參考即可。

6章　四柱干支剋合刑冲判斷法

一、干剋判斷法

1. 兩干相剋，地位緊貼剋力最大，位置相隔剋力較輕，位置遙隔，剋力幾無。

例：

丙　丙壬位置緊貼，剋力最大。
壬
庚　丙庚位置相隔，剋力較輕。
癸　丙癸位置遙隔，剋力微小幾無。

2. 兩干相剋，化剋不剋，合剋不剋，制剋不剋。

例：

甲　甲戊相剋，丙居二者中間，則成甲木生丙火，丙火生戊土，甲丙戊反成相生論，不
丙　作甲戊剋論——此謂之化剋不剋。
戊

例：

甲　甲庚相尅，己居二者中間，反成甲己五合，則因合而不作甲庚尅論——此謂之合尅

己　不尅。

庚

例：

甲　戊壬相尅，甲戊相尅，但戊被甲制，則戊無法再去尅壬，故爲甲戊尅，不作戊尅壬

戊　論——此謂制尅不尅。

壬

3. 兩干相尅，分爲主尅與受尅。如甲戊相尅，木尅土，木勝土敗，故甲爲主尅，戊爲受尅；戊土敗盡，甲雖勝亦損傷。

4. 兩干相尅，雖分主尅與受尅，主尅勝而受尅敗，但如果主尅者爲甲，卻失時失勢，而受尅者爲戊，卻得時得勢，則戊反可勝甲。此乃土堅木折，金旺火熄，水旺土崩等原理。

5. 兩干相尅之爲喜爲忌，則須依日主之喜忌而論。如：日主喜火，丙壬相尅，則爲命中所忌；日主忌火，丙壬相尅，則爲命中之所喜。

6. 天干相尅，以五行最強者爲主尅，必尅勝。

例：

甲　甲木最強，則作甲尅戊論，不作戊尅壬論。

戊　戊土最強，則作戊尅壬論，不作甲尅戊論。

壬　壬水最強，則作甲尅戊，不作戊尅壬論。

7. 陰干尅陰干，陽干尅陽干，尅力最大；陰干尅陽干，尅力較次，乃尅之有情；陽干通常不尅陰干，而作合論。

8. 凡被日干所尅之神，不作尅住論；而日干被他神所尅，亦不作尅住論。

二、干合判斷法

1. 年月干緊合，合力最大。合化與否？則須視月支而定：如年干甲，月干己，逢月支戌土，則甲己五合而化土。合化之後，原干之神必失其作用，所合化之神，則依命局所喜而論吉，依命局所忌而論凶；原爲忌神被合化，則論凶。

2. 日與月干，日與時干，近貼五合，合力最大。論日干合化與否？則須視月支與化神同一五行，方可論化，即爲化氣格的原理和依據。

3. 天干隔合，合力較輕，且不能論化；遙合，合力更輕幾無，更談不上合化。

4. 日干與他干之合，除化氣格成外，均論合不論化，即均不受合去、合住或合化的影響。

5. 兩干爭合一干，左右近貼，爭妒必然，其情不專，乃謂之爭合、妒合，故合力僅存五六分罷了。

6. 兩干之合，有見合而不能合者，如中隔以尅，中隔以生，中隔以合，先被尅制，先被合住等皆不能合。

例：

(1) 丙壬辛　　(1) 中隔以尅：壬尅丙，丙無法合辛。

(2) 甲丁己　　(2) 中隔以生：甲生丁，丁續生己。

(3) 丙丙辛　　(3) 中隔以合：丙辛合，年丙無法合辛。

(4) 庚甲己　　(4) 先被尅制：庚尅甲，甲先被尅無法合己。

(5) 庚乙甲庚　　(5) 先被合住：乙庚合，乙無法隔合時干庚。

三、地支三合三會判斷法

1. 地支三合局的五行，爲命局所喜，論吉；爲命局所忌，論凶。三合局力較遜於三會方之力，大於六合力及半三合之力。

2. 半三合須有旺支方可成立，三合局乃長生、帝旺、墓等組合而成，故必須有帝旺在內方可論半三合——即以子、午、卯、酉等四字爲軸心。如寅午、午戌、巳酉、酉丑、申子、子辰、亥卯、卯未等方謂半三合，寅戌、巳丑、亥未、申辰等則不作半三合論。

3. 三合局又多一字，不作爭合，而以加強三合力論；三合局旺支被近貼逢冲，方可論冲；否則不以冲論。

例：

寅
午
戌
午

寅午戌三合火局，多一午火字，不作爭合乃加強三合火局之力。

巳
酉
丑
未

巳酉丑三合金局，見丑未冲，然丑非旺支，不作冲論；旺支乃酉金之故耳。

申　申子辰三合水局，子午逢冲，
子　子乃爲旺支，故作冲論。若將
午　午與辰換位，則隔冲不作冲論
辰　。

4. 三會須三支齊全，如巳午未，申酉戌…等，方可成立，缺一不可，中隔則可論三會方；三會方力大於三合局之力。

5. 三會方所成之五行，爲命局中所喜，論吉；爲命局上所忌，論凶。

6. 三會方而夾一冲字，則不論冲仍論會；三會方而增一字，不以爭會、妒會論，仍以加強三會方之力論。

7. 三會方所成之五行，視其爲日主之十神爲何？而以月支本氣爲斷，如月支本氣爲正官，則謂之三會正官方，類推其餘；若三會不在月支，則量何者勢重？以強者爲斷。另三合局則以其旺支的十神，而斷爲正財局或偏財局…等。

例：

巳　巳午未三會火方，月支爲午，
午　若日主爲甲則謂之三會傷官；
未　若日主爲乙則謂之三會食神。
申　若巳午換位則日干甲反成三會食神，日干乙反三會傷官。

寅　寅午戌三合火局，若日主爲甲
午　則謂之三合傷官局；若日主爲
戌　乙則謂之三合食神局。均依三
子　合之旺支午之十神而名。

四、地支六合六冲判斷法

1. 地支六合二字必須緊貼方可言六合，中間有他字阻隔，則不作六合論。二字六合一字，則謂之爭合、妒合。
2. 六合合化之神，若爲命局中所喜，論吉；若爲命局中所忌，論凶；凶神逢六合，不論化或不化，均可言吉；吉神逢六合，不論化或不化，均非吉而可言凶。
3. 六合可解六冲。如子午冲，子丑合，子介於丑與午中間時，先論六合而不論六冲之意。
4. 兩支近貼而成六冲之冲力最大；隔一字之六冲，冲力大爲減輕；遙隔之六冲，其冲力甚微幾無。
5. 地支六冲，喜神冲勝則論吉，喜神冲敗則論凶。其冲勝冲敗尚得視全盤命局情勢以斷之。
6. 凡子午卯酉之冲，乃四正氣之冲，其冲必是戰尅激烈之最；寅申巳亥之冲，乃四長生之冲，其冲狀況次之；辰戌丑未之冲，乃四墓庫之冲，爲衝動之意，無戰尅之實。

例：

(1)	未	午	卯	戌
(2)	未	午	未	
(3)	卯	午	戌	未
(4)	戌	卯	酉	辰

(1) 午未、卯戌二字均緊貼，故謂之六合。
(2) 雙未爭合午，乃謂之爭合妒合，其情不專。
(3) 卯戌六合中隔午，午未六合中隔戌，不作六合論。
(4) 卯酉六冲，但卯戌六合不作六冲論；卯酉六冲但酉辰六合，不作六冲論。

7章　大運流年吉凶判斷法

命和運到底是何者較爲重要？有人主張命是君，運是臣；命是花，運是葉。因「命論一世之榮枯，運言一時之休咎」，就好比命爲草木，運乃四季；命壞運好，則如小草逢春風，亦能欣欣向榮，但小草畢竟小草，絕不因春風變成松柏：命好運壞，則如松柏遇寒冬，雖不得志，然松柏畢竟是松柏，不因寒冬變小草：而小草遇寒冬則枯萎凋零，松柏逢春則繁茂參天。故人之富貴貧賤，命局之優劣，也早有定數十之八九。所以，命是君，運是臣，命自比運重要。

筆者則認爲命佳者，好比一輛賓士轎車，命劣者好比是一輛裕隆車（舊式三〇三），兩者差距以數倍來計算——包括價錢、性能、安全性。而運佳就好比一條高速公路，運劣者就好比一條崎嶇不平、九彎十八拐的洞洞路或羊腸小徑。命佳運劣者，就如同高級賓士車開在此條崎嶇不平、九彎十八拐的羊腸小徑上：命劣運背者，就如同舊式裕隆車，開在平坦直挺的高速公路上：同樣人生六十年算，就好比六十公里的路程：到底是裕隆車或賓士車，開起來旣舒服又愉快？到底是那輛車先駛完六十公里的路程？相信會開車的朋友，必然會選擇，裕隆車開高速公路。故有道是：「馬有千里之行，無人不能自奔：人有縱天之志，無運不能自通。」

尤其在今日競爭激烈的社會，命再佳而無運助，絕對是龍困淺灘，有志而難伸：而命劣運佳者，即使目不識丁，擺個麵攤子，亦能養家活口，生活充裕且愉快，實亦比穿西裝打領帶而天天跑三點半，強得太多了。依筆者之見，乃「命三分，運七分」方更合乎實際的現實生活，人生的歷程。當然，命和運均與生俱來的，在人呱呱墮地的那一瞬間——年、月、日、時已成定局，四柱排出，行運亦依據月柱干支而順排或逆排，均為連貫無法改變的事實，然在綜推人生命和運，表徵於現實生活上，實應以命三分，運七分來推論，方較能合乎實際的人生過程。

所謂的運，指的就是大運和流年，流年又稱之為歲或歲運，而通常所稱的歲運，往往乃是指大運和流年，為恐混淆，特別說明一下。

一、大運吉凶判斷法

大運一柱管十年之休咎，天干一字管事五年，地支一字管事五年，依陽男陰女順行，陰男陽女逆行，以月柱干支為準而順逆排出七柱大運之行運表；再視命造幾歲開始起行大運，詳細塡於大運明細表上，如第一篇所述般。關於大運吉凶判斷，有主張以一柱干支為單位，方為合理，認為區分成天干管事五年，地支管事五年，乃掐頭去尾或有尾無頭的不合理觀點，而駁斥舊書流傳之說。

然依筆者之見，大運一柱干支管事十年，天干與地支各管事五年是絕對正確的，唯不可忽略了干支二者間的生尅比助關係。也就是說，當天干管事之五年，地支亦有吉凶之加減影響作用在；當地支管事之五年，天干亦同樣有吉凶加減之影響作用力。如大運一柱為甲午，天干甲木將生午火，故天干甲管事之五年，因生火而原甲木之力略損減，地支午管事之五年，因受甲木之生而午火之力略有增益；另如甲寅柱，則木比助木，各有助益增強原力；乙亥柱，則乙管事得亥水生而原力略增，亥管事則因生乙木而原力略減；如乙酉柱，乙木管事受酉金之尅，乙木原力而略損減，酉金管事則因尅乙木而原力亦損減；如甲戌柱，甲木管事則因尅戊土，甲木原力略損減，戊土管事則因受甲木之尅，原力亦損減……等，類推大運各柱干支間，相生、相尅、比助關係。而以所管事時，若爲天干則地支俱有三分之影響力，若爲地支則天干亦有三分之影響力，而值管事五年的天干或地支，其原力應佔七分。如此而探討大運的吉凶力，應該算是最合情合理。

大運之爲吉爲凶，則必以原命局爲依歸。如命喜木火土運，命忌金水運時，若大運行運正爲木、火、土管事，則此命造如魚得水，命逢大運之助，一切必佳，凡事必大吉大利：若大運正爲金、水行運時，則行運背逆而尅害本命，則一切必多阻滯不順，凡事凶厄多磨。若一生行運更能一路木、火、土運，其勢如破竹般的均爲本命所喜之運，自必能蒙行運一氣呵成之助，而人生大有發揮與成就的機運、機會；相反，若一生行運卻是一路金、水運，連續背逆、尅害、大損本命，且連續以往，人生自是有志難伸，阻滯背逆，甚至窮困潦倒，多災厄、霉咎、病弱……等等：若一生行運爲金、木、水、火諸運，呈不規則的滲雜出現於運途中，則一生必多成多敗，大起大落，起浮變化不定，吉凶參半。

當然，大運干支字亦可以配上十神，而來探討其爲吉爲凶，而將大運所代表的十神，代入原命局上干支的十神，來論其相互間的生尅合冲之關係，同樣的原理，一生行運吉凶如何？均可藉以而得知。於推論行運時，可兩種方式合併運用，或各別取己所喜的一種均可，只要推論正確無誤，乃最終之目的。今將大運之爲吉爲凶判斷法，詳述列舉如下條例：（必先準確的判斷出原命局強弱，取用神，明喜忌神爲首要。）

1. 凡所行大運爲命造之用神或喜神，則爲大吉大利：若所行大運爲忌神之運，則爲大凶不利。
2. 凡所行大運爲命上閒神（不喜不忌）時，則爲平凡無吉凶。

3. 凡所行大運合住命上之忌神，或冲去命上之忌神者，則均可論吉；因忌神被合住或被冲去，俱無法爲惡，故而可言吉。

4. 凡所行大運合住命上之喜神或用神，或冲去命上之喜神或用神者，均可言凶；因喜神或用神被合住或被冲去，則無法發揮其喜用之力，故而論凶。

5. 凡所行大運爲命中之忌神，喜神或用神之運，若被命局上之閒神所合住或冲去，則凶而不凶，吉而不吉，均成平常而無吉凶論。

6. 凡所行大運爲命中之忌神、用神或喜神之運，但被命局上某一神（不論其喜忌）合住或尅住者，亦凶而不凶，吉而不吉，則均以平常而無吉凶論。

7. 凡所行大運被合化，則以所化之神來論吉凶；化神若爲喜神或用神，自論吉；若化神爲忌神，自論凶；倘化神爲閒神，當然無吉凶論，乃平常耳。（被合化之行運，包括喜神、用神或忌神之意謂。）

8. 凡所行大運一柱，干支均爲喜用神，論大吉；若均爲忌神則論大凶。

9. 凡所行大運一柱，干喜支忌或干忌支喜，則依管事干支者七分，另外者三分，加減論吉凶——管事之五年而言。

10. 凡所行大運一柱，干支均爲閒神，則無吉凶乃平常之運而論。

※以上所列舉之大運吉凶判斷法，均以大運天干、地支各管事五年爲單位，爲所推論的吉凶判斷依據。

二、流年吉凶判斷法

時光年復一年，不斷的向前飛奔、流逝，以年爲單位，故謂之流年；以月、日爲單位，則謂之流月、流日等等。流年和大運一樣，均由一組干支字所組合而成，如今年丙寅年，上年則爲乙丑年，明年則爲丁卯年，後年則是戊辰，依周天六十花甲子之順序，逐一依序循環以記年。流年又稱之爲歲運，其爲吉爲凶則同樣依命局之喜忌而定。大運干支一柱管事十年，天干五年，地支五年；而流年干支一組管事一年，然流年則無天干管事上半年或地支管事下半年之區分。

流年之爲喜爲忌，視其干支爲命局之喜忌而定，但仍同樣仍得先探討其干支二字五行之相生、相尅、比助的關係如何？如甲戌年，干木尅支土，命局喜木忌土則此年可論小吉；若忌木喜土則可論小凶，因木尅土，木損力土大傷之故。如甲寅年，命局喜木，干支木比助，此年必大吉；若忌木則論大凶。如乙亥年，支水生干木，命局喜木則論吉；命局忌木則論凶；若命局喜水忌木，則論小凶；若命局喜木忌水，則論小吉。如丙申年，干火尅支金，命局喜金忌火則論小凶；命局喜火忌金則論小吉；若命局忌火金則論大凶；若命局喜火金則論中吉——火尅金原力各自損減。如丙辰年，干火生支土，命局喜土喜火則論大吉；命局忌火土則論大凶；命局喜火忌土則論小凶；命局喜土忌火則論小吉。以上乃純就流年干支五行，依命局喜忌來斷吉凶；當然，亦可以將流年干支配以十神而斷吉凶，其原理均爲相同，兩者可交互使用。

另流年干支將與命局上干支，產生尅冲制合會化等關係，亦是不可忽視及探討的重點。今亦將流年吉凶判斷以條例列舉如左：

1. 凡流年干支爲命局喜神、用神論吉；若爲忌神則論凶；若爲閒神則論平，無吉凶。
2. 凡流年干支冲尅或合住命局上之喜神、用神，則論凶；若冲尅或合住命局上之忌神，則論吉。
3. 凡流年干支爲命局上之喜神、用神或忌神，若被命局上的閒神冲尅或合住者，吉而不吉，凶而不凶，平常論。
4. 流年干支字倘若被合化，則以化神爲命局之喜用神，論吉；若爲命局之忌神，論凶；若爲命局之閒神，論平。
5. 凡流年干支爲喜神、用神或忌神，若爲命局上某一神尅住，吉而不吉，凶而不凶，論平。

※流年干支字，各依據以上五點條例，分別判斷吉凶，再相互加減則爲吉爲凶，其程度、層次如何立可得知。

三、大運流年吉凶合參

大運和流年均代表行運，有主張大運爲君，流年爲臣；亦有認爲大運爲臣，流年爲君。而大運與流年相合，謂之君臣相悅，該年爲吉；大運與流年相冲，其年論凶，君臣反目也。大運一運管事五年，一柱則爲十年，影響作用力長久必大；而流年管事一年，一年一縱即逝，影響作用力短暫必小。且大運與流年之爲喜用神或忌仇神，乃依命局之喜忌而定，其相合若屬忌神，何相悅之有？其相冲若屬忌神，反目未必是凶。因此，當大運管事之期間，諸流年應以三分吉凶論，而大運應以七分吉凶論，如此大運與流年吉凶相加減，方爲該年之吉凶程度。如大運吉，流年凶，則七減三，尚有四分吉；如大運吉，流年亦吉，則爲十分吉利；如大運凶，流年吉，則七減三，只有四分凶；如大運凶，流年凶，則爲十分凶；如大運平，流年吉，則有三分吉；如大運平，流年凶，則有三分凶；如大運凶，流年平，則有七分凶；如大運吉，流年平，則有七分吉；如大運平，流年平，則爲平平無吉凶。

因大運一運管事五年，一柱管事十年，其吉凶力必大必長久，如斷人一生行運爲何特重大運前四柱？若前四柱行運俱吉，人生已至四、五十歲了，連續走了四柱吉佳大運，事業、功名、財利必能達於一相當之基礎與成就；然此四柱大運中諸流年，必定有吉凶起伏出現，卻不會因此大受影響。實流年吉凶一縱即逝，大運吉大可承擔流年之凶而有餘，故以大運吉凶七分，流年吉凶三分論，綜合相加減而論該年爲吉爲凶，應該較爲合理、實際。

另外大運與流年，將有干合、支合、干尅、支冲等各狀況發生，其結果自亦造成吉凶之改變或差異。今將大運與流年相合、相冲的吉凶列舉成條例如左：

1. 凡干合不論二者爲喜神、用神、忌神或閒神，以上任二神合而不化，則爲互相絆住。如喜用神被絆住，則吉力損減，忌神被絆住，則凶力損減，結果可言平常無吉凶；如喜用神與閒神互相絆住，結果則爲減些吉力；如閒神與忌神互相絆住，結果則爲減損些凶力。

2. 凡干合不論二者爲喜用神，閒神或忌神，以上任二神合而化時。若合化之神爲命局之喜用神，論吉；若爲命局之忌神，論凶；若爲命局之閒神，則平常無吉凶。

3. 凡支合不論是喜神、用神、閒神、忌神等，產生三合、六合、半三合、三會時。若合化爲喜用神，則論吉；若合化爲忌神，則論凶；若合化爲閒神，則論平常無吉凶。

4. 凡干支相尅相冲，喜用神尅勝冲勝，忌神敗者論吉；倘忌神尅勝冲勝，喜用神敗者論凶。

以上乃大運干或支，與流年干支產生尅、冲、合、會時的吉凶判斷原則；亦因此可知，大運與流年相合未必相悅爲吉，未必相冲反目論凶。然不論如何？命、歲、運三者合參所得出之吉凶，方爲八字推命論運的最終目的。如本命忌火，而大運逢寅，流年地支爲戌，命上有一午字，則命、歲、運合參，各抽一字成寅午戌三合火，則此年必大凶大厄；相反本命喜火，則此年成了大吉大利。基本上仍以大運七分，流年三分，依命局喜忌而綜合加減論吉論凶，但亦不可忽略全盤探討命、歲、運的連鎖作用。

8章　八字初步推命要訣

本書從第一頁開始，拉拉雜雜論述到此，對於初學者而言，若均已能完完全全融會貫通，就可算是已經能登堂（但尚未入室）。換句話說，等於才完成了八字推命的初步工作，以及必須俱備的最基本知識罷了。故特將前面所述，做一番系統的總整理與初學者的總複習——即八字推命初步要訣和程序。如左：

1. 確定命造出生年、月、日、時，性別（乾男或坤女命造）。
※注意日光節約時間及夏令時間。
※時辰不明確時，依睡姿、胎數、髮旋加以求證。
※注意早子時及夜子時之區分。

2. 排出正確的四柱。
※由萬年曆查出日柱干支，確定月建（月支），並藉以確定年柱。
※依「五虎遁年起月法」及「五鼠遁日起時法」，求出月干及時干；四柱即可正確排出。

3. 算出起大運年歲。
※依年干為陰為陽，視命造性別，而知其屬陽男陰男或陽女陰女。
※依陽男陰女順行，陰男陽女逆行原則。
※由出生日順算或逆算至，該月月建開始或結束之日和時——總共為幾日？幾時辰？

※以三日折算一年，一日折算四個月，一時辰折算十天，習慣上人一出生即算一歲，綜合算出幾歲起順行或逆行大運。

4. 排出大運行運表：

※依年干陰陽，視命造性別，而依陽男陰女順行，陰男陽女逆行原則。

※以月柱干支字爲基準，依干支順序而順排或逆排出大運行運表，原則上排七柱。

※將起大運年歲，一一順塡於大運行運表上。

5. 排流年明細表。

※依出生之年爲一歲，按照周天六十花甲子循環順序，逐一塡上流年歲數。

※利用所設計的流年明細表，即可一目了然。

6. 排出命宮干支。

※依生月及生時，查表而得知命宮地支。

※由命宮地支，依「五虎遁年起月法」而求得命宮天干，命宮干支即可求得。

7. 排出胎元干支。

※以月柱干支爲基準，月干進一位，月支進三位，所得干支即爲胎元。

※注意胎元乃指懷胎受孕之月份，早產或晚產均可能影響胎元的準確性。

8. 排長生十二運。

※以日干爲主，對照四柱地支字，由長生十二運表，即可得知各地支之十二運爲何？

※寅申巳亥爲五陽長生局，子午卯酉爲五陰長生局。

9. 排納音五行十二運。

※只須以日柱即可，對照納音五行十二運表，即可求得日柱的納音五行十二運。

10. 排四柱神煞。

※以日干爲主，對照四柱地支字，由表查出所現神煞。

※以年支爲主，對照其餘三柱地支字，由表查出所現神煞。

※以月支爲主，對照其餘干支字，由表查出所現神煞。

※以日支爲主，對照其餘三柱地支字，由表查出所現神煞。

※注意尙有一些特殊神煞，如金神、福星、三奇貴、魁罡、天赫…等。

11. 配十神。

※以日干爲主，視其餘干支七字，和日主的關係：是生我（日干）、同我、我生、我尅、尅我等五種狀況爲何？

※同、生、尅之間，在配合於陰陽異性相吸，陰陰與陽陽同性相斥等作用，即可求得各干支的變通星——配十神。

12. 判日主強弱及命局寒暖濕燥。

※依日主得時、得勢、得地或失時、失勢、失地的各種狀況，綜合判斷日主爲強旺或衰弱。

※依日主所出生的月令（四時），以斷命局是寒是暖，再視四柱干支爲何？以斷命局爲濕爲燥。

13. 辨格局。

※依日主之強弱狀況，先辨是正格或變格。

※正格以月令爲主，視月支本氣或所藏人元，有無透干，分別斟酌、較量以取爲局格。

※變格仍以月支爲主，而視干支間和日主的生剋制化關係，所造成的條件是合乎那一種變格？而取以爲特別格。（變格均有其特定的條件，方可以成立）

※正格及變格外，尙有所謂的奇格，如三奇貴格、金神貴格、魁罡貴格…等，亦均有其特定的條件。

14. 取用神。

※變格命造，幾乎均有其格局所一定的用神取捨，較爲固定公式化。

※正格命造，依日主強弱而以「扶抑」取用神，依命局寒暖濕燥以「調候」取用神，或依命局中二行對峙狀況而以「通關」取用神——使五行順暢不悖。

※變格以命局中五行之氣過專、過偏爲取用神原理；正格命造則爲病藥原理來取用神。

15. 明喜忌。

※不論正格或變格，凡對用神有生助、解救者，即謂之喜神；相反有破損、剋害、不利於用神或喜神者，即謂之忌神；命局中不喜不忌者，即謂之閒神。

※要明喜忌如何？則須對於四柱間，天干剋合，地支刑冲合會等等，所造成爲吉爲凶，要相當純熟融通，方能正確的分辨命局的喜忌。

16. 大運及流年吉凶判斷。

※大運和流年爲吉爲凶，得依命局之喜忌爲斷。

※大運與流年間合化、冲剋、刑會之吉凶，仍以命局之喜忌而定。

※原則上以大運七分，流年三分，綜合加減來論行運之爲吉爲凶。
※最終仍應將命、歲、運全盤合參，以綜合論斷命造一生的吉凶福禍。

17. 查六甲空亡。
※以年柱爲主，對照其餘三柱地支，是否在年柱干支旬中空亡內。
※以日柱爲主，對照其餘三柱地支，是否在日柱干支旬中空亡內。
※何柱地支逢之，則謂該柱空亡。

×　×　×　×

以上乃八字推命初步要訣、程序。其中日主之強弱，命局之喜忌五行，何種格局？大運吉凶、空亡爲何？干支間三合、五合、六合、六冲、相刑、三會等等，均得一一塡入於命式表上，如此整個命式表上對於命造的所有推論資料俱全，方能更進一步的去推論命造的性格、心性、父母、同胞手足、夫妻、姻緣、子女、事業、功名、財利、學歷、健康疾病、運勢、吉、凶、福、禍、壽、殀、貴、賤、富、貧、……等，人生歷程的一切種種。後附之表，即八字推命初步，所必須完成的命式表。

範例：男命生於民國58年4月25日寅時（農曆）。

說明：所舉之男命例，四柱排出，年干己土屬陰，謂之陰男，查二歲起逆行大運，以月柱干支爲準，逆排出大運行運表，塡上行運年歲明細。己酉年出生爲一歲，排出流年明細表。月支午時支寅，查出命宮爲癸酉。月干進一位，月支進三位，得胎元爲辛酉。以日干乙爲主，視其餘干支和日干的生尅關係，而各配以十神。年柱己酉旬中空亡爲寅卯，日柱乙卯旬中空亡爲子丑，故得知日柱及時柱空亡：寅卯。以日干乙木爲主，查出四地支十二運。以日柱乙卯，查知日柱之納音五行十二運。分別以日干、年支、月支、日支等爲主，而逐一查出神煞。再觀四柱天干及地支間，只有天干乙庚五合出現。以上可以很公式化的一一查知，詳細的塡於命式表上。接著則須查強弱，辨格局，取用神，明喜忌，判斷行運吉凶，詳解如下：

日主乙木生於午火月，休令洩氣，曰失時；八字中一火洩二土耗二金尅，曰失勢；四柱坐下帝旺、建祿、長生、絕等，曰得地；綜合而言，日主則以弱論。另乙木生午火月，炎熱之際，命局炙熱炎燥論。故取用神最佳乃能生扶日主又兼俱調候作用者，日干乙木自宜取水爲用神，然八字水星不現，取月干庚金調候力不足，且又尅日主更弱；取日支卯木可比助日主更強，但木助火燃使命局更爲炎燥；二者均非好的用神，較量下取卯稍勝庚金，因若取庚爲用神，乙庚五合用神受絆住無法發揮；行運則喜金水木，而忌火土。命上無最佳用神（水）可取，唯賴行運逢水最佳。月支午火食神，未透出於天干，故以本氣取爲格局，即爲食神格。大運吉凶表上，寅運因三合命中午成火局，論凶；丑運濕土且酉丑三合金，論吉（辰運亦同此理），甲運五合命己土不化，論平；乙運、卯運雖論吉，然非大吉，必逢亥子、壬癸運方眞大吉。

（命式表）

姓名：張三　（乾）造

出生日期	農58年	4月	25日	寅時
天干	偏財	正官	日主	正財
	己	庚	乙	戊
地支	酉	午	卯	寅
	七殺	食神	比肩	劫財
十二運	絕	長生	建祿	帝旺
納音十二運			水死	
命帶貴人神煞	天財	文昌、學士、桃花、紅艷、紅鸞	祿神、歲破、破碎、大耗	

刑：

冲：

五合：乙庚

三合：

三會：

破：

日主：弱

食神格

虛2歲逆行

運喜：金水木

運忌：火土

空亡：寅卯

行運	己	戊	丁	丙	乙	甲	癸
	凶	凶	凶	凶	吉	平	吉
年齡	2～6歲	12～16歲	22～26歲	32～36歲	42～46歲	52～56歲	62～66歲
行運	巳	辰	卯	寅	丑	子	亥
	凶	吉	吉	凶	吉	吉	吉
年齡	7～11歲	17～21歲	27～31歲	37～41歲	47～51歲	57～61歲	67～71歲

命宮：癸酉

胎元：辛酉

	1	2	3	4	5	0
6	甲子	甲戌	甲申	甲午	甲辰	甲寅
7	乙丑	乙亥	乙酉	乙未	乙巳	乙卯
8	丙寅	丙子	丙戌	丙申	丙午	丙辰
9	丁卯	丁丑	丁亥	丁酉	丁未	丁巳
10	戊辰	戊寅	戊子	戊戌	戊申	戊午
1	己巳	己卯	己丑	己亥	己酉	己未
2	庚午	庚辰	庚寅	庚子	庚戌	庚申
3	辛未	辛巳	辛卯	辛丑	辛亥	辛酉
4	壬申	壬午	壬辰	壬寅	壬子	壬戌
5	癸酉	癸未	癸巳	癸卯	癸丑	癸亥
空亡	戌亥	申酉	午未	辰巳	寅卯	子丑

第四篇　正格專論

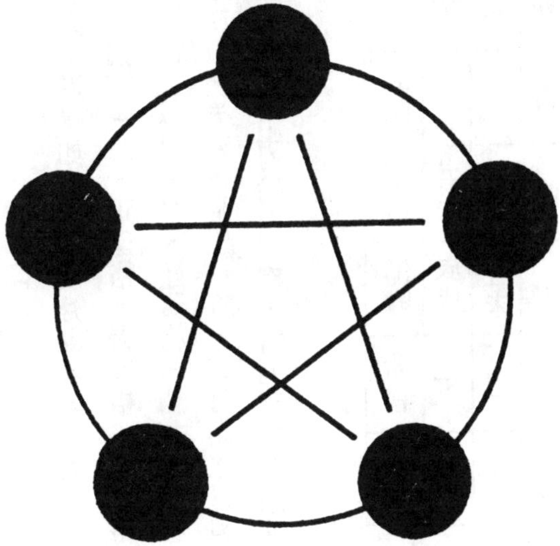

當一命造的四柱排出，即以日干爲主，來觀日干得時、得勢、得地的狀況如何？日干和其餘天干及地支間，生尅制化，刑沖合會等等，而判斷出日干之強弱？命局之寒暖濕燥？藉以辨格局的取捨依據。不論正格或變格，均須依月支爲主，而觀日主之強弱狀況：若過強、過弱或命局上五行過偏、過專，倘合乎特定的條件標準時，則須優先以變格取爲格局（凡變格均有其入格的條件、標準、依據），除外則均以正格來論命。

凡正格命造，不論其日主爲強爲弱，命局寒暖濕燥如何？均依月支本氣、人元等透干之有無，或較量以取爲格，可區分成：正官格、七殺（偏官）格、正印格、偏印格、正財格、偏財格、食神格、傷官格等八格，比肩及劫財不取爲格，而加以月刃格、建祿格，總共爲十種格局。其中月刃格者，必須月支爲子、午、卯、酉且須是日干之羊刃（帝旺）時，方可謂之月刃格，即甲刃在卯，丙刃在午，庚刃在酉，壬刃在子等，四種狀況下方爲月刃格，特列正格判斷速見表如左：

（正格格局判斷速見表）

日干 ＼ 月支 格局	月刃	建祿	正官	偏官	正印	偏印	正財	偏財	傷官	食神
甲日	卯	寅	酉	申	子	亥	丑未	辰戌	午	巳
乙日	○	卯	申	酉	亥	子	辰戌	丑未	巳	午
丙日	午	巳	子	亥	卯	寅	酉	申	丑未	辰戌
丁日	○	午	亥	子	寅	卯	申	酉	辰戌	丑未
戊日	○	巳	卯	寅	午	巳	子	亥	酉	申

己日	○	午	寅、	卯	巳	午	亥	子	申	酉
庚日	酉	申	午	巳	丑未	辰戌	卯	寅	子	亥
辛日	○	酉	巳	午	辰戌	丑未	寅	卯	亥	子
壬日	子	亥	丑未	辰戌	酉	申	午	巳	卯	寅
癸日	○	子	辰戌	丑未	申	酉	巳	午	寅	卯

1章 正官格專論

一、正官星精析

尅我者屬異性之尅，陰見陽，陽見陰，尅之有情，謂之正官。而「正官」顧名思義，乃正直之官，官者管也；因此，意謂著此官是正直、光明、高潔、公正、清廉、磊落無私、忠公體國、依法管理衆人及辦理衆人之事務的好官員。故可引申出其儀表，必然是相貌堂皇，端莊大方，有威嚴；其氣質風度，必然是儒雅、嚴肅、涵養有度量，溫和且正氣凜然；其心性，必然是奉公守法，負責盡職，嚴守法令規章，一板一眼，中規中矩，大公至上；其處事，必然是客觀、理性、公正、公平、鐵面無私，按部就班，依法行事，照章辦理，稟公處置。

所以，正官的心態上，必然是有良心、有責任感，重視輿論、法令規章，愛惜名譽，具榮譽感，掛慮犯錯誤，破壞公理而被中傷、指責或遭上級責罰。故其行爲表現上，則常會要求、約束、拘束、克制、管制、壓抑自我，脚踏實地，拘謹嚴肅，墨守成規，不懂變通，不易通融，更不敢逾越常理、法律，守法而不敢冒險、投機取巧，刻板呆板，思慮週詳、細密，凡事多顧慮、顧忌、掛念、憂慮、猶豫的放心不下，嫉惡如仇又優柔寡斷。

就男命而言，正官又代表著兒子；古來重男輕女，且男命「不孝有三，無後爲大」，兒子乃傳宗接代，香火繼承者。故男命努力奮鬥，流血流汗的謀求功名、財利，開創事業、家業，最終的目的，乃爲了兒子能幸福、安然的承襲宗脈香火，光宗耀祖，或當爲己身老來的依靠——養兒防老。因此，爲了兒子而付出一切，剋害、犧牲自己，但這一切的出發點純爲有所情義，即剋我者且剋之有情謂正官——它就是代表著男命的兒子。

就女命而言，正官則代表著丈夫；古來社會重男輕女，女性無謀生能力及社會地位，且「烈女不二夫，嫁雞隨雞，嫁狗隨狗。」的大男人主義、觀念下，女性爲先生生兒育女，燒飯洗衣，照料家務，侍奉公婆及姑伯叔，「女主內」的爲先生吃苦受累，尚得掛念先生的一切一切，往往先生不高興，還得當先生的出氣筒，挨頓拳打脚踢，甚至一句話就給休出家門；女性如此爲先生而盡責盡職，剋害自己，但畢竟尚有得夫寵之機或因夫而得以生存、生活，依然心甘情願，有其情義所在。因此，正官代表著女命的先生。

當八字出現正官時，不論是男命或女命，均具有以上的特質，大運或流年逢之，其性自必更爲明顯。然正官星爲命局上之喜用神或仇忌神，其性所帶給命造自有吉或凶的不同影響作用。以下乃推命時逢正官的應驗談：

1. 日主強者，多半喜愛正官拘身；有正官星自必喜見財星來生助，以茂官之根；忌逢食神、傷官近貼剋制正官。
2. 日主弱者，多半不喜正官；有正官星自必喜食神及傷官雙制之；忌財星更生助官星旺勢。
3. 正官命局上只現一位，最佳最珍貴，謂之清粹；無七殺或傷官，易成貴人之命。
4. 正官過多，家貧少子且災禍多，有干合支合須重估，爲有救；然正官超過三位以上，主優柔寡斷，從政爲官反不利，除非命局能入從煞格，方可言佳言貴。

5.月干現正官，主其人多半較重信用、講義氣，謂之正氣官，正官特性最爲明顯。

6.正官、正印、正財星命中俱全，謂之財官印三寶，主其人多半屬佳命，唸書有利，生活較無慮，最宜薪水階級或公家機構。

7.正官坐下十二運爲帝旺、建祿、長生、冠帶等，謂之得地較佳。尤其出現於年柱、月柱多半爲長子命，或主有繼承家業、祖產、香火之命，必主掌家權。

8.正官坐下十二運爲死、墓、絕曰失地，最不美；若再逢七殺則爲官殺混雜，多貧多災厄，宜合官留殺或去殺留官，方轉爲吉美。

9.正官多，逢合不忌，日主強不妨，有印星亦主平安無事；男命正官多而身弱，主不易得子。

10.正官五合日主，且命局正印爲喜用神，主學業功課必佳；若行運得助，必能輕獲高學歷，從政爲官或學術發展，既穩且固必有番大成就與發揮。

11.正官爲喜用神，現年柱、月柱者，主祖上、父母等之親蔭助力大，多半易少年、早年得志、發達，成名甚早；若現日支，主反應機伶，巧於辦事，中年運極佳，男命主妻端莊高貴，女命主先生榮顯受夫寵（婚姻幸福）；若現於時柱，主晚年成名顯榮，乃大器晚成，且子女賢孝、發達。

12.男命正官逢空亡，主多生女少生男，或主子易早喪，不易養帶；從政爲官，掌權力必旁落易敗北；學業上亦難有大成就。（逢空亡須有解空者，方爲有救）

13.正官五合日主，命帶文昌、學士者，主其人博學而廣，多才多藝，智力超級優秀，點子特多的鬼才型人物；若命上正印星現，則成就、表現更穩固、更傑出。

14. 男命正官爲子，若爲喜用神，則主兒子賢肖，有出息，表現傑出優秀；若爲忌神，則主兒子表現平凡或差，無多大出息且難倚靠、信賴。

15. 逢官看財，財星現而富貴；逢官看印，正印現而榮華；以上得視日主強弱而定，然正官不得被刑、冲、破、尅者，方是富貴可言。

16. 官多變鬼（七殺），不宜再逢官殺運，則主勃然災禍至；若又逢財運，恐因貪汚而失職。

17. 正官坐建祿，有文才，官職厚且高，受人尊敬；正官坐長生，則主命必榮華富貴。

18. 女命正官一位，爲喜用神且不逢尅破，再命帶天德及月德貴人，主必是賢妻良母，美麗端莊的淑女。

19. 女命正官爲喜用神，又見財星生助，主夫必榮顯富貴。

20. 女命正官爲喜用神，主多蒙夫寵；若爲忌神，夫緣必差，易受夫欺凌。

21. 女命正官坐下十二運爲長生、建祿、冠帶、帝旺等，主必嫁貴夫，夫運佳強，旺盛；若坐下十二運爲死、墓、絕者，主夫運不揚，夫緣淺薄，重則與夫死別。

22. 女命正官坐下十二運爲沐浴，主先生易生小風流；若正官多合，或旺而近貼日主，則反主己身異性緣特佳，易有外遇或多情夫。

23. 女命正官逢空亡，主有婚破、離異、再婚、喪夫之兆；若正官空亡又合入日柱，則主多嫁多離預兆，再婚事必更驗。

24. 官殺混雜女最忌，主招嫁不定，感情婚姻事多困惱或較複雜；若混雜又皆逢合，則反主易爲人小妾之命。

25.女命正官弱或無，而比劫星旺，主夫妻間感情淡薄；若印旺而無財星現，主傷夫；若多食神、傷官，亦主多不利先生。（俗稱爲剋夫之意）

26.女命正官與傷官命局上俱現，主多半和先生較易生貌合神離，或夫妻間易爭執、鬧意見。男命則主事事多阻滯，挫折不順利，易生不平不滿心態。

27.女命官星微弱，而無財星，或食傷星多，均主下下之命。若多官星，而無印星，亦主下下之命。

28.正官與正印命局上俱現，主一生事業、職業、官位、性格均較爲穩固、安定；無正印者，反較易生波折、變化、動盪不穩。

二、專論正官格

1.正官星當月令或透干通根於提，且日強身旺能任官者，乃爲眞正官格。若正官旺，然身太弱則難任官，則正官格不眞。

2.正官格者，若日主弱，印輕又官星微弱，且命局上無財星可生官時，則必取印星爲用神，行運須助印逢印，方爲吉佳。

3.日主旺而正官星微弱，則必須取正官爲用神，行運宜逢官運或助官之運，方吉佳。

4.日主弱而正官旺時，若官殺混雜，則宜去殺留官，並取印星通關爲用神；逢此狀況，較不宜合官留殺，其利不彰。

5.正官過旺，壓制日主太過，反易成庸儒無能，優柔寡斷，欠缺決斷力，而凡事進退失據，即所謂的「官多變鬼」——主多災厄，體弱多病。

6. 日主弱而正官強旺時，則不宜再逢食神、傷官來制剋官星，其反盜洩日主之氣更弱，剋洩交加，命必更差，十分不利；逢此狀況宜以印化官星，不宜食傷剋制正官。
7. 日主強者，正官爲忌時，方宜用食神、傷官來剋制正官，如此因身強才能承擔。
8. 日主弱者，正官星旺，但正官並未當令，而且命局上至少有一印星及一比劫星的微根之下，方可用食神、傷官來剋制正官，因日主尚有承受之力，故在此狀況下，方可取食神或傷官爲用神。
9. 日主強旺，足以任官時，則喜財星生官，逢印運而不忌爲吉；若日主旺且得月令，而正官星微此時則反忌逢印星爲凶。
10. 正官一位純艮，二位以上則以七殺論，反主暴烈；日主強旺者，較不懼命上官殺混雜；日主衰弱時，官殺混雜，最爲忌，剋害難當，危機四伏之凶兆。

2章 七殺格專論

一、七殺星精析

尅我者屬同性之尅，陽見陽，陰見陰，尅之無情激烈，謂之偏官（七殺）。而「偏官」顧名思義，乃偏頗、不正派、不正直的官，然官畢竟是官；偏官依然得遵守法令規章，奉公守法，負責管理衆人及辦理公衆事務。只差別其較爲偏頗，不正派，不正直，故謂之偏官。故其風度氣質，必然是咄咄逼人，氣勢凌人，派頭十足，嚴厲有威，好權弄勢，令人畏而遠之；故其心性，必然是須遵守法令規章，奉公守法，負責盡職，但卻不願墨守成規的被律法、規章所拘束，想抗逆違背，心意和理性間，矛盾交戰著；故其辦事，必然是十分偏激、積極、有效率，嚴厲霸氣，易走正反極端路線或手段；故其心態，必然是不易屈服法理，想排斥異己，不願服從公論，專制霸道，不拘小節或豪氣干雲，具俠義心腸；故其生活表現上，必然是強烈的壓抑自我，強忍本性，拿得起未必放得下，想開放又多顧慮、牽掛，相當機警又好猜疑，反撥力特強，好勝不服輸，倔強又虛僞，常不按常理行事，自我矛盾，自尋苦惱與困擾。

就男命而言，偏官代表女兒，男性努力工作，創造事業，流血流汗，尅害自己，全爲了家庭、妻子兒女的生活、生計；兒子可用以香火之傳襲，可當爲老來之倚靠，但女兒長大就得嫁人，替他人操勞；男命尅害自己，所付諸於女兒，卻無法享受回饋、回報，實無情無義，所以偏官代表男命的女兒。

就女命而言，偏官代表一不太親蜜的先生，或先生以外的情夫。女性奉獻自己的青春，相夫教子，侍奉公婆，全心全力的照料家務，讓先生無後顧之憂的努力事業，卻尚得為先生分憂解愁，操勞煩心，如此尅害自己，卻得不到先生的疼愛、體諒；或昧著良心，犧牲婦德，背著先生，替先生以外的男人，勞心勞力等，亦是尅害自己；均相當無情的被人所尅，故女命偏官就代表著一位不太親蜜的先生或外情人。（古時女性無社會地位的引申）

當八字上出現偏官時，則不論男命或女命，均具有以上所論述的偏官特性；若大運或流年逢之，其特性必將更為明顯，然得視偏官於命局上是喜或忌，則其所表現出的特性，自有吉凶不同和差異處。以下乃推命論運時，逢偏官星的一些應驗談：

1. 七殺宜合不宜冲，身旺七殺逢合，主大吉大利；若七殺多合且過，反主不利，亦是「合多反成仇」。
2. 身旺殺旺，若無制伏以食傷或印化，逢殺旺運則貴不久；身旺有七殺星方可言貴，身弱見七殺星，其命為劣。
3. 日主旺而七殺弱，逢財生乃為佳命；日主弱有七殺，又逢財星生助，則非貧殀必多凶災。
4. 身殺兩停，喜食傷制殺，其權威必大，其命必佳；但倘制殺太過，則反與富貴無緣。
5. 日主弱七殺強，則不喜食傷制之；行運倘為制殺運，則方為美。日主弱，再行七殺運，非貧則殀。
6. 身旺殺弱不宜制殺；身弱七殺無制，逢七殺行運，必招災禍；制殺太過，乃貧儒之流。

7. 官殺混雜者，多半風流好色，成不了大事，且易流於小人之輩；倘身旺或有印星、財星在命局上，則方爲吉。

8. 日主強者，喜愛七殺攻身能任，可作權威；倘印星旺而財星微弱，則不喜七殺生印，反尅身耗財。

9. 日主弱，印星亦弱，則喜七殺生印，並印續生日主較強；倘日主弱，印星旺，則怕七殺生印，印多反寡身。

10. 日主強，財星微弱，復見比劫星尅財，則喜七殺制比劫；日主弱，依賴比劫幫身，則不喜七殺尅制。

11. 七殺爲忌神，現於年柱，多半出生於貧寒家庭，且多半非長子命，無法繼承家業、祖產。

12. 七殺爲忌神，現於月柱，出生家境較差些，倘坐下見羊刃，多半有父母不全之兆。

13. 日支爲七殺，不論其爲喜用神或仇忌神，均主配偶個性剛強；逢支合則不明顯，逢近沖則相當明顯且較暴躁。

14. 七殺爲忌神，現於時柱，主子女多半無多大出息，更難言賢肖。

15. 男命七殺多且旺，主生女概率高；爲喜用神，主女兒賢孝，爲忌神則主女兒不孝不賢。

16. 七殺星太旺，超過二位以上者，主其人膽小、懦弱無能，凡事優柔寡斷，猶疑不決。

17. 七殺逢空亡，主從政爲官不宜，無解救者，必掌權力旁落，失敗下場；且主多生男少生女，或有女比己早喪者。

18. 七殺最忌坐十二運之墓運，有亡命或多災厄事生之虞；倘日支七殺又坐墓運，主其人憂愁多，樂趣少。

19. 女命官殺星混雜，且官殺星多位於命局上，恐較易生婚破、再嫁事；若局上更現財星，主有情夫、外遇事生之兆。

20. 正官與七殺同柱，命局上再見比劫星之女命，主有姊妹爭夫之象——感情、戀愛、婚姻上，易生三角關係，諸多不順或糾葛。

21. 女命七殺坐長生、建祿、冠帶、帝旺，主嫁貴夫——先生運勢強旺；若七殺死、墓、絕等，主夫運不揚；倘七殺逢空，主易生婚變、喪夫之兆。

22. 女命七殺空亡又合入日柱，主多嫁多離之兆；若七殺坐桃花或沐浴，主先生多半較有些小風流，易捲入感情、色情糾紛。

23. 女命正官或七殺多合，主己身恐較易有外遇事生；官殺混雜，倘若無制，亦主己身較易生感情走私之事。

24. 女命八字上正官、七殺俱無現者，主夫緣差，異性緣差；然往往易生副作用，而反感情事較爲複雜。

25. 女命正官或七殺星，近貼日主（現日支、時干、月干者），異性緣必佳；且官殺星合日柱更佳更驗，但不宜官殺星去合他柱（年、月、時柱）。乃官殺宜來就我，不宜去就其他。

26. 女命七殺一位，主清粹爲佳，若有食神制此單殺，主性情剛強，必奪夫權——好管先生事。

二、專論七殺格

1. 偏官得月令或透干通根於提，而且日主強旺能任七殺者，謂之眞偏官格。
2. 偏官一位主清粹，多位爲雜，有制者謂偏官，無制者稱七殺；乃天干隔七位之尅，名七殺。
3. 偏官格者，身殺兩停時，則須取印星以通關、和解做爲用神。
4. 身弱而七殺旺，喜行助身旺之運；若無印星來化殺，或印星太輕時，行七殺運非亡命，恐得貧困多災厄。故身弱七殺強，宜用印化殺並且生身，取印星爲用神。
5. 日主極旺，則喜見正官、七殺在月支，大可平衡、調劑日主旺勢之效。
6. 日主極旺，官殺星一位，而且官殺星不當令，謂之弱殺，則須假殺爲權，以殺爲貴，不須制不宜制，反喜財星生殺，故取七殺爲用神，財星爲喜神。
7. 單殺在月支，當令爲旺，則不喜財星來生，則勢必由獨殺而變成旺殺。
8. 日主弱，七殺強旺者，不喜食傷星來尅制七殺，反盜洩日主之氣更弱，宜取印星化殺並生日主。
9. 日主弱，七殺強旺，命上見一印一比劫星時，方宜取食傷制尅七殺爲用神。
10. 七殺當月令，四柱干支多印，則取比劫星洩印，助身抗殺；倘無比劫星，則取財星壞印，爲用神；行運則忌殺運及印運。
11. 日主弱，七殺旺時，除非命局上無印星，否則不可取食傷星爲用神，弊多而少利。
12. 正官尅日主，尅之有情，有尅意然尅力小。七殺尅日主爲正尅，尅之無情，凶暴嚴厲且十分猛烈。二者之尅，差異不謂不大。正官爲管束，七殺爲攻身。

3章　正、偏印格專論

一、正印星精析

生我者屬異性之生，陽見陰，陰見陽，生我而有情者，謂之正印。而「正印」很明顯的代表男女命造的母親。母愛親情的偉大，永遠被歌功誦德著：世上只有媽媽好，有媽的孩子像塊寶，慈母手中線，那雙推動搖籃的手……等，相信衆人均能朗朗上口，深切體會、感恩、明瞭母親－－正印，它就代表著，具有著：仁慈、和藹、耐心、細心、寬容、祥和、安寧、恬靜、穩定、善良、慈悲、忠厚、大度量、淡泊名利、吃苦耐勞、逆來順受、易知足、滿足現狀、有涵養、包容力大、不喜多變化、好安逸穩定的生活…等，更可引申爲好脾氣、缺乏進取心、不好強、不爭勝、不擅言詞、或擅於說教、談大道理、宗教觀、迷信、沒什麼意見、不愛出鋒頭、反應較遲緩、穩重、不浮華、品德極佳、凡事差不多、看得開、達觀、信任、信賴、誠實、肯奉獻、犧牲自我、付出不求回報、較無雄心壯志……等等，均爲母親的特性。

由以上所述不難可知，爲何正印又稱之爲「學術之星」及「仁慈之星」？爲何正印爲喜用神者，適合從事於慈善事業、宗教事業、文教業、醫藥業等等，均由於其具有母愛善良的特性之故。另「正印」顧名思義，好比印鑑證明、官防印信，具有相當的權威、信譽和力量，亦是主權、地位、名分的象徵；從古至今，當政爲官者，必有證明其身分、職權、地位的官印，方能藉以發號施令，推動其行政權，只須在文書上蓋印，即可顯其掌權力；故所謂的逢官看印，有官有印，名正言順，其理在此。

凡八字上正印星明現時，則不論男命、女命，均具有以上正印的特性；大運，流年逢之，正印星特性必更爲明顯。然正印星其性所顯現出爲吉爲凶，則得視正印爲命局上之喜用神或仇忌神，而有吉凶差異之表徵的一面。以下乃推命論運時，有關正印星的一些應驗之談：

1. 日主強旺且印星又旺，乃孤寒之命，須運行財星之運，方有發揮的餘地。
2. 正印過旺者，主其人體格健壯，外表優雅；然少子息或無子命，須命上見財星或行財星之運時，方有生兒育女之機。
3. 正印多且旺者，多半酒量佳。正印若被財星剋破，主母親易早喪，或母壽比父壽短。正印若無刑沖剋破，則主其人較易長壽。
4. 日主弱者，喜印星生扶；倘印星微弱，財星旺時，行財運必多霉咎、災厄，嚴重者有亡命之虞。
5. 正印有破損，或坐死、墓、絕、病者，多半父母不全、緣薄，親蔭祖產家業無，學業難有大成就，事事多不如意、順利。
6. 正印坐十二運長生、冠帶、建祿、帝旺者，主多半父母端莊、仁慈、長壽、富貴、榮顯、親蔭多；亦主己身一生安康、順泰、易榮顯、成名、出人頭地。
7. 正印坐十二運衰，主一生平凡庸碌；坐沐浴，主辦事糊塗，多犯錯、過失；二者均主出生後，家業消落衰敗。
5. 正印爲喜用神，現於年、月柱，多半爲長子命，父母助益力大，受寵愛且讀書有利，父母健康長壽，即多半生於富貴或優異家境。

9. 正印星不論其爲喜爲忌，凡現於月干，均主其人心地善良、仁慈、健康且智力優秀。正印爲喜用神更驗更明顯，爲忌神多半和母易生爭執、意見不和者居多。

10. 正印星現於日支，多主配偶品質、條件佳，爲人厚道、斯文、有禮節。正印爲喜用神，更明顯應驗。

11. 正印星現於時柱，主其人子女較爲賢孝，品質條件較佳。正印星爲喜用神時，更爲明顯應驗。

12. 正印、正官、正財三者，命局上均全備，謂之「財官印三寶」；主其人一生較爲幸福、幸運，多屬佳命。正官多較有進取心，財星多者反較好逸惡勞或樂觀達命。

13. 正印星在局而官星少，較易有所發展、發達；相反多見官星，較爲發展有限。

14. 正印星在局而有官星，則喜見財星；若無官星，反忌見財星，因財星將會壞印。

15. 正印與正財同柱，主妻必與母不和，事、職業不穩固，較多病痛、勞苦；正印與偏財同柱，主家和卻萬事煩雜、忙碌或多阻滯。

16. 正印與官殺星同柱，主其人誠實、勤勉；吉祥發達，廣交遊多得利。正印與羊刄同柱，反主多尅傷己身或多災厄、不順。

17. 正印與食神同柱，主家運昌隆，受人尊敬，信用良好；正印與傷官同柱，多半與母意見不和，名利難求完美。

18. 干支皆爲正印，主自信心過強，倘爲忌神必多招挫折、失敗；正印與偏印同柱，主欠缺自信心，決斷力，心中多鬱悶，另有好兼（從事）二種以上的職業、工作。

19. 女命正印、正官星俱現且爲喜用神，多半出生於富貴家庭；若命更帶有天德及月德貴人，則爲賢妻良母型，主美麗賢淑，女德甚佳。

20. 女命財星旺而正印微弱，難言良婦；若更現傷官，則恐較輕浮，不太守婦道傾向。

21. 女命身旺正印亦多且旺，有尅夫之兆，主先生多半較體弱多病，或有早喪可能，且子息少或無；逢此狀況，須見財官星或行財官運，方有生兒育女之機。

22. 女命身旺多印，主與翁姑不和睦，或老而無子，須見官殺星方爲吉；若印旺且多，正官星微弱，主奪夫權，晚運悽涼；若爲印化殺格之女命，則必主良婦。

二、偏印星精析

生我者屬同性之生，陽見陽，陰見陰，雖生我但對我無情，謂之偏印。正印代表生我的母親，偏者不正也，不正式的母親，即爲繼母（俗稱：後母或晚娘），故偏印即代表女命及男命的繼母。『晚娘面孔，後母難爲』，簡單兩句話，幾乎道盡，世俗人間對繼母的觀念，抱持的心態以及身爲繼母的心眼、苦楚和矛盾。

繼母雖正式和父親結婚，然在子女心目中，總非正式的母親；對於繼母而言，名分上爲子女的母親，然卻非親生骨肉，無親情的存在。在以上的情況下，心眼壞的繼母，可能會虐待、欺凌、侮辱前妻子女；心地良善的繼母，則一心善待、照護前妻子女，卻會躭心丈夫、子女、外人的誤會、猜疑。因此，在傳統人們的觀念下，善良的繼母與惡毒的繼母，似乎扮演著：尖酸、苛薄、刁蠻、陰狠、歹毒、嚴厲、冷漠、無情的角色。

不論事實如何，無血脈之親，必然較爲無情，而「偏印」就可用此些觀點、心態來引申其特性，偏印即意謂著：精明、幹練、能幹、尖銳、苛薄、陰沈、孤獨、孤僻、固執、執拗、敏感、怪異、冷漠、冷淡、抑鬱、苦悶、神經質、不開朗、封閉、不講理、無同情心、無人情味、心胸狹窄、壞點子多、不關心他人、不滿現狀、不可侵犯、不接受他人意見、不願表明心意、妄想渴求又擅於隱藏、掩飾、無法悠然自在、陰險、狡詐…等特性。

另偏印又稱之爲梟神，梟乃一種不仁之鳥——其性凶猛，夜出晝伏，此鳥長大後反吃掉其母親，即貓頭鷹；因偏印將尅倒食神，而食神乃福、祿、壽的源頭，故謂偏印爲梟神。然八字出現偏印，或大運、流年逢之，前述偏印的特性自較爲明顯，但得視偏印爲命局上的喜用神或仇忌神，方可斷偏印所表徵的特性，其爲吉爲凶的影響作用。以下乃有關推命論運時，偏印星的一些應驗談：

1. 日主強而以食神洩秀，最忌命局上見偏印星，尤其近尅倒食神，必是下下之劣命；倘大運、流年逢之，亦是大背逆、多災厄時期。
2. 女命碰上1.的情況時，主生產、懷孕時多不太順利，有產厄之災；尤其命帶流霞、血刄，則產厄災更驗，流產或剖腹生產事，恐難逃，重則有亡命之虞；唯須逢見偏財或命帶天德、月德、天赫、金神…等吉神、貴人，方能逃災或有驚無險。
3. 日主旺，命局上偏印星多且旺者，主其人福澤淺薄，多災厄、貧困，子女少且緣薄；同時性格較爲怪異、孤僻、有陰險、陰沈、狡猾、歹毒傾向。
4. 命中正印及偏印星兼俱之人，工作、職業不太安分，喜身兼數職，正副業齊來；倘印星爲喜用神時，則多半反副業較成功有發展。

5. 日支爲偏印星者，不論其爲喜爲忌，多半較有晚婚的傾向；日支爲夫妻宮，若偏印爲忌神，則配偶自難言佳美，品質條件必比命造差些。

6. 用神爲偏印之人，主較易偏業成名，精明能幹又多才多藝，且有特殊的稟賦資能，唯忌過度聰明、精明而反自誤。（偏業乃他人較少、較不願從事的行業，或屬創造、發明性質業）

7. 命上見偏印星，逢傷官則無忌反言佳；相反命上見正印星，有食神配之方妙。

8. 日主旺且偏印旺，命局上須見財星及官星，方可言富言貴；日主弱有偏印，命局上又官殺混雜，則主其人一生多成多敗。

9. 偏印坐長生、建祿者，多半和生母無緣，反與繼母緣厚，常爲人養子或養女；偏印坐帝旺、冠帶者，倘有繼母則多半和繼母難相處，幼小時易受繼母欺凌、虐待。

10. 偏印坐衰病死墓絕者，多半和父母緣薄，一生勞苦，難有技藝在身，然做事卻虎頭鼠尾，三分鐘熱度的有始而無終。

11. 女命偏印多且旺，主福薄多薄倖，易尅夫寡身；若更見食神，主無子息或與子女死別，及易逢產厄災。

12. 女命多偏印星，主易有流產、生產不順之災，且恐到老終無子息。

13. 偏印在局，有食神時，則稱爲梟神；若無見食神，則稱之爲倒食。

三、專論正、偏印格

1. 凡印星得月令，或透干通根於提，爲眞印格——即正印格、偏印格。
2. 凡正、偏印格，因命局上是官殺星旺，是食傷星旺，或是財星旺而使身弱時，皆喜印星來生扶日主。
3. 凡身弱之正、偏印格，皆喜印星來扶身，印星只要黨多有根，天干地支俱見，正印偏印俱同，必定一定得當月令，均可取爲用神。
4. 凡身弱而以正印或偏印來生扶者，均不宜逢見財星來破壞印星。
5. 日主強旺，且命局上正偏印星數量多，天干地支均現時，則喜財星來壞印，並取財星爲用神，因身旺必能任財星之耗。
6. 日主強旺且印星亦旺，印星自是命上之大忌神，又因正、偏印正好能尅倒傷官、食神，主必少生男兒，有亦極少，因兒星被尅倒之故。
7. 凡以印星（正、偏印）爲用神者，必屬日主弱，身弱難任財星，必最忌見財來壞印。
8. 凡日主強旺者，必最忌正、偏印星再來扶身，使日主更旺，故必喜見財星來壞印爲佳。
9. 身殺兩停時，則喜印星來通關、和解；有官而無印，則官星不眞，有官有印方言福厚。
10. 凡須印星來扶身命造，必先考慮正印，因正印扶身力大於偏印（有情與無情之生的差異）。
11. 身弱取印星爲用神時，必先取月干之印星，次取日支或時干之印星較爲有利。
12. 月柱印星明現無破損，且爲命上喜用神，則必多蒙受親蔭；月干喜用，月支爲忌（即干支一喜一忌），則親蔭小而有限。

13. 身稍旺，七殺雙見又有財星，必也以印星取爲用神。

4章　正、偏財格專論

一、正財星精析

我尅者屬異性之尅，陽見陰，陰見陽，我雖尅之我對其有情，謂之正財。凡人必須以勞力、心力去賺取錢財，藉以換取生活、生存之所需，故謂財星（正財、偏財）爲養命之源。而「正財」顧名思義，乃正正當當的錢財，取之有道，用之安穩、放心，此錢財必較爲穩固，取得不易必較爲節約珍惜，自不敢冒險去財滾財，則錢財自亦難多源廣。因此，正財乃屬穩固、不太流動的小財。就男命而言，正財代表著太太；同時，男女命造若八字上偏財父星不現，則以正財副論父親。

正財之所以代表男命的妻星，乃由於古來傳統大男人主義，女性無社會地位，無謀生能力，須賴男性方得以生存，故男人可以任意支配女人，尤其女性講求「三從四德」，從夫乃出嫁後必備的美德。因此，先生可以命令太太爲自己做任何事，太太的任何奉獻、付出與犧牲乃理所當然，是爲人妻子的天職、婦德；對於先生的一切所加諸於太太的尅害、凌辱、折磨均得逆來順受，忍氣吞聲，故對男命而言，我尅者爲正財時，此正財即爲妻星。雖如此，但男人爲家庭生活，妻子兒女，在外流血流汗，努力奮鬥，則是太太賴以生活、生存的倚靠，仍有相當的情義存在，即我尅之我有情，謂之「正財」。

由以上的觀點，可以引申推論出，正財尙意謂著：我所擁有，我可以支配，我可以控制的人、事、物；亦即代表著佔有、操縱、控制、支配、使喚、差遣、享受、滿足、限制、管束等心性。又太太服侍我，聽令於我，均理所當然；亦即代表著好逸惡勞、貪圖享受、坐享其成、苟且安樂、滿足現狀、重視現實、功利主義、吃軟飯、沒骨氣、自私、貪慾、迷戀、執著、厚臉皮、甜言蜜語、無進取心、無責任心、無榮譽感、不肯吃苦、怠惰、勤儉、吝嗇、固執、小家氣、無羞恥心、自我主義、佔有慾強、短視、淺見、膽小、懦弱、無能、貪財……等特性。

凡命造八字出現正財星，則具有以上之特性，大運或流年逢之，正財星特性則更爲明顯，而視其爲命局上之爲喜爲忌，正財星所顯露的特性，自有吉凶差異之處　以下爲推命論運時，有關正財星的一些應驗之談：

1. 男命八字正財星多且旺者，較懂得甜言蜜語，或花言巧語，不論是身強或弱，都有懼內傾向；尤其身弱財星爲忌神者，更是明顯的妻話多偏聽，因妻而招災惹禍，多半由妻掌管家財、家務——發號施令。

2. 男命造八字正財星全無者，多半是屬於大男人主義，對太太較不懂得體貼，不會不喜甜言蜜語，不擅於表達內心的感情，好與關懷均只放在心裏。

3. 命上正財多且旺，主多半母壽不長，母運勢較差，且較易爲感情事而破財；若身弱者，更易迷失自我，智力較差些，體弱多病，窮苦貧困，常爲錢財而愁苦。

4. 身弱財旺者，乃富屋窮人，主其人多半較爲小氣、吝嗇的守財奴，或外華內虛的空殼子、假富翁；亦主其人虛榮較重之傾向。

5. 身旺財旺者，天下富翁，因身旺能任財官，獲財容易且能任財而穩固。故身旺財旺又有正官者，必是富貴之命，男命必妻賢淑多助，持家有方，可得賢肖子。
6. 正財星藏於地支較佳，主財政穩固；若正財星透干，則主錢財較易浮動、不穩固，財來財去的積財不易；亦主己身較易流氣、輕浮、好面子、虛榮心強。
7. 正財星逢刑冲，且屬身弱者，一生較易逢破財事生，而辛苦貧困，爲錢財事而愁苦奔波。
8. 男命日支正財，主得妻助妻財；若正財星又爲命上之喜用神，命帶金輿，更主妻淑慧、溫柔體貼，助力大，較易娶富家女爲妻。
9. 男命正財星爲忌神，主妻多半毫無助力，妻話不可偏聽，將因妻而招敗；倘若正財又坐死、墓、絕者，夫妻緣分必差，且妻多半較屬體弱多病。
10. 男正財逢空亡，主掌財權旁落，易逢破財事生，平生身上多半無巨款可帶，然並非意謂著不會賺錢（女命亦同論）；唯男命正財空亡，又主妻緣難長久，易破婚、再婚、喪偶之兆，尤其在日柱更驗，同時主妻較易生災禍或體弱多病預示。
11. 男命正財坐沐浴、桃花，主妻妾較易移情別戀；命中更現比劫星更驗，同時戀愛、婚姻時較易生三角問題，感情糾葛與困擾。
12. 男命若正財星坐墓，主妻有災或體弱多病；若是藏於庫，主其人較爲吝嗇，但卻會金屋藏嬌。
13. 正財在時柱，主其人較爲小氣，尤其在時支更驗；若正財與劫財同柱，一生較易逢小人而破財。
14. 劫財星尅制正財太過，男命較易生尅妻之象；正財坐絕，則主父母妻子緣薄。
15. 正財藏庫逢冲，主有發意外之大財；正財旺者，多半較好逸惡勞，若印星輕，更主貪玩，多半不勤於唸書，再身弱即使有爲亦寒酸之輩。

16.男命正財合日住，乃妻來就我，主可獲溫柔體貼之妻；若正財空亡，再合入日柱，乃主多娶多離之兆。

17.凡正財合日柱，乃財來就我，主求財有利，亦主其人佔有慾較強；男命代表著：女緣甚佳，有風流之傾向。

18.正財爲喜用神，不論男命、女命，均主身體健康且屬富命；相反正財爲忌神，多半體力、精神較差，較屬貧命者，正財逢尅破時更驗。

19.男命正財雙見，又雙爭合日主，易享齊人之福，妻妾同居一室，然較易生爭風吃醋，若色情糾紛、感情風波。

20.女命正財、正官、正印三寶命上齊備者，主貌美且多才多能，富貴之命，賢妻良母淑女型。（然不得逢刑冲尅破方是）

21.女命財多身弱，正財旺且成局會方，多半非良婦，較易生外遇、敗壞名節之事。

22.女命正財星過旺，而正印星微弱，必和姑、婆不和，夫妻不宜和母同住，反較不易生婆媳爭執不和事端。

23.正財爲喜用神，現年、月柱，多半出生於富裕家庭；現月令之男命，可娶名門富家女爲妻之兆；現於時柱，主子女必賢孝，晚年成名，老運亨通。

二、偏財星精析

我尅者屬同性之尅，陽見陽，陰見陰，我尅之我對其無情，謂之偏財。如正財星精析一節所述，財星爲養命之源，人須以勞力、心力去賺取錢財，藉以換取生活、生存之所需；正財意謂著正正當當的錢財，而「偏財」顧名思義，乃非正當的錢財，偏則不正，意謂著錢財之獲取，包含著冒險性、投機性——錢財的取得，自必較爲容易且大而源廣，自較不會節約和珍惜；當然，冒險投機主賺取錢財，勢必亦有失敗破財之虞，故此錢財的流動性大，不太穩固，來得快去得也快。因此，偏財乃屬不太安穩，流動性甚大，來源寬廣的大財。就男女命造而言，偏財即代表著父親；而正財代表男命之妻星，偏財自然代表是「妾」了。

父親爲了家庭子女，必須辛苦、勞碌、奔波，流血流汗的工作、創業，因而疲憊、衰弱、病痛、蒼老；我爲子女，被我所尅害者，自然是父親；又父親多半在外爲生活忙碌，和我感情、關係較疏遠、不熱絡；而我是兒子，我未必能回饋其恩，常有「子欲養而親不待」事生；我是女兒，我長大則出嫁，更無法回報父親養育之恩。因此，被我所尅，我對其又尅之無情者，就是偏財，它代表著我的父親。

古來大男人主義社會，女性無地位，男性可揮之即來，呼之即去，且女人重「三從四德」，犧牲自己侍奉先生乃天職，被男人所尅害者，謂之財星；而正財有名分爲正，自然是太太，偏財則因偏乃不正，當然指的是妾；不正式、無名分的妾，同樣得爲男性，犧牲、奉獻、尅害自己，毫無怨言；妻尚佔有名分之權，妾只有凡事聽命的分，對妾而言，被男性所尅，卻毫無情義般。

因此，男命我尅之我無情，謂之偏財，亦代表著妾、情婦、太太以外的女人。而我是男人，我對妾、情婦，同樣可以支配、控制、使喚，但我更可以毫無顧忌的呼來喚去，可有可無，不必付出情義的我尅之我無情。

綜合以上可以引申、推論出偏財星，代表具有著：大量、不固定、易變化、流動的、容易獲得的錢財，財來財去，意外之財，慷慨，不惜財，風流，多情，夠朋友，夠義氣，愛財而不貪財，善開源乏節流，喜歡而不佔有，可有可無，迷戀而不強求，拿得起放得下，操縱力強，辦事有條理效率，開朗，積極，聰明奇巧，機靈反應快，好善樂施，付出不求回報，善鑽營，大方，豪爽，客觀，理性，不知節制，有癮癖，不重視錢財，喜隨心所慾，揮霍成性，奢侈，浪費，好享樂，好嬉戲……等特性。

凡八字命局上，出現偏財星，主其人必具有以上的特性、心性，大運或流年逢之，則偏財特性更爲明顯；然仍將視偏財星在命局上是喜是忌，則偏財所表徵之性爲吉爲凶，對於命造的影響作用，自有所差異不同之處。以下乃推命論運時，有關偏財星的一些應驗之談：

1. 身旺財旺，天下富翁；命中有偏財星無尅破更眞，多半是商人實業家，必屬相當富有之人；再逢官運，則更易名利雙收，有大成就。（偏財勝於正財）
2. 身弱財旺，富屋窮人；命中有偏財星，主其人一生更財來財去，積財不易，較屬外華內虛，浮華不實，常爲錢財而愁苦。（正財佳於偏財）
3. 命上偏財星旺，較易影響母親運勢，亦主太太將與母親不太和睦，難相處；倘身弱者，多半會有懼內現象，因妻妾而破財，招災惹禍。

4. 身旺偏財旺，逢官運則名利雙收，逢比劫運則名利俱成空；若爲身弱者，逢比劫運反有財利，而忌再逢官運則易生是非、破財、罷官、失職等霉咎。

5. 偏財星爲命上喜用神，則父親助益力必大，妻妾亦然；母壽短於父，同胞手足無助力，合夥事業不宜爲上。

6. 偏財坐長生、建祿者，主父運極佳，父子俱長壽緣厚；偏財若坐死、墓、絕，則主父運不揚，父病弱或有短壽之兆。

7. 偏財現於月干，不論其爲命上之喜忌如何？主其人多半很講義氣，夠朋友，能爲友人拔刀相助，患難相扶持。

8. 偏財現於時干，主其人多半較風流、慷慨多情，不惜財；若偏財透干逢比肩近貼尅破，多半父早喪或父壽不長，且與父不和，意見衝突。

9. 天干偏財星雙透以上之男命，必好酒色，多半較可能金屋藏嬌；同時，出手大方闊綽，輕財重義，然常會無法自制反成敗家子型。

10. 偏財逢空亡時，主父壽不長，父運不揚，父比母早喪之兆；亦主己身財政權旁落，平生身上少帶巨款，或易有破財事生；另男命則尚代表著，妻妾多病災，壽命不長等預示。

11. 女命偏財星旺，且爲忌神時，多半會爲父親而辛勞，受父拖累，嫁後則爲姑翁操勞；男命逢此，較不明驗。

12. 偏財身旺最佳，但忌逢羊刃相侵或逢比劫星及運；若是逢之則喜食神相資，方爲有救爲佳；偏財與食神同柱，人生運勢，主逐漸入佳境。

三、專論正、偏財格

1. 財星（正財、偏財）得月令，或透干通根於提，而且身旺能任財，命局屬印多、印旺時，方為眞財星格。
2. 凡身旺者，方能取財星爲用神，因身旺能任財之故；倘身弱而財星旺，乃稱之爲富屋窮人，難任財不可取爲用神，且行財運乃凶，身必危矣！
3. 凡身弱者，須有比刧或印星來助身旺後，方能任財星；身旺財旺，天下富翁；身財兩停，不貴必也富論。
4. 凡身弱而財旺者，最喜比刧星或運，來幫身分財，使身及財星平衡，故須取比刧星爲用神。
5. 財星爲養命之源，凡命必不可缺；身旺能任爲福，身弱難任反爲禍。
6. 八字命局不可無財星，若連地支人元中亦無現財星，謂之命中無財，逢此即使身旺喜用財星，行運逢財運，亦發不了大財，頂多是空夢一場。
7. 命局上財身必相稱，方能享富貴財福。若財旺身弱，行官運尅身，必爲禍多端；倘身弱財多，行運官財星時，雖不致惹禍，但必亦將會爲錢財而枉勞愁苦。
8. 凡身旺能任財星時，必以財星爲命上之所喜；則此種狀況下，必以偏財之福大於正財，因偏財大而廣源，正財則爲固定的小財。

5章　傷官格專論

一、傷官星精析

我生者屬異性之生，陰見陽，陽見陰，我生之我對其有情，謂之傷官。而「傷官」顧名思義，乃傷害正官；正官即正直光明，奉公守法，端莊嚴肅，管理衆人的執法者，其受傷害，被破壞，則正官的特性消失不彰，而相反的特質、特性，必成爲傷官的特性——正官特性的反面，即爲傷官特性。就女命而言，傷官乃代表著兒子。

「相夫教子」自古以來，可謂爲女性的天職、美德；尤其重男輕女的傳統觀念下，爲人妻人母特別重視兒子，實必然的天性、職責；出於母愛至情，對先生及家族香火的責任。因此，就女性而言，我生之我有情，謂之傷官，其代表兒子。兒子在父母親的寵溺、放縱；甚至包庇之下，正易表現出和正官相反的特質、心性、行爲。

因此，綜合以上的因素，可以引申、推論出傷官具有、代表著：驕傲、任性、放縱、反抗心強、叛逆性強、激烈、極端、乖戾、不馴、好動、好強、好勝、逞強、愛表現、愛出鋒頭、固執、頑強、不守法、不屈服、倔強、主觀、善辯、生動、活潑、聰明、誇大、誇張、不喜拘束、崇尚自由、不穩重、受刺激、喜冒險、好投機、善變、易感情用事、易鬧情緒、狂妄、好奇、新鮮有創意、好幻想、喜受人誇獎、喜被人肯定、愛漂亮、漠視法理、多才多藝能、擅用智謀、我行我素、刁蠻、表達力強、口才流俐、有心機……等特性。

凡八字命局上見傷官星，主其人具有以上所述之特性、心性，大運或流年逢之，傷官之性必更爲明顯。然傷官在命局上是喜神或忌神，則其特性的表徵，所帶來的吉凶影響作用之力，必有其吉凶不同之處。以下乃推命論運時，有關傷官的一些應驗之談：

1. 傷官若爲命局上之忌神時，現於年柱、月柱則主父母或同胞手足不全，祖產家業必少或無；現於日支、時柱則主配偶或子女，易有所缺憾事生；若傷官逢合，則不應驗，若爲喜用神亦無以上之預示。

2. 傷官在月支入傷官格者，主其人不論男女，均多半較具有才藝的天賦，性格上亦較爲驕縱、傲慢，但多半是屬俊男美女居多。

3. 凡命上見傷官，須再配以正印星或正財星，則較爲佳美；無正財星多半不易富裕，無正印星多半較性好冒險、投機且個性上較爲偏激。

4. 凡身旺又屬傷官傷盡，命局上財旺印旺者，多半爲大富大貴之命。

5. 身弱命上傷官又逢七殺，最爲凶厄；若傷官坐下爲羊刃，乃爲下下之命；若傷官坐下十二運爲死，主其人嫉妒心甚強，且易剋傷父母。

6. 命局上傷官星多且旺，若爲忌神時，則須逢印星或運，方能化凶轉吉。

7. 命上用神爲傷官，喜逢財星，而忌正印星或運來破，方不致轉吉生災。

8. 年柱及時柱均現傷官，若又爲忌神，不論男女命，均主不利子息或無子命。

9. 傷官與正官同柱，且正官爲命上之喜用神時，主其人多半較爲風流好色或不務家業。

10. 女命多半較忌傷官，須見正印或正財在命局上，方可言富貴長壽；若無財無印，命必劣且易尅夫運，夫妻緣分極差。

11. 女命傷官、正官、正財、食神等，混雜於命局上，主有尅夫、色情、情夫、嫉妒之糾紛事生。

12. 女命日支傷官，坐下又逢羊刄，心性剛奪夫權，亦主先生易生不測災厄事。傷官太旺多不利於夫運，女命甚忌，若再見食神來混，更不爲美，心緒複雜難清閒。

二、專論傷官格

1. 傷官得月令，或透干通根於提，且身強能任盜洩，方爲眞傷官格。

2. 日主旺，無財官星，必取傷官順洩爲用神，喜比劫星來生扶，忌印星來尅制，亦忌官殺星來逆損、敵抗。

3. 日主強，比劫多，財衰傷弱時，喜用官殺制比劫，亦喜財生官，忌傷官或印星。（用神官殺星，必忌傷官尅，印星化）

4. 日主弱，傷官旺，宜用印星制傷官爲用神，可官來生印，不宜財來壞印。

5. 日主弱，傷官旺，無印必取比劫星爲用神，來代日主受洩，喜印生比劫，忌官殺制之，財星耗之。

6. 身旺，傷官旺，有財星方可見官殺，以財星來通關、和解而不相礙。

7. 身弱傷官旺，印有力則可見官殺，因能續生印以助身；身旺傷官輕，局有印星制傷官，則不宜官殺再生扶印星。

8.「傷官見官禍百端」：日主弱賴比劫幫身，本已見傷官來洩身更弱，而官星正好尅制比劫。因此，傷官見官禍百端，須局見印星化官生比劫，通關、和解方能無禍。

9.「傷官見官福百般」：日主旺比劫多，而傷官微弱，其洩秀力不足，若局上無印星時，則喜見官星來尅制比劫。因此，傷官見官福百般。

10.傷官格可分成：木火、火土、土金、金水、水木傷官格等五種，有喜正官亦有忌正官者，詳述如左：

(1)木火傷官格：木日生夏令，火旺木焚，調候爲急爲先，最喜見金水。日干之木逢正官之金削尅（忌官印），則能成材；正官之金逢傷官之火煅煉，則能成器。故木火傷官格，命和運俱喜官印（金水）。主聰明、豪放、自負，多半屬俊男美女；命局上現財星主富，無財星主窮。

(2)火土傷官格：火日生未戌月，火炎土燥，滴水而入，反激其焰，且土懼水之浸蝕，因此最忌來自水之正官，深痛惡絕。火土傷官格，傷官愈旺盛，四柱毫無現正官星，謂之傷官傷盡，乃大富之命。（忌正官）

(3)土金傷官格：土日生秋令，月令金氣過旺，洩日主太厲害，自更忌來自木之正官再尅害。土之日干懼木之正官來尅害，金之傷官亦無法從木之正官獲得好處。故土金傷官格，對正官深痛惡絕，如同火土傷官格一樣，以傷官傷盡爲最佳，大富之命。同時，命局上須見財星，則命更佳更好。（忌正官）

(4)金水傷官格：金日生於冬令，金寒水又冷，調候爲急爲先，非火之正官不可，金之力量方能得

（喜正官）以發揮，金受火之煅煉方能成器。故金水傷官格，不畏正官，見正官反能成富貴。主賢明、清秀，以俊男美女居多。

(5)水木傷官格：水日生於春令，天氣尚寒，最喜來自火的財星調候，爲急爲先。若命局水旺太過（喜財官），方喜土之正官來止水。故水木傷官格，最喜來至火的財星，以及來至土之正官。主聰明，然有過分自信、自負的傾向。

註：傷官格必重月支本氣以取爲格，方可言眞傷官。如木生於巳午月，火生未戌月，土生申酉月，金生亥子月，水生寅卯月等方是。又如木生寅月，寅中藏甲丙戊，戊透干亦不算；如金生申月，申中藏庚壬戊，壬透干亦不算：即不取月支人元來論傷官格。

6章 食神格專論

一、食神星精析

我生者屬同性之生，陰見陰，陽見陽，我生之我對其無情，謂之食神。傷官乃傷害正官，食神則爲尅制七殺；七殺乃剛暴凶猛，以攻身爲尚，尅身激烈無情，唯有食神能制之，勢必尅制其以柔克剛，以德伏其暴。也就是說，七殺剛暴凶猛之性，臣服於食神恭艮溫和的特性下。食神它代表女命的女兒，傷官爲兒子，二者均代表子女，均有其天眞活潑之性，然男孩與女孩，畢竟在行爲上、心性上，有剛與柔，動與靜之不同。

古昔重男輕女的觀念下，女兒雖同樣爲父母所生，然其爲女性，無社會地位，無家庭地位，且女兒長大後是別人的。故雖生之養之，但並不太重視她，又古昔「女子無才便是德」，更不必太費心力去教育她，她亦無法去求取功名，唯有要求「三從四德」，以便將來能相夫教子。故女兒比男兒，並未能享有同樣的寵溺、放縱，更因此培養出女兒的逆來順受之溫柔性、堅韌性，亦因此方能克性剛猛之七殺。但雖如以上所述，爲人子女稚子之心性，依然存在。食神和傷官性質類似，而表現上則趨於溫和、含蓄。

由以上所述，可以推論、引申出食神意謂、代表著溫柔、溫文、和平、仁慈、恭敬、艮善、厚道、體貼、耐性、寬容、福氣、長壽、好修養、好脾氣、有口福、愛美、財運佳、韌性強、和藹可親、祥和、幸運、乖巧、含蓄、包容力強、生動不誇張、活潑無野性、聰明不幻想、踏實不投機、口才佳不強辯、表現不爭勝、驕而不傲、付出不求回報、重感情不情緒化、出風頭不叛逆、善解人意、以柔克剛、和氣、度量大、心寬體胖、循序漸進、斯文、禮節週到、面面顧及、心思靈巧、同情心、喜助人、幽默感、好奇心旺盛、有才藝天分、逆來順受、婦人之仁、思慮細密、做事細膩……等特性。

凡八字命局上出現食神星，則具有以上所述食神之特性，大運或流年逢之，則食神特性必更爲應驗、明顯。然食神之爲命局上的喜用神或仇忌神，則食神所表徵的特性，自有其吉凶不同之處和影響作用力。以下乃推命論運時，有關食神的一些應驗之談：

1. 食神爲喜用神時，最喜坐下十二運爲長生、冠帶、建祿、帝旺或與文昌、華蓋、天乙、天德、月德貴人等同柱，爲福集之地，乃福、祿、壽俱全之命。即使食神爲忌神，逢如上者，亦其有相當吉利之作用。
2. 食神不論其爲喜爲忌，均最忌逢冲尅、空亡，坐下十二運爲死、病、墓、絕或與凶神惡煞同柱，則謂坐禍集之地，則命必較爲差、惡劣。
3. 食神最忌逢偏印，謂之逢梟神，不貧則夭，須見偏財星方能逃災；四柱有食神而不見偏印，則主其人一生較爲平順，無多大災厄，不逢盜賊。
4. 身旺食神格之人，多半心寬體胖，爲人和平、度量大，且相當有口福。
5. 食神逢偏官（七殺）及羊刃者，乃非常之命，大好大壞，須全盤探討以綜合論斷。
6. 食神命上一位爲佳，日主爲旺且食神不逢空亡，不在禍集之地，不受尅冲，必能體健財豐。

7.食神過多過旺，則視同傷官論，主反體弱多病，父母緣薄，子息匱乏，凶歹之佳；須逢印星方能轉凶爲吉，逢七殺方能生兒育女。
8.日支夫妻宮爲食神，且爲命上之喜用神，則主配偶必屬肥胖型。
9.時柱現食神且爲命上之忌神，同時坐下十二運又爲死、墓、絕者，主其人子女多半難言賢孝，且相當難和睦相處，尅傷子息傾向。
10.凡八字喜財星，卻不見財星時，最喜食神可當含財論，方可言財運、財富。
11.食神與七殺同柱者，制殺太過或不及，俱主勞苦、暴躁、多災厄，且多半人緣不佳。
12.食神逢重重羊刃，主一生操勞、辛苦之命；食神身旺且帶祿馬，主財豐富，處世公平，福壽之命。
13.女命食神過多，主爲妾命、風流或亦陷於風塵界，孤寡之兆，尤其日主弱者更爲應驗。
14.女命上有食神，最忌逢偏印，尤其食神和偏印同柱，主與先生緣薄，聚少離多，或早喪夫之兆；同時，生產懷孕時，更易逢生產不順之災厄多。

二、專論食神格

1.凡食神當月令，或透干通根於提，且身旺能任其盜洩，方爲眞食神格。
2.傷官之氣高傲驕雜，食神氣順純良；傷官洩日主之氣較重，食神則較輕；倘命局上食神二位以上，或食傷混雜，均做傷官論。
3.食神格者，自必喜日主強旺，喜比劫星，喜財星，最忌者印星。

4. 日主旺而有印星，食神印星互不相礙，見財星透干，吐食神之秀，此為食神格最上者。
5. 食神最忌偏印，須有財星方可逃災；或財星微或無，則倘逢官殺生印，必成貧殀之命。
6. 日主強旺之食神格，最喜偏財，若偏財干透支藏，則財祿豐厚、幸運享福之命。
7. 食神可制七殺，謂福壽星，乃福、祿、壽之源；然食神多旺，反洩日主太過成身弱，則易招災惹禍。
8. 日主旺而命中無財星，食神可當含財論，行財運則發，日主旺而能任，必為富貴長壽之兆。
9. 日主弱食神旺洩氣重，子息必少；命局上殺輕食神太重，乃制殺太過，喜見財星來通關、和解，無財則寒儒。

7章　祿、刃格專論

一、劫財星精析

同我者屬異性之同，陰見陽，陽見陰，同我者我對其有情，謂之劫財。就男女命而言，劫財均代表弟妹，即我爲兄姊。古來最重長幼有序，兄長如父，姊姊如母，我爲兄姊，我就如同父母，該負起教導、照護、管教弟妹的責任、義務。但畢竟弟妹和我屬同輩，未必肯接受我的管教，我未必完完全全是對的，我亦未必一定比弟妹行；於是我會利用我的兄姊地位，強迫、壓制或嚴厲的要求弟妹們，服從、聽話。雖我多半是出自於愛心、情誼，然往往是爲了我自身的尊嚴，難免會盲目、衝動、未經思慮的反而錯誤教導。當然，當弟妹有困難、危險、或受人欺侮，我必須會很勇敢，不顧生死的去幫助，拯救弟妹，或抵擋外人的欺侮，而且我絕不能在弟妹們面前出醜，再難再險，我都得前進，奮勇向前，不能怯懦、退縮。

因此，從以上之所述，可以引申、推論出劫財，它意謂、具有著：衝動、盲目、魯莽、不講理、不思慮、勇敢、不退縮、不妥協、勇氣、志氣、魄力、毅力、剛倔、不屈就、不服輸、不管三七二十一、自我、自私、固執、主觀、自以爲是、不認錯、獨斷獨行、我行我素、不怕苦、不怕死、蠻橫、不重視他人、不管法理、武斷、不顧公理、欠深思熟慮、冒然行事、有勇無謀、冒險、患難、刻苦、耐勞、強壯性、有攻擊性、急切、暴躁、無耐性、壓迫性、破壞力、積極的行動、敏捷、強烈的操作力、凡事用行動解決、敢衝、敢拼、敢流血流汗、唯我獨尊、自大、狂妄、無理智、先斬後奏、做了再說、隻手遮天、迅速、有效率、直坦、直性子、直爽、乾淨俐落、自作自受、自討苦吃、自找麻煩、成事不足、敗事有餘、錯誤的行為、觸犯律法、誤入歧途、偏見、傲慢……等特性。

凡八字上出現劫財星，則主具有以上劫財之特性，若大運或流年逢之，則其特性必更加明顯。然尚得視劫財星是命局上之喜用神或仇忌神，則劫財星的特性，所表徵自有其為吉為凶的影響作用力。以下乃推命、論運時，有關劫財星的一些應驗之談如左：

1. 劫財現於年柱或月柱，不論其為喜為忌，多半非家中之老大（長子），而以為人弟妹居多數。男命較明驗於女命。
2. 四柱中劫財星多且旺，多半父比母壽短；若劫財近尅偏財星，無解救者，主多半易影響父運或父有早喪之兆。
3. 劫財星不論其為喜為忌，與羊刃同柱，主外華而內虛；若出現二柱以上者，則主易生婚變，為富不長久，或因財而惹禍，十分應驗。
4. 傷官星為命上之忌神，倘劫財星與其同柱，主多半非善良之人，易流於黑社會、流氓、盜賊、欺瞞騙徒，且多半又性好賭如命。
5. 劫財、傷官、羊刃三者同柱時，主易犯牢災、仇殺，有短命、意外、橫死、貧厄之兆者居多。
6. 劫財星多且旺，主夫妻較易生衝突、爭執、婚變事多，男命則有尅妻之兆，或太太體弱多病。
7. 劫財為喜用神時，若逢官殺來尅破，主多半子女忤逆不孝，或子女易逢災禍事生。

8. 劫財星多且旺，又爲命上之忌神，主其人生性十分頑固不化，常是非不分，易常樹敵招怨而不自知。

9. 正財星倘爲命上之喜用神，現於天干逢劫財星來尅破，主有破財事生，貧窮困苦；亦主妻壽必較短，或體弱多病之兆。正財星若現地支，逢上述則較不嚴重、明顯。

10. 劫財星若現於時柱，而逢正官星來尅破，不論其爲喜爲忌，均主易傷子息，或子女較不賢孝。

二、比肩星精析

同我者屬同性之同，陽見陽，陰見陰，同我者我對其無情，謂之比肩。就男女命而言，比肩星即代表兄姊。自古以來講究長幼有序，我爲人弟妹，我必須遵守禮制；因此，我敬畏兄姊，害怕兄姊，我必須服從、聽話，儘管兄姊無理取鬧，玩權賣勢，自以爲是，甚至受其欺負，我亦不願與之正面衝突，我要保持距離，但我們畢竟屬同輩，我只是禮讓，我並非眞正的畏懼他們，僅能做有限度的容忍，必要時我還是會反駁，與其對立、敵對。當然，他們有時亦是眞正的在照顧我、維護我、敎導我，我既討厭又喜歡他們，我往往是口服心不服。但我們亦可能會很團結，很親蜜，但我們總是有些隔閡、距離；有時我也可能幫助他們，但多半我總較吃虧，他們可以倚老賣老，可以去打小報告。所以，我總須較冷靜的和他們相處，我必須保持戒心，不去侵犯、觸怒他們，亦不能太輭弱而讓他們氣勢凌人，受其太多的欺負，我會設法巧妙的避開他們，隱藏我的過錯，誰叫我是弟妹，他們是兄姊。

由以上之所述，可以推論、引申出比肩星，它意謂、具有著：穩健、不魯莽、剛毅、不盲目、有氣魄、不急切、富有行動力、操作力、不太衝動、不亂衝動、有理性、自動、主動、不欺負人、不侵犯他人、不受人侵犯、有目標、會講理、會重視公理、會注重律法、會三思而行、不做無謂的犧牲、果斷不蠻橫、反抗不過於激烈、勇敢不全憑武力、不畏強權、不亂屈服、較有彈性、能伸能屈、自我主義而不自私自利、冒險患難但不逞匹夫之勇、肯幹肯拼但必經思慮、敢用武力但必思後果、用行動解決事情但不過分、肯流血流汗但必有因由、人不犯我我不犯人、迅速敏捷但較被動、適度的反撥、有所爲而爲、有所不爲而不爲、崇尚平等、稍可忍耐、不太急躁、適度的禮讓、限度的牽就……等特性。

凡八字上出現比肩星，則必具有以上所述之特性，若大運流年逢之，則比肩的特性必更爲明顯。然仍得視比肩星爲命局的喜用神或仇忌神，則其表徵的特性，自有其爲吉爲凶的影響作用力。以下乃有關比肩星，於推命、論運時的一些應驗之談如左：

1. 凡比肩、劫財星逢刑冲尅破，主兄弟姊妹間，必不太和睦相處，互不得力，易罹災厄。
2. 比肩、劫財星逢空亡，主兄弟姊妹不和睦、緣薄、互無助力外，亦主有早喪者；尤其月柱上比、劫星逢空亡，更爲應驗、明顯。
3. 比肩星多且旺者，主夫妻緣分必差，且太太多半爲體弱多病，亦主父比母壽短；若偏財被比肩星近尅，且無解救則父多半是早喪之兆。
4. 比、劫星坐下十二運爲死、墓、絕、沐浴等，主兄弟姊妹緣薄、不全，有早喪者之兆。
5. 比肩星不論其爲喜爲忌，現年、月柱者，多半非長子命，家中必有兄姊，己身爲人弟妹。
6. 天干比、劫星多見，戀愛多爭執，三角關係多，嫉妒紛爭事多，男女命俱同論。

7. 女命比、劫星多且旺，主夫妻少愛情，家庭不和睦，婚姻困擾事多，色情糾葛事易生；同時亦主子女少，若再多逢羊刃，則更主有不測之災厄事。

8. 比、劫星坐下十二運爲帝旺，主兄弟姊妹中有脾氣較爲暴躁者。

9. 比、劫星坐下十二運爲帝旺、建祿、冠帶、長生等，主兄弟姊妹的運勢強旺，將有傑出的表現和優異的成就。

10. 凡比、劫星爲命局上之喜用神，主兄弟姊妹互助力必大，朋友亦多助益力；亦可事業可合夥，較不忌諱；相反比、劫星爲忌神，則不宜合夥事業。

三、專論祿、刃格

1. 月支若爲祿神之星（比肩星），財官透干又通根者，謂之建祿格。

2. 月支若爲羊刃之星（劫財星），且必須是子、午、卯、酉四字，財官透干又通根者，謂之月刃格。

3. 月刃格僅有四種爲眞，建祿格有十種，二種格局的理論和喜忌，以完全相同，可同併論述。

4. 建祿和月刃格均得月令之故，所以俱爲旺極之意，日主必主強旺，故均喜財官星有力，格局方眞，亦因如此方能得名獲利，言富論貴。

5. 凡祿刃格之人，命局上財官更旺，則其福必更多，但雖有祖產亦不能守，必敗後自立再成。秉性較爲特別，六親冷淡，在家待不住；平生見財而較難聚，外緣佳，內緣反較不理想。

6. 凡祿刃格者，只單一比、劫星在月支，滿局財官星，則行運必喜比、劫星來助身旺，方可言佳美。

7. 凡祿刄格者，命局多見比、刼星者，行運則最忌行比肩、刼財運來助身更旺，反主凶厄不美。

8. 局上財官星不現，干支多見食傷星，亦可獲中和，然格局之美較次；但一見印星來破食傷星，僅能大才小用，小官小貴罷了。

9. 命局上比、刼星旺，財星單見，無現官星及強力之食傷星，則成衆刼奪財，必主多困逆。

10. 命局上比、刼星旺，無財官星或甚微弱，行運則須財官來助，然亦只是虛名虛利，富貴不長久；倘大運前四柱財官星運，反多比、刼，則一生必貧厄之下命矣。

11. 凡祿、刄格者，最忌比、刼星，比刼星多而財輕，必無祖產家業，再逢刑剋重重，主一生孤獨貧困。

12. 祿刄格者，財官星生旺有氣則貴；命局上官星不現，而財星若能透干通根有力，必亦能顯貴；若財官星合日干爲最佳，乃財官來就我，得財獲官輕而易舉；倘財官星與別柱干合支合，則較爲不利，乃財官被合去，反一生破敗浮浮沈沈。

13. 凡祿刄格者，通常最忌比、刼星行運，次忌印星之運；倘日主太弱，則反喜比肩、刼財、印星等行運。

14. 凡祿刄格極易和五合化氣格混雜難分，逢此種狀況時，則必先取化氣格論方是。

×　×　×　×

本篇將正格分成十種格局，逐一論述；所謂正格命式的最主要的重點，在於日主強弱中和爲貴，在於命局寒暖濕燥中和爲貴；根據四柱干支的生剋制化原理，四時寒暖濕燥關係，而依「扶抑」、「調候」、「通關」的病藥原理以取用神，以明喜忌；論用神之眞寙，而推命之榮枯，將喜忌代入大運、流年，而知行運之休咎窮通；綜命、歲、運以參，則凡舉正格八字命運，即可詳推細論，且「雖不全中亦不遠矣」。尤其在推命論運時，對於十神的特性，更必須靈活加以運用，其在命局上是旺、是弱、爲喜、爲忌，將帶給命造如何的影響作用？何十神最旺其特性必最明顯，何十神最弱其特性必最不明顯；是吉其特性及表徵於吉的作用，是凶則表徵必屬凶的一面，故爲正格八字推命論運時，很重要的參考依據和資料。

第五篇　變格專論

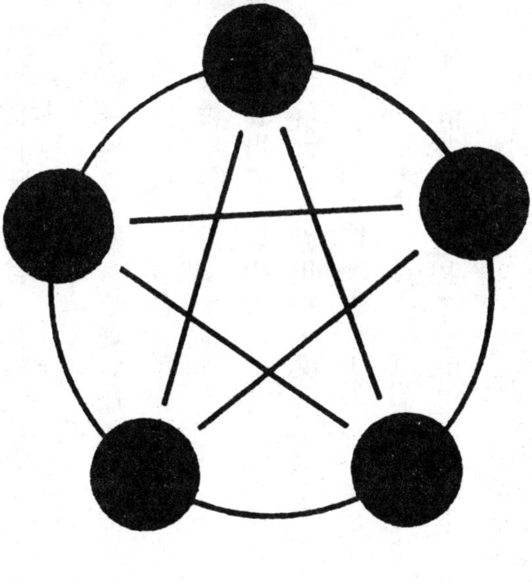

變格又稱爲外格、特別格，亦即所謂的特殊命格。凡正格八字命式，必局上五行中和均勻，不強不弱，不偏不雜爲貴；然事實上過強、過弱、過偏、過雜的命式，乃十中可逢一、二；太過偏於強旺，太過偏於衰弱，在特定的條件下反可委命從其強旺之勢，或從其衰弱之勢以論命，即順八字命局上五行之專之偏，取此偏專之五行爲格局；則爲專旺格、從弱格。另因日干合化關係，而造成整個命局上五行的變革，產生某一五行之氣專且旺，則爲化氣格。簡言之，變格主要可分成三類：專旺格、從弱格、化氣格等。

若命局上五行干支，太過於雜亂無章，則命主駁雜孤貧，難有特殊條件，可取爲變格之理；唯命局上僅有二種五行，很單純的相生或相尅，半壁江山或平分秋色，較爲特殊、特別的組合，則爲二人同心格和雙清格二類。合同前述三類，在本書均列入爲變格綜論。

「變格」顧名思義，乃由正格演變、變革而來，其用神之取法，自不同於正格；正格首重「扶抑」的病藥原理來取用神，變格正好相反，反取正格之病爲喜用神，藥爲忌神；即正格之藥乃變格之病，正格是病而變格非病，故該扶不扶反抑制，該抑不抑反生扶；另「調候」、「通關」的問題、原理，則不論正格或變格，均爲適用且必須加以考量、探討，其對於整個命格、命局的影響作用；在變格八字的推論上，其往往亦扮演著，相當舉足輕重的重要角色。以下逐一細論諸變格八字。

註：凡一八字命造，不論如何情況？只要能合乎變格的特定條件時，則優先以變格取爲論命，除非變格有破而無解救時，方視同正格以論命。

1章 專旺格專論

「專旺格」顧名思義，乃八字中和日干同類的五行，數量特別多特別強旺，形成命局上最強盛的黨勢，即和日干同類的此一五行，最專最旺，故謂之專旺格。依日干的五行以命名，即屬木獨旺謂曲直格，屬火專旺謂炎上格，屬土專旺謂稼穡格，屬金專旺謂從革格，屬水專旺謂潤下格等，共區分成五種專旺格。

因命局上和日主同類之五行既專且旺，勢必有食傷星來順洩流暢其氣，方能有源遠流長之勢，而不致阻滯閉塞，爲最佳之命式，其富貴亦方能達於最高峯的境地。所以，凡舉專旺格，必取局上專旺之五行爲用神，而以食傷星爲喜神，印星亦論吉。故很明顯的最忌官殺星，四柱只要一現官殺星，即爲破格須以正格論命；亦忌見財星來逆損，唯此財星若在天干虛浮無根，則仍可作專旺格論，但較爲失眞，若此財根在地支僅一粒無尅合，亦做破格而以正格論。

專旺格成須旺神透出天干，方爲眞專旺格，必大富大貴之命；若專旺格失眞微破，假成之格，則只要能獲行運之助，必也富貴騰達。另格局成而失時，即時支非旺神且與旺神不相礙，則主富貴然不長久。凡專旺格均忌官殺之鄉，或歲運來冲月支，均主破局而官刑、死傷、霉咎、災厄、破家敗業……等凶厄事生。再者，專旺格局雖成，但原命局上月支逢冲，旺神逢冲則反主雙親緣薄，一生窮苦困厄，易招惹災厄、霉咎事生，晚境悽涼，反成凶劣之命。

總之：專旺格必得月令且旺神必須透干，四柱不官殺星來破格，不見財星來逆損，原命見食傷星，原命無字來冲月提，行運得助不背，則爲最眞最佳之專旺格，必掌權勢，富貴顯達於一身；若見財星來逆損，則須有尅有合時，謂格破再成，亦爲專旺格論；唯官殺星絕不宜逢見，僅一粒亦做破格，而須以正格論命。

註：凡變格之取捨時，地支字只論本氣即可，不必拘泥地支所藏之人元爲何？可完全捨棄不論。

一、曲直格論

凡木人（日干甲乙木者）生於寅卯月，地支三合木局，三會東方木，或地支木多勢旺，且旺神必須透干，四柱不見金星來尅破，亦無強土來逆損，同時時支不違逆，若局再見亥字，乃曲直格最佳之命式，必大富大貴，出將入相，高官厚爵之命。（地支木多勢旺而旺神未透，亦可入格）

另木人生於亥水月，地支三合亥卯未木局，旺神必須透出天干，四柱不見金星來尅破，亦無強土來逆損，時支木星不違逆，再見亥字於局上，乃亦曲直格之最佳命式，必大富大貴，高官顯榮之命。

曲直格成，必以木爲用神，以火爲喜神，尤喜屬亥之印星（亥勝於子）；若原命局有印星透干，逢官殺之行運，可凶中反化吉，轉禍爲福；若四柱一見金星，即爲大破格，須以正格來論命，倘運逢金運時，則主有亡命、破家、敗業、官刑、牢災、霉咎…等凶厄事生，最忌亦最須多加以防範。

1. 曲直格逢金星一粒在地支，即視爲破格，必須以正格來論命；若在天干而逢火來尅金，尚可依假曲直格論命。

2. 曲直格逢土星在天干，虛浮無根，或被木星剋合，則亦可依假曲直格論命。

3. 曲直格的地支，木星至少須二粒以上，且天干必須有木星透出，否則旺度不足，亦難入曲直格；倘地支木星全，既多且勢旺時，木星未透出天干，亦權准入曲直格以論命。

範例：

(1)
丙寅
辛卯
乙卯
丁亥

地支亥卯三合木，則成地支全木，既多且旺，木星不透干，亦權准入曲直格；月干辛金一粒為破格，幸丙辛做合，且丁火亦能掃滅辛金，故乃破而再成的曲直格論。

(2)
壬戌
壬寅
甲子
乙丑

日干甲木生寅月，乙木透出，但地支木星僅一粒，旺度不足，難入曲直格；另年支戌土，時支丑土，且子丑合土，強土逆損，時支又違逆，再再難入曲直格以論命。

(3)
乙丑
丁亥
乙未
己卯

地支亥卯未三合木局，年干乙木透出，時干己土乃虛浮無根，年支丑土逢上乙木剋制，旁見亥卯未木局硬剋，亦被連根拔起，故仍以曲直格論命。

(4)

癸亥　乙卯　甲寅　丁卯

地支亥卯三合木，則地支全木，又乙木透干，四柱既不見金星來尅破，亦不見土星來逆損，格之至眞、至純，且命局見亥水，乃曲直格最佳命式也。

(5)

壬寅　癸卯　甲辰　甲戌

地支寅卯辰三會東方木，甲木又透出，時支戌土有違逆，乃曲直格成但失眞；不過辰戌逢沖，幸好沖日支非月支，否則，反多災厄、貧困、破敗、悲慘之命。

二、炎上格論

凡火人（日干丙丁者）生於己午月，地支三合火局，三會南方火，或地支多火，旺神必須透出天干，四柱不見水星來破尅，金星微見逆損而不忌，時支火星不違逆，更見寅木在局，則爲炎上格之最佳命式，必顯達、尊貴、榮華、高官、權顯之命。

另火局生於寅木月，地支三合火局，或地支多火勢旺，旺神必須透出天干，金星微見無損不忌，水星四柱不見其來尅破，時支火星不違逆，命局再見寅木，則爲炎上格之最佳命式，必高官厚爵、大富大貴的賢命者。

凡炎上格者，四柱一見水星，即大破格，須以正格論命。炎上格成，必以旺神之火爲用神，以土爲喜神，再見寅木印星更尊更貴。最忌逢水，滴水入命，禍亡災厄不測事立至；喜神爲土，然以辰丑之濕土最佳，原命若見濕土一、二粒，逢水運必較安然，易逃災厄，方不致橫死、破敗、不測、災劫…等事生。

1. 凡炎上格逢水星一粒，即視爲破格，必須以正格來論命；若在天干能因戊癸五合，丁壬五合得月令而化火，則仍以眞炎上格論。

2. 炎上格逢金星一、二粒無損不忌，仍可依炎上格來論命，炎上格較不忌金星來逆損。

3. 炎上格地支，火星至少須二粒以上，且天干須有火星透出，否則旺度不足，亦難入炎上格；倘地支火星全，既多且勢旺時，火星未透干，亦權准以炎上格論命。

範例：

(1)
庚　寅
辛　巳
丁　未
丙　午

地支巳午未三會南方火，旺神又透出時干丙火，雖天干金星雙見，但炎上格見金星一、二無損不忌，且又有丙火透出可掃滅，故爲炎上格論命。

(2)
丙　寅
甲　午
丙　午
己　丑

地支寅午三合火局，火旺又透年干丙火，四柱不見水星來尅破，唯時支丑土乃濕土稍有逆損，然炎上格命局能有一、二粒濕土爲佳，故仍爲很理想的炎上格。

(3)

戊辰 日主丁生未月失令，然巳午未三會南方火，且時干丙火透出，四柱不見水星

己未 來尅破，亦無強金來逆損，故仍為炎上格論，只因局上無寅木，乃富眞而貴

丁巳 假之命。

丙午

(4)

辛未 地支只見午火一粒，雖午未六合火，但旺神又無透干；另日支為申，透干年

甲午 辛，乃金得強根，金太強；故因火旺度不夠，且逢強金逆損，均主破格須以

丙申 正格論命。

戊戌

(5)

戊戌 地支只見午火一粒，午戌三合火，然旺神未透干，旺度不夠須以正格論命；

戊午 另命上土星五粒最旺，而非火星最旺，亦不足以構成炎上格的條件，連假成

丙辰 均無成立。

己丑

三、稼穡格論

土人（戊己日干者）生於辰戌丑未月，地支得四庫齊全，或地支三土三庫，土多勢旺亦權准，必須旺神透干，四柱不見水星來尅破，亦無強水來逆損，時支土星不違逆，金星越多更尊貴，原局土厚福壽長，木星微見財氣豐，命上逢此則可依稼穡格論命，主大富大貴，榮華高官，福壽綿長之命。

凡稼穡格成且眞，一律以土爲用神；然因出生月令不同，如辰濕土，未炎土，戌燥土，丑冰土，故其用神均相同取土，但喜忌方面則各不相同。因此，必須視出生月令而逐一細論稼穡格，喜忌神及行運吉凶如左：

1. 辰月之稼穡格：因辰土乃水庫木餘氣，最中和之稼穡格，行運逢水逢火俱爲佳，原命局上水火二星俱全，則富貴至極，難以估計，唯單忌木之行運罷了。

2. 未月之稼穡格：因火炎土燥之故，乃稼穡格中最熱燥之命；須局中支逢見雙濕土或天干見癸水，命較安然，方可言富貴長壽；否則，恐壽不長，逢水木旺運必亡命、災禍事生。因此，須取金爲用神，濕土爲喜神；若原命局上火星旺，則富眞而貴假，最忌火之行運，以及木運來破格；用神取金，喜神爲水，運行金水之鄉最佳。

3. 戌月之稼穡格：因土燥且悶熱之故，命局上須支見雙濕土或天干見癸水，此命較爲安然，方能言富貴長壽；否則，運行木旺之鄉，必亡命、災禍事生；倘原命局上無濕土，也無水星者，乃富大貴小，富眞貴小之命，濕土越旺其命更貴。用神取金，喜神爲水星及濕土，運行木火之鄉最忌，必主破敗、亡命、災禍事至——另原命局上見火星則不忌，亦主格局更貴，唯行運不喜逢火，更忌木運來破格。

4. 丑月之稼穡格：因天寒地凍之故，須命局上雙見未戌燥土，或天干能見火星，方能言富貴長壽，且火星越旺，則貴氣更盛，無現火星乃富大貴小，富眞貴假之命。因喜火來調候暖局，用神取火，喜神爲土，行火土運最佳，行水運及木之破格運最忌，主有亡命、破敗、橫禍、官刑⋯不測之災厄事生。

範例：

(1)
癸丑
丙辰
己巳
癸酉

癸水雙見透干，地支又見巳火，因辰月之稼穡格，命見水火二星，富貴難以估計，且癸水又屬無根虛浮，不作強水逆損，故爲眞稼穡格論命。

(2)
戊午
己未
戊午
丙辰

四柱不見木星尅破，水星逆損，稼穡格純眞，然午未六合火，丙火又透干，未月生之稼穡格，命局上火星太旺，則僅能言富大貴小，富眞貴假之命。

(3)
乙丑
丙戌
己丑
戊辰

地支四土全又透干戊土，乙木虛浮無根，稼穡格局成；然戌月出生之稼穡格，命局上能見火星，且地支又見三濕土調候，均主稼穡格成且貴氣更足。

(4)
丙戌
辛丑
己丑
辛未

地支四土全未透干，亦權准入格；然丑月生之稼穡格，地支僅見雙丑土，水星並爲明現，丙被辛合住，火氣略嫌不足，故亦僅爲富大貴小，富眞貴假之命。

四、從革格論

金人（日干庚辛者）生於申酉月，地支三合金局，三會西方金，或地支金多且勢旺，亦權准，旺神金必須透干，地支金全不透干亦可，四柱不見火星來尅破，亦無強木來逆損，時支金星不違逆，局中能見水星更爲尊貴，乃權威顯赫，高官厚祿，大富大貴之命。

另金人生於丑月，地三合巳酉丑金局，或地支金多旺勢，也權准，旺神必須透出天干，地支金星全而旺神不透亦可，四柱不見火星來尅破，亦無強木來逆損，時支金星不違逆，局中能見水星更爲尊貴，乃權威顯赫，高官厚爵，大富大貴之命。

凡從革格者，用神必取金，喜神爲水，原命局無水而能見申亦也貴論，最忌火之行運來破格，亦忌強木來逆損，逢未戌燥土亦論凶，辰丑濕土則平平無吉凶；倘格局雖成而逢火、木、燥土之行運，主必亡命、破家、敗業、官刑、霉咎……等災禍事生。

1. 凡從革格局逢火星一粒，即爲破格論，必須以正格來論命；若丙火現而天干見辛，丙辛五合得月令申酉而化金，則仍可視從革論；倘逢丁火，則無法如上五合而化金論，則仍視爲從革格破格，須以正格來論命。
2. 從革格逢木星微弱，雖逆損然在天干虛浮無根，則不忌諱，仍可視爲從革格來論命。
3. 從革格地支，必須至少有二粒金星，且天干必須再見金星透干，否則旺度不足，難入從革格論命；另地支金星全，而金旺勢卻無透干，亦權准依從革格論命。

範例：

(1)

戊辰
辛酉
辛丑
己丑

地支酉辰六合金，酉丑三合金，天干辛金透出，幸地支金星雖不旺而有辛金透，仍可視從革格；另丑辰土均含有水氣，故仍屬從革格中較貴氣者論。

(2)

癸酉
乙丑
辛巳
壬辰

地支巳酉丑三合金局，辰酉六合金，地支多金未透干亦可權准入格；天干乙木虛浮無根不逆損，局見壬癸水，辰丑濕土，水多而取貴旺之從革格。

(3)

甲申
癸酉
庚子
乙酉

地支三金，乙庚五合得月令酉金，五合化金，旺神有透；另甲木無根虛浮，亦不作強木逆損，又干支均見水星，故爲從革格純眞，乃大富大貴之命式。

(4)

壬午
乙巳
辛丑
丁酉

地支巳酉丑三合金局，有壬水在命局取貴，乙木虛浮無根不逆損，但天干丁火透出，地支又見干火，火星二粒在局，故爲從革格大破格，須以正格論命。

(5)

癸卯	
庚申	
庚子	
庚辰	

地支申子辰三合水，癸水透干，水乃命局上最旺之五行，庚難得申月令、但再加上地支金星旺度不足，故此命式不作從革格論，反宜作從兒格論方是。

五、潤下格論

水人（日干壬癸者）生於亥子月，地支三合水局，三會北方水，或地支多水勢旺，亦權准，旺神必須透出天干，如地支水星金，旺神不透亦可，四柱不見乾土來尅破，亦無強火來逆損，時支水星不違逆，局中能見寅木更尊貴，以上乃潤下格之最佳命式，主必大富大貴，高官厚爵，榮華顯達之命。

水人生於申辰月，地支申子辰三合火局，或地支水星旺勢亦權准，旺神必須透出天干，地支全水星不透旺神亦可，四柱不見乾土來破格，亦不見強火來逆損，時支水星不違逆，命局上能見寅木更爲尊貴，以上乃潤下格最佳命式，主必富貴騰達，出將入相，高官權貴之命。

凡潤下格者，四柱一見乾土或二見濕土，即視爲破格，必須以正格來論命；倘四柱水旺，月支水又當令，雙濕土尚權准入格，但較爲不眞。用神均取水，喜神爲木，金星亦吉；又潤下格局較寒，須以火星來調候，故原局見丙丁寅方能言眞言富貴；倘木火星俱無，則僅爲小富不言貴。

1. 凡潤下格局見一粒乾土，即爲大破格，必須以正格來論命；倘命局水旺度不足，見雙濕土亦作破格論，須命局水旺，逢二濕土勉強以假潤下格論。

2. 潤下格因較寒冷，故見火星調候不忌反喜，然火星宜在天干方為眞有助於命局調候作用，而不致成強火逆損。

3. 潤下格之地支水星至少須二粒以上，且旺神須透干，否則旺度不足亦不入格；另地支水星全，旺神不透干，亦權准入格；倘局上無木火星為小富，三運前三柱為水則大富有望。

範例：

(1)

壬辰
辛亥
癸亥
癸亥

地支全是水星，天干又透出水星，滿局俱是水旺之勢，乃潤下格最純、最眞之命式；局上辰土一粒，且為濕土，故不做破格論。

(2)

丁亥
壬子
癸巳
庚子

天干丁火日支見巳火，為得火之強根，然丁壬五合得子水月而化水，又地支亥子水勢旺，足以將巳火掃滅，連根拔除，故仍以潤下格論，但格局則較為失眞。

(3)

壬申
壬子
壬子
甲辰

地支申子辰三合化水，天干旺神又透出，潤下格成，既純且眞；局上無火星，但見甲木，亦可言大富之命。

(4)

辛	丑
庚	子
壬	申
辛	亥

地支亥子丑三會北方水，申子三合水，地支全水，但天干水星未透，亦權准入潤下格，只因局上無木星及火星，故僅可言小富之命，不言大富或取貴。

(5)

壬	寅
辛	亥
壬	子
辛	丑

地支亥子丑三會北方水，旺神壬水又透干，四柱無乾土或強火來逆損、尅破，且寅木局中明現，故爲潤下格最純、最眞的權貴命式。

2章 棄命從弱格專論

「專旺格」乃四柱命局上，和日干同類的五行，成方會局，黨衆勢旺，而造成日主強旺至極，且因和日干同類的此一五行專旺，故從此專旺之勢以論命，即可順命局上專旺的某一五行，而不可反逆之。當然，四柱干支成方會局，結羣會黨，均很可能組合成某一五行既專且旺，而此一專旺的五行，很可能生扶比助日主，而使日主強旺至極；亦很可能是尅、耗、洩日主，而使日主衰弱至極點；換句話說：凡命局上某一五行專旺，而造成日主強旺至極，須從此專旺之五行以論命，即謂之專旺格；凡命局上某一五行專旺，而造成日主衰弱至極，須棄命從此專旺之五行以論命，則謂之棄命從弱格。

專旺格和從弱格均順從命局中，某一專旺之五行，所不同的乃前者從之而日主更旺，後者從之而日主更弱，二者均以專旺之五行爲中心，順其者昌，逆其者亡之意謂。凡能尅、耗、洩日主，使日主衰弱之物，乃官殺星、食傷星、財星；其在命局上成方會局，黨大勢衆，或尅、或耗、或洩的使日主衰弱至極，孤立無依，無生助之物，故只好棄命以順從尅、耗、洩之勢以論命，謂之從弱格。即以尅耗洩之神，使日主更弱爲喜，而反忌生扶比助之神，使日主更強爲忌。

棄命從弱格尚可分成：從煞、從財、從兒、從勢格四種命格；所從之神必是命局上最旺之五行，而且必須得月令，同時四柱上無見絲毫生助日主之物，亦無見他物尅破逆損所從之神，則爲眞從弱格；若有生助日主之物，但微弱虛爲無根，或逢尅、合者，謂之假從弱格；倘日主有生助之物，有根且不逢尅合，或所從之神，逢他物尅破，無解救者，謂之不從，即從弱破格，須以正格來論命。

眞從者多半出生富貴，假從者多半出生普通或寒微；然不論眞從與假從之人，均得行運來助，方能有所發揮與成就，富貴更眞；若行運不助，即使眞從之人，亦是英雄而有志難伸，無以發揮。大體上而言，凡棄命從弱格者，均忌行身旺之運，即逢印星及比、劫星的行運；因尅、耗、洩日主之神太旺專旺，而日主弱至極，孤立無依，方捨命以從弱之勢，逢印星、比劫星來生扶比助日主轉強，反成破格之運，則主有亡命、破家、敗業、刑尅人口、官訟、牢災、霉咎…等凶災事生；當然，行尅旺神之運，亦爲大破格，同樣易發生同前之災厄事等。從弱格必取命局上最旺之神爲用神，即命格所從之神，而取生所從之神爲喜神或被所從之神所生者爲喜神，以下依四種棄命從弱格，逐一細論詳解。

一、從煞格論

凡從官殺格者，必日主毫無半點根氣，命局上盡是官殺星，日主弱至極點無依無助，且四柱又全無食傷星來尅制官殺，故只好棄命以從官殺專旺之勢以論命。從煞格成，必取官殺星爲用神，以財星來生官殺爲喜神，行運自喜財官之鄉；最忌逢食傷星運，次忌日主逢根來破格——即印星和比、劫星之行運，俱主大凶厄。

凡從煞格者，月支必是官殺星，或月支能和其餘年、日、時支三合、三會成官殺局或官殺方，最起碼地支官殺星必須在二位以上（月支必不能無），勢旺亦權准，同時旺神（官殺星）必須透出天干，四柱不見食傷星來剋制官殺，日主亦無逢強根，時支官殺星不違逆，局上見財星無印星，乃從煞格最佳命式，主大富大貴，權威顯赫，高官厚爵之命。

從煞格成者，必是富貴百般，權威榮顯至極，但命局上不見食傷星，亦無印星及比、劫星時，方為眞從煞格；倘命局無食傷及印星，只一比劫星虛浮無根，亦不算大破格，尚可依假從煞格論；若旺神（官殺星）不透干，而透生旺神之物（財星）時，亦做假從煞格論；若局上只一印星透干虛浮無根，亦做假從煞格論，倘有財星能剋合印星時，方能言貴；若從煞格成，四柱又有財星可生助官殺星，主必是大富大貴的眞從煞格。

凡從煞格成者，不論是眞從或假從，均喜用神官殺星和喜神財星之行運；最忌食傷星之行運，次忌比劫星和印星之行運；倘若行運逢官殺、財鄉，主必大吉大利，富貴、財利、官職等垂手可獲；倘若行運逢食傷、印、比劫之鄉，主必亡命、刑剋人口、破家、敗業、官刑、牢災、失職、災厄、霉咎……等事生。換個方式而言，即從煞格的原命和行運，均只喜官殺及財星，眞從煞格者大富大貴；均忌食傷、印及比劫星，倘若能入假從煞格者，多半行運再逢助，亦主富大貴小，富眞貴假。另印星或比、劫星透干虛浮無根，倘天干若有字剋合、掃滅其，則由假從煞格變為眞從煞格，亦可以言貴及論官職。

範例：

(1)
癸巳
辛酉
乙丑
丁丑

地支三合巳酉丑金（七殺）局，旺神辛金又透出，癸水虛浮而無根，似乎可入假從煞格；然時干丁火食神透出，乃大破格——旺神被剋，故日主雖弱極，七殺當令又為局中最旺之神，但食神一現即破格須以正格論，取癸水偏印化殺生日主為用神。

(2)

甲辰
乙亥
己卯
甲子

地支亥子水，子辰合水，水勢旺卻未透干，另四木尅日主，木星（官殺）爲命局上最旺之神，日主毫無生扶之物，弱至極點，勢必從弱以論命；但官殺（木星）不當月令，水之財星非命局最旺之神，故非從煞亦非從財，乃從勢格論。

(3)

丙子
丙申
丙申
壬辰

地支申子辰三合水局，壬水又透，二丙火在干虛浮無根，本爲假從煞格；但壬水透干一一掃滅丙火，乃由假從而轉變成眞從煞格，故亦主富且貴論。

(4)

壬寅
丁未
己卯
乙亥

地支三合亥卯未木局，支金木且乙木又透出時干；丁火偏印透干虛浮，本爲假從煞格，但丁壬五合化木，則由假從而變爲眞從煞格，印星被尅合，故亦方能言貴。

(5)

癸亥
乙卯
己未
丁卯

地支三合亥卯未木局，旺神乙木又透干，時干丁火偏印虛浮無根，本爲假之從煞格；但年干癸水透出，掃滅丁火，乃由假從變眞從煞格，印星被尅滅，故亦能言貴。

二、從財格論

凡從財格者，必命局上全盤盡是財星，日主毫無半點根氣，日主弱至極點無依無援，且四柱又全無比劫星來破尅財星，故只好棄命以財星專旺之勢以論命。從財格成者，必取財星為用神，喜食傷星來生財為喜神，亦喜官殺星方可言官職；行運自喜財、官殺、食傷星之鄉；最忌比劫星來尅旺神乃大破格，次忌印星來生扶日主來逆旺神，自大忌行比劫、印星之鄉，俱主大凶厄。

凡從財格者，月支必是財星，或月支能和其餘年、日、時支成三合、三會財局或財方，最起碼地支財星必須在二位以上（月支財星不可無），勢旺亦權准，同時旺神（財星）必須透出天干四柱比劫星來尅破，日主亦無強印可生扶，時支財星不違逆，局見官星且無破，乃從財格最佳命式，主官貴榮顯，出將入相，大富大貴之命也。

從財格成者，必是富貴百般，權貴榮華至極，然命局上不見比劫星及印星時，方為眞從財格；倘命局上印星或比劫星，只現一位虛浮無根，或旺神未透干，均無礙不做破格，而視為假從財格論。凡從財格不論是眞從或假從，均喜食傷、財、官殺星之行運，均忌印和比劫星之行運；倘行食傷、財及官殺星之運，則主大吉大利，富貴、名利、官職等皆輕易獲取；若行運逢印星或比劫星之鄉時，則主必亡命、死傷、破家、敗業、官訟、牢災、免職……等大凶厄事生。

凡從財格者，須局上見官殺星，方可言貴言官職，且官殺星越有力，官職權勢越大更尊貴；否則，乃富大貴小，倘官殺又被尅破，則只論富而不貴，甚至為官不利，有丟官或犯法入牢之凶兆。簡言之，凡從財格的命和運，俱喜逢見食傷星、財星和官殺星，均忌逢見印星及比劫星。不論眞從或假從，一律須靠行運之助而大發，而行運來破格、背逆，則災厄、凶禍、亡命…等厄事而叢生。

※木命從財格者，倘生於丑月令，天寒地凍，調候暖局不可缺，須命局上有火星，或寅木及戌土，或大運前三柱逢旺火，方能有壽，命較安然；原命火多不厭，越旺越佳。否則，即使能入從財格，亦主一介寒儒罷了，恐壽不長之命矣！

※水命從煞格者，倘生於丑月令，天寒地凍，調候暖局不可缺，須命局上有火星，或寅木及未戌土，或大運前三柱逢旺火，方能言富；原命木火多不厭，未戌土亦然。否則，即使能入從煞格，卻是依然貧寒的下劣命。因水命丑月者，命局嚴寒至極，無木火調候，絕無生機之理。

範例：

(1)

己巳
己巳
壬午
丙午

地支一片火海，丙火旺神又透，局上無印反比劫星，日主孤立無援，從財格最純、最眞；又命局上官星亦旺，貴氣十足，乃從財格大貴大富之命也。

(2)

庚申
乙酉
丙辰
壬辰

乙木印星透干虛浮，然乙庚五合得酉月而化金，地支金旺且旺神又透干，乃眞從財格——無印和比劫星，另壬水官殺星透，故貴氣旺之眞從財格之命也。

(3)
辛巳
丁酉
丁酉
辛丑

地支巳酉丑三合金局，辛金旺神又透干，丁火比肩虛浮無根，故爲假從財格論命；局上無現官殺星，僅可言富而不以論貴之命。

(4)
戊辰
甲寅
壬戌
丙午

地支寅午戌三合火，旺神丙火又透，無印及比刦星在局，故爲眞從財格；命局上見官殺星戊土，卻被甲木尅破，僅能言富而不可論貴之命。

(5)
甲子
乙亥
己丑
乙丑

地支三會亥子丑北方水全，地支水勢旺，但旺神並未透干，故爲假從財格；幸局上官殺星旺，仍足以取貴，須行木運則貴氣方顯而得眞。

(6)
壬申
己酉
丁未
乙巳

乙木印星在干虛浮無根，日主丁火在時支得巳火強根，本就得以正格論命；另地支申酉二金，旺神又未透干，旺度亦不足，故連假從財格亦難成立，須正格論。

三、從兒格論

凡從兒格命式，月支必定是食神或傷官，且食傷星必須是命局上最旺之五行；在地支至少須有二位以上，旺神必須透干，或地支食傷星全，旺神未透亦權准入假從兒格。以上乃從弱格的基本條件，唯從兒格較為特殊的乃命局上見比、劫星不忌，反喜多見論貴及官職，因比劫星能生食神及傷官，多見而不忌，但在命局上的數量（旺度）不得超過食傷星，即不可喧賓奪主。另從兒格必須局見財星，無財星則不入從兒格論，比劫星超過食傷亦不作從兒格論，二者均得視為正格論命。

從兒格最忌印星，因為印星正好尅制食傷星，乃大破格，只要干支印星一位，即視為破格須以正格論命；次忌官殺星來逆損，倘僅一位在天干虛浮無根，亦權准以假從兒格論；若印星一位及官殺星一位，透出天干則為大破格，須二者均被尅合，方得以假從兒格論，否則必須以正格來論命。總之：從兒格必須有財星方能入格，最喜比劫星，以及財星、食傷星，最忌印星，次忌官殺星，命和運均同論。

凡從兒格必須命局上有財星，月支為食傷星，地支食傷星三合、三會成食傷局或食傷方，或地支食神、傷官多且勢旺，至少得二位以上（月支食傷不可缺），旺神又透天干，四柱不見印星來破格，亦不見官殺星來逆損，時支食傷星不違逆，局上更見比劫星最為尊貴，以上乃從兒格的最佳命式，必主大富大貴，權威榮顯，高官厚祿之命。若命局不見比劫星，僅可論富不以言貴，即富大貴小，富眞貴假。運行比劫、食傷及財星之鄉，則大吉大利，富貴名利乃手到擒來；若運行印星或官殺星之鄉，則主大凶大厄，破家、敗業、亡命、人口死傷、牢災、官訟、霉咎、丟官…等災厄事生，逢歲運和命局上月柱干支，成上尅下冲時，恐死厄難逃。

另木命及火命的從兒格者，命局上若無水星也無金星，主一生貧賤、災厄、病弱、阻滯、駁雜、早喪偶之命，唯大運前三柱爲吉運時，命運較爲安然；因火炎土燥，則兒（火土星）少而壽短，兒（火土星）多易早殀，且有早喪偶之兆及富終而短命之虞。故土命、金命、水命之從兒格，乃最理想之命式。凡從兒格行運必用食傷星、喜比劫及財鄉；最忌印地及官殺之鄉。只有火命未月之從兒格，行運最忌印及比劫鄉，而最喜財及官殺之運（即喜行金水運）。又財星未透干或無財星之從兒格，主先富後貧，祖蔭豐而終破敗，且有病亡、早殀、自殺、狂亂…等不幸凶兆。

範例：

(1)
丁　卯
壬　寅
癸　卯
丙　辰

地支寅卯辰三會東方木，地支全木，丁壬五合寅月而化木，旺神透干，且丙火正財及壬水劫財均透干，故爲從兒格至眞、至貴的最佳命式。

(2)
丁　巳
乙　巳
乙　酉
己　卯

地支巳火見二位，幸有丁火透干，旺神透出，乙木比肩透出，己土偏財透出，故爲從兒格最佳最貴之命式。

(3)

壬寅
辛亥
辛亥
壬辰

地支二水又干透二水，旺神透干，比肩亦透月干，寅木財星局見，從兒格得眞，爲大富大貴之命。

(4)

辛巳
甲午
甲午
己巳

地支巳午四火全，己土正財星透干，但旺神火星並未透干，故爲假從兒格論，辛比肩星亦透出，亦方可論貴及官職之命。

(5)

丁未
丙午
甲午
丙寅

地支寅午三合火局，火旺且又天干均透火，未土正財星在局，乃爲從兒格得眞；惜木命生火月之從兒格，須局見金水星，四柱無金水，故難言富貴反爲貧賤。

(6)

乙酉
丙戌
甲午
丙寅

地支寅午戌三合火局，旺神丙火又雙透天干，且劫財星乙木亦透干；惜戌土偏財三合化火局，反命局上無財星，不作從兒格，而須以正格論命。

四、從勢格論

凡從勢格者，必命局上盡是財星、官殺星及食傷星，四柱無現印星及比劫星，日主弱至極點，毫無半點根氣，只好棄命以從弱之勢論命。月支必是財星、官殺星或食神星，且得月令之神，並非命局上最旺之五行，即專旺之神並未得月令。如命局上最旺之神爲財星，但卻是食傷星得月令，故不謂從格兒亦不謂從財格，乃謂從勢格；又如命局上官殺星得月令，而最旺的五行爲財星，此既不謂從煞格，亦不謂從財格，乃謂從勢格。簡言之：日主順從弱勢以論命，所從乃財、官殺、食傷星等，尅、耗、洩日主之三種弱勢也。

凡從勢格者，地支只要見印星或比劫星一位，即作破格論，亦絕不作假從勢格；倘若印星或比劫星一位，現於天干且虛浮無根，其餘均是尅耗洩日主之物，則方得以假從勢格論命。日主無半點根氣，四柱盡是尅、耗、洩之物，月支爲食傷、財星或官殺星，局上全無印和比劫星者，乃眞從勢格；從勢格得眞時，若月支爲食傷星，或食傷星不當月令卻是命局上最旺之神，則爲從勢格中最貴最佳命式；若食傷不當月令，且非命局上最旺之神，則屬富大貴小，富眞貴假之命式。食傷星乃從勢格成，最寶貴之物。

從勢格成，必取局上最旺之神爲用神，其餘尅、耗、洩日主之二神爲喜神，行運逢之必大吉大利；若命局上三旺神勢均力敵，則取能使此三旺神相生而不相尅之神，爲用神來通關、和解最佳。行運逢和用神相尅之鄉，主大凶厄；若逢行運爲印及比劫之鄉，大助於身旺，亦主凶厄非吉；尤其歲運爲忌神，逢其冲尅用神或月提，更主凶惡異常，有亡命、病災、破家、敗業、刑尅人口、官訟、牢災、霉咎……等不幸、不測之禍事叢生。

範例：

(1)
乙卯
丙戌
癸巳
甲寅

日主孤立無援，局上不見金水生扶比助，其勢必從；四木二火一土，盡爲尅耗洩日之物，戊土得月令而非最旺之神，木之食傷星爲局上最旺之神，故爲從勢格之最眞、最貴命式。

(2)
壬申
壬子
己卯
壬申

月支子水且壬水三透，水星乃命局上最旺之神，又得月令，似乎爲從財格；然子水在地支一位旺度不足，故不論從財格，反須以從勢格論方眞。

(3)
壬申
己酉
丙子
戊子

日主孤立無援，局上無印及比劫星，酉金當月令，但局上最旺之神爲水星，故須以從勢格論命，格成且眞。

(4)
己卯
癸酉
丙子
戊子

日主丙火得地支卯木正印，本須以正格論命，然卯酉一沖，卯被酉連根拔起，日主弱而無援，月令酉金（財星）非局上最旺之神，故仍作從勢格論。

(5)

辛卯
甲午
庚寅
丙子

辛金透干虛浮無根，且丙透與辛五合尅住，日主孤立無援，地午火一位旺度不足，故非從煞格，乃從勢格論。

(6)

辛巳
甲午
甲午
己巳

甲木在干虛浮無根，且辛金透出掃滅，日主弱而無援，其勢必從，地支全爲火而不透，己土財星或甲己五合絆住，無財星不作從兒格，宜論從勢格方眞。

3章　五合化氣格專論

化氣格可分為五種：甲己五合化土格，乙庚五合化金格，丙辛五合化水格，丁壬五合化木格，戊癸五合化火格等。化氣成格須全憑月令之氣，即天干五合而化神當月令者，方能成立化氣格；但一定得日干和時干，或日干和月干五合，而又是化神當令之月令時，優先以化氣入格論；若化神在地支成方會局，但不得月提當旺之令者，名為化氣失提，雖格成亦不能貴；倘不得月令當旺之氣，則不作化氣格論。

凡化氣格必先視月支，是否為化神之根？再視時支是否為化神生旺之地？化神不旺則不化，時支為死絕之地，亦難成化，故局見尅化之物，絕不能入格；倘此破格之字一位，被命局上某字尅合時，亦可作假化氣格論。凡化氣元神及生我化神者，均須透干方為眞化氣格，化氣必以眞化純粹最貴。然化氣格不論眞化、假化，均喜行運助化為最吉，尅破化神為最凶，取化氣之旺神為用神，以生扶化神之物為喜神。

眞化氣格者，多半出身富貴，行運不背，則富貴更高；假化氣格者，多半出身普通或寒微，甚至是孤兒異姓，若亦能逢行運之助，假亦成眞，且同樣可白手成家而大富大貴。另日干產生爭合妒合情況時，因其情不專，不能貴，亦難成富，反易破家、敗業；若運行尅日干，或尅破與日干五合的另一字時，則有破財、官訟、不測、意外厄災降臨。

凡化氣格最忌化神一字，主有霉災、官訟、破產、敗業、不測意外事生；若局中無現官煞星或有而被剋合，主多半不太勤於求學，通常學歷不高，較無貴氣可言；若夫妻宮的日支爲剋化神或逆化神之字，則主夫妻緣薄，婚姻生活難以言佳。化神不眞者，其富貴必不長久，若命、歲、運合會成剋化神之物者，主運途一落千丈，阻逆必叢生，嚴重時甚有敗家、破產、亡命之虞。

凡化神旺而有餘，局內又多生扶化神之物，則喜行洩化神之運，即食傷之鄉，否則不宜行洩化神之運；取化神爲用神，生扶化神之物爲喜神，乃化氣格的基本喜用；最忌的乃行剋化神之運，尤其化神五合其中任一字被剋，化神一字而還原，則官災、霉咎、亡命之事必至。日主必須有強根方可成立化氣格，此強根若與化神爲相同之五行，則化氣旺神更旺、更眞、最佳，若再透出天干，則爲化氣格之最佳命式，以下乃五種化氣的重點論述：

一、甲己化土格論

1. 日主必生於辰、戌、丑、未月，地支土星必須二位以上，天干戊土或己土須透出，四柱中無木星來剋破，時支土星不違逆，則爲眞化土格。
2. 局上若現木星，而逢近貼剋合，亦權准入化土格。
3. 凡化土格成者，行運必取土爲用神，火爲喜神，最爲忌乃木運，次忌爲水鄉，化神太旺，生扶物多方喜洩鄉。
4. 歲運爲庚、辛、乙時，因剋甲木和己土，乃化神一字還原，主有官訟、牢災、破家、敗業、傷亡、不測…等禍事至；逢歲運乙時之年，凶力較輕微些。

二、乙庚化金格論

1. 日主必生於巳、酉、丑、申月，地支金星須二位以上，或三合會金，天干庚及辛金透出，命局上無火星來尅破，時支金星不違逆，則爲眞化金格。
2. 命局中若見火星，而逢近貼尅合，亦權准入化金格。
3. 凡化金格成者，行運必取金爲用神，土爲喜神，最忌火之行運，次忌木鄉，化神太旺，生扶物多方喜行洩鄉。
4. 歲運逢丙、丁、辛時，因尅庚金和乙木，乃化神一字還原，主有火劫、災禍、官刑、是非、破產、損傷…等不測災生。

三、丙辛化水格論

1. 日主必生於申、子、辰、亥月，地支水星須二位以上，或地支三合水局，天干透壬或癸水，局中不見土星來尅破，時支水星不違逆，則爲眞化水格。
2. 局上若見土星，若逢尅合亦權准入化水格，丑辰爲濕土局上見之則不忌。
3. 化水格成，行運必取水爲用神，取金爲喜神，最忌乾土大凶，濕土亦凶（命上逢之不忌），火星亦次忌之凶。
4. 歲運逢壬、癸、丁，因尅丙火及辛金，乃化神一字還原，主有水厄、災劫、病難、傷亡…等不幸災禍立生。

四、丁壬化木格論

1.日主必生於亥、卯、未、寅月，地支木星須二位以上，或地支三合木局，天干甲或乙木透出，局中不見金星來尅破，時支木星不違逆，則爲眞化木格。

2.局上若見金星，若能逢近貼尅合者，亦權准入化木格。

3.化木格成，行運必取木星爲用神，而以水星爲喜神，最忌金之行運，次忌土鄉，化神旺且多生扶，方喜洩鄉。

4.歲運若逢戊、己、癸，則因尅壬及丁，乃爲化神一字還原，主有風波、是非、天災、意外、傷亡……等不測之事生。

五、戊癸化火格論

1.日主必出生於寅、午、戌、巳月，地支火星二位以上，天干丙、丁透出，局上無水星來尅破，時支水星不違逆，則爲眞化火格；另地支三合水局亦同論。

2.局上若逢水星來尅破，而被尅合者，亦權准入化火格。

3.化火格成，必行運取火星爲用神，木神爲喜神，最忌水運，次忌金鄉，化神旺且多生扶者，方喜行洩神之鄉。

4.歲運逢甲、乙、己時，因尅戊土及癸水，乃化神一字還原，主有損傷、病難、官刑、牢災、意外、不測、霉咎……等不幸凶厄事生。

範例：

(1)

戊	壬	甲	己
辰	戌	辰	巳

(2)

甲	癸	乙	庚
申	酉	丑	辰

(3)

庚	丙	乙	庚
辰	戌	亥	辰

(4)

壬	癸	辛	丙
子	丑	亥	申

月支戌土，甲己五合得月令而化土，地支三土旺勢，且戊己二土又透出，局上無現尅化神之物，故爲眞化土格，乃大富大貴命式。

地支金旺，乙庚五合得酉金月令而化金，局上未見強旺之火星來尅破，故爲化金格得眞之佳命式也。

乙庚五合，但月令戌土，故合而不化，自不作化金格論，又乙木坐亥水，又加雙辰土水庫木餘氣，故必須以正格來論命。

地支亥子丑三會北方水，丙辛五合而化水，且壬、癸二水透干，故爲化水格得眞，乃大富大貴之命式也。

(5)

戊寅
甲寅
壬寅
丁未

地支三寅木旺勢，丁壬五合得寅木月令而化木，且甲木化神透干，故爲眞化木格命式，乃大富大貴之命也。

(6)

辛巳
癸巳
戊午
庚申

地支巳午火成三，勢旺，戊癸五合得巳火月令而化火，然化神之火並未透干，故爲假化火格，須行運助亦大富大貴之命。

4章　二人同心格專論

「二人同心」顧名思義，命局上必只有兩種五行最旺，同心自必是相生而非相尅，也就是說兩種五行在命局中最旺，且此兩種五行相生不相尅，而主要的關鍵在於日干和月支，即月支是印星或比劫星，比劫星或食傷星，就形成吾與母，吾與子的關係，故分成母吾同心格及子吾同心格兩種。凡命局上印星和比劫星，總共超過六位以上者，或比劫星和食傷星在命局上，總共超過六位以上者，既旺又專且純；前者即謂之母吾同心格，後者即謂之子吾同心格。詳述如下：

一、母吾同心格論

1. 月支必是正偏印星或比劫星當令旺月，全局俱是正偏印及比劫星，印星在地支旺又透干，四柱除印星及比劫星外，別無他物，乃爲母吾同心格最眞、最純、最貴。
2. 命局上不可見財星或官殺星，如出現時必四柱上有字能近貼尅合，亦可權准入格，謂假母吾同心格。
3. 若命局上財星或官殺星，只現一位在天干，且虛浮無根，亦可入假母吾同心格。
4. 命局上若有食傷星時，行運必取比劫星爲用神，而以食傷星爲喜神；若局中無食傷星，運行食傷之鄉，則必大凶大厄，禍咎事生。
5. 母吾同心格成，若官殺星在月支當令，乃大破格，恐有早殀之兆；運行財官之鄉，亦主生大凶變。

6. 母吾同心格，局上必須有比劫星，方能入格；否則不以母吾同心格論。

7. 母吾同心格，亦即是從強格同論；日主當令，印星及比劫星多旺，四柱無官殺之氣，宜順不宜逆，只好從之，故謂之從強格。

範例：

(1)
庚辰
庚辰
庚辰
庚辰

地支全土，月支當令偏印星，天干俱比肩透出，無他神滲雜，乃母吾同心格最眞、最純、最貴命式；用土喜金，大忌木火。

(2)
己巳
乙亥
甲子
甲子

月支當令偏印，全局印及比劫星達六位，可入母吾同心格；然己土透干，逢乙木尅滅，則以假母吾同心格論；又年支巳火食神，故行運以比劫星爲用神，而以食傷星爲喜神，印星亦主大吉。

二、子吾同心格論

1. 月支必是比劫星或食傷星當令旺月，地支食傷星須二位以上，旺且須透干，命局不見印星、財星、官殺星，則方爲子吾同心格，最眞、最純、最貴。

2. 命局上只要一見官殺星或財星，則爲大破格，須以正格來論命。

3. 子吾同心格成，命局上一見印星大凶，必生凶變；尤其印星在月支當令，主有早殀之兆。
4. 子吾同心格者，行運必取比劫星爲用神，以食傷星爲喜神，最忌官殺星。
5. 命局官殺星一位，又再加會財星一位，絕難入假子吾同心格論；尤其官殺星在地支，更永不入格論；若財星、官殺星一位，在天干虛浮無根且逢尅合者，方勉以子吾同心格論。
6. 子吾同心格，命局上只現比劫星及食傷星，而無見他物，乃格眞且純，最佳、最貴命式；然四柱若不見比劫星亦不入子吾同心格論。

※凡母吾同心格及子吾同心格，均以日干爲軸心，故比劫星局上必不可無，前者印星須旺，後者食傷星須旺，且均以比劫星爲用神。

範例：

(1)
戊　戌
辛　酉
戊　戌
辛　酉

月支爲傷官星，地支二位且又天干透出，全局上僅比肩星及傷官星，故乃子吾同心格最眞、最純、最貴命式。

(2)
甲　子
乙　亥
壬　寅
壬　寅

月支爲比肩星，地支水星二位，天干壬水又透出，全局僅比劫星和食傷星外，別無他物滲雜，故爲子吾同心格最眞、最純、最貴命式。

5章 雙淸格專論

一、半壁格論

1. 命局上只有兩種五行，各佔四位，各佔一半，分成半壁江山，無他種五行滲雜，二氣相生或相尅，亦能入格，乃最純、最高之命式的半壁格。

2. 半壁格成，二氣相生必平分，多寡必均匀；二氣相尅必勢均力敵，不可偏重偏輕；命局如此，行運不違逆，則主大富大貴。

3. 日主較旺則取局中另一五行爲用神；日主較弱則日主同類五行爲用神，生扶日主爲喜神；即以命局上兩種五行爲喜用神，並較量日主之強弱，爲達命局之中庸平衡之理。

4. 凡半壁格成，日主地支有根，則半壁格方眞，乃眞正的半壁格最佳、最貴命式。

範例：

(1)

甲　子

乙　亥

壬　寅

壬　寅

整個命局上，水星佔四位，木星佔四位，水木二氣相生，日主壬水得亥水月令，故日主有根，且命局上二種五行，平分秋色，乃半壁格得眞之命式。

(2)

辛酉
丙申
丙午
丙申

整個命局上，火星佔四位，金星佔四位，火金二氣相尅，成半壁江山對壘，又日主丙火得地支午火爲根，故爲半壁格得眞之命式。

(3)

丙申
丙申
丙申
丙申

整個命局上，火星四位，金星四位，火金二氣相尅，成半壁江山，但日主在地支無根，故非半壁格——半壁格須地支有根方是。

二、雙柱格論

命局上四柱平分成兩組，二柱對二柱者，謂之雙柱格；命局呈現此種狀況出現，若行運又能配合相助，必乃大富大貴之命。雙柱格者，其行運之喜忌，則完全依照正格取捨——視日主強弱、命局寒暖濕燥等，取用神，明喜忌，以推命論運。

雙柱格似乎具有半壁江山之意謂，然所不同於半壁格，乃半壁格只要八字中同類五行，各佔四字，不論其出現天干或地支的情況如何？且日主在地支必須有根；而雙柱格則必須相同的兩柱，分佔四柱的一半，且行運用神之取捨必須以正格方式。

範例：

(1)

戊	辛	戊	辛
戌	酉	戌	酉

(2)

甲	丁	甲	丁
寅	卯	寅	卯

(3)

甲	丙	丁	乙
寅	寅	巳	巳

※(1)年日柱爲戊戌，月時柱爲辛酉，乃雙柱格命式。

(2)年日柱爲甲寅，月時柱爲丁卯，乃雙柱格命式。

(3)木星命局佔四位，火星亦佔四位，日主丁火地支得巳火根，乃半壁格。

第六篇　八字推命應用

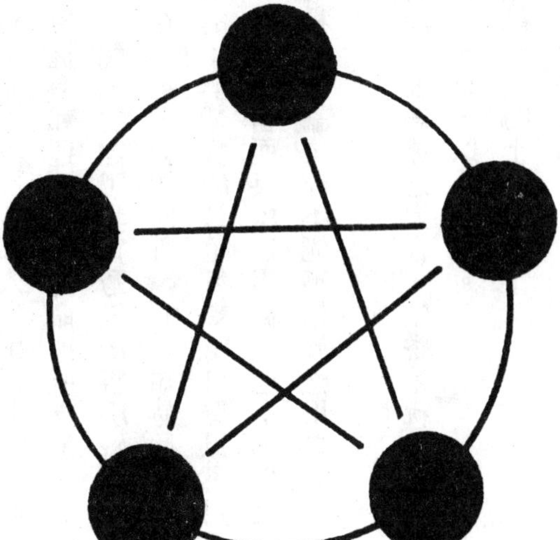

研習「八字推命學」的意義，不外乎消極的推測、預知人生命運的富、貴、貧、賤、壽、殀、吉、凶、禍、福、家庭、婚姻、父母、子女、同胞手足、事業、財富、功名、社交、健康、疾病…等，以及積極的「知命順命，知運掌運」，根據先天的八字命運，配合於後天的人爲因素——未雨綢繆，防範未然，以避凶趨吉，洞燭機運，掌握機先，以徹底發揮潛能，開創最輝煌人生。總之：研究「八字推命學」，最主要的目的和功能，乃可當成人生旅程上的進退依據，走得更踏實、平穩，辛苦的血汗不白流；更能主宰、掌握命和運，而不爲命運所支配、驅使和操縱。

「八字易學難精」恐研習者普遍之感嘆、心聲，說穿了其實乃無法將所研習的八字命理，應用於實際推命上，無法將命理與現實生活結合在一起，就如同所謂的「知易行難」的道理。理論乃應用的基礎、依據，應用乃理論的發揮和目的；無紮實的理論智識，自難以應用及發揮，有相當豐富的理論智識，卻不懂如何去闡釋應用？自是研習而英雄無用武之地；「理論」和「應用」實相輔相成，缺一不可，融通圓熟前面所述之種種理論，尚不能不精於應用之道——即本篇將逐一論述應用法則。

首先在應用八字來實際推命論運之前，特將前面論述之過程，做番系統的整理與複習如左：

1. 確定命造正確的出生農（國）曆之年、月、日、時，以及性別。
2. 排出正確的四柱干支字，以日干爲主配出其餘干支的十神。
3. 依陰陽男女命造，換算出幾歲起立行運——順行或逆行。
4. 依月柱干支爲準，順行或逆行排出大運行運表，塡上詳細的行運歲數。
5. 以出生之年爲一歲，塡出流年歲數明細表。

6. 以日干爲主查四柱地支之衰旺（長生）十二運；以日柱干支查出納音五行十二運。
7. 以日干、年支、月支、日支，分別查出命帶貴人及神煞。
8. 查出換算命宮及胎元的干支。
9. 察日主之強弱，命局之寒、暖、濕、燥。
10. 根據日主強弱及命局寒暖濕燥，以辯格局——正格或變格。
11. 根據日主強弱，命局寒暖濕燥及格局，而取用神——扶抑、調候、通根。
12. 用神取出，自能明喜忌；喜忌明，則行運吉凶自明。

以上即完成了，一正確無誤，可藉以運用於實際推命論運，而預知、推測人生命運、歷程之種種。詳如左　之命式表範例。

例：男命生於農曆四十三年八月二十四日戌時

如所舉例之命式表，一切記載得十分完善、詳盡，推命論運的應用上，就十分的方便，所有資料、依據盡在其中，實爲研習「八字推命學」最理想的命式表；尤其初學者更可以同樣製做此種命式表，可省去許多記憶及查閱的時間或有所遺漏。

（命式表）

姓名：李四 乾造

出生日期	天干	地支	十二運	納音十二運	命帶貴人神煞
農43年	正官 甲	午 偏印	建祿		祿神、流霞
8月	偏財 癸	酉 食神	長生		文昌、學士、天財、紅鸞、勿絞
24日	日主 己	卯 七殺	病	土 死	桃花
戌時	正官 甲	戌 劫財	養		血刃、五鬼官符

刑：
冲：卯酉
六合：卯戌
五合：甲己
三會：
破：

日主：弱
食神格
虛7歲順行
運喜：木火土
運忌：金水
空亡：申酉

行運年	齡	行運年	齡
甲吉	7～11歲	戌吉	12～16歲
乙凶	17～21歲	亥凶	22～26歲
丙吉	27～31歲	子凶	32～36歲
丁吉	37～41歲	丑吉	42～46歲
戊吉	47～51歲	寅吉	52～56歲
己吉	57～61歲	卯吉	62～66歲
庚凶	67～71歲	辰吉	72～76歲

命宮：甲戌
胎元：甲子

	3	4	5	0	1	2
1	甲子	甲戌	甲申	甲午	甲辰	甲寅
2	乙丑	乙亥	乙酉	乙未	乙巳	乙卯
3	丙寅	丙子	丙戌	丙申	丙午	丙辰
4	丁卯	丁丑	丁亥	丁酉	丁未	丁巳
5	戊辰	戊寅	戊子	戊戌	戊申	戊午
6	己巳	己卯	己丑	己亥	己酉	己未
7	庚午	庚辰	庚寅	庚子	庚戌	庚申
8	辛未	辛巳	辛卯	辛丑	辛亥	辛酉
9	壬申	壬午	壬辰	壬寅	壬子	壬戌
10	癸酉	癸未	癸巳	癸卯	癸丑	癸亥
空亡	戌亥	申酉	午未	辰巳	寅卯	子丑

1章　論命之富貴貧賤壽夭吉凶

若要嚴格區分，人命大體上可分類成：富命、貴命、貧命、賤命、壽命、夭命、吉命、凶命、殘疾之命等等。其所根據不外乎：用神之良窳有無，行運之吉順背逆，以及四柱干支的生尅制化、出現狀況而定。當然，不包括後天之種種因素，如天災、地變、人禍、人力、環境…等而言，純依先天八字來探討。首先，依日干之五行爲主，大體上將用神或行運之五行，視日主之強弱，亦可粗淺、概略的鑑定一下本命之富貴貧壽夭，如左列之表。

（日主五行論命參考表）

日主	富		貴		壽		貧		夭	
	強	弱	強	弱	強	弱	強	弱	強	弱
木	火	木	金	水	火	水	木	土	水	金
火	金	火	水	木	土	木	火	金	木	水
土	水	土	木	火	金	火	土	水	火	木
金	木	金	火	土	水	土	金	木	土	火
水	火	水	土	金	木	金	水	火	金	土

※此表僅供概略性、原則上之速判依據，並非即可依表即蓋棺論定，尚得全命局干支生尅制化，五行出現組合狀況，綜合研判方是。

一、富命論

富命必論財星，乃天經地義之事；所謂「身旺財旺，天下富翁；身弱財旺，富屋窮人」；又財星爲養命之源，不論身之強弱，命局上必須有現財星方可言佳；唯身弱財星宜微弱，稍許即可；身旺財星則反宜旺多，身財兩停最佳。若八字無財，身弱者行助身旺運或身強者行弱身之運，亦發不了大財，命上無財星之源可引發之故耳。唯八字若見食神者，尚可做含財論。綜判如左：

1. 日主旺，財星當令或得地，命局上十神配合有情，必富。
2. 命局上財官星俱現，財旺生官，官星衞財，必富。
3. 身旺財旺時，局上食傷或官殺星，可生財、衞財，必富。
4. 身旺印旺而財星得局，且食傷微輕者，必富。
5. 身旺比劫旺，無財星印星，而有食傷星，亦主富。
6. 身旺印旺而官星衰微，然財星得令，亦主富。
7. 身弱財重而無官星印星，然有比劫星，亦主富。
8. 印星爲忌而財可壞印，且財星爲用或生助有力，必富。
9. 喜印星有官星且逢財生，財星爲用神而不遭尅破，必富。
10. 食傷星旺有財流動，食傷及財星俱露，亦主富。
11. 財旺而食傷微，或無財而暗成財局，亦主富。
12. 年月柱干支見財星，無刑冲者，必富；財得月支最佳。

二、貴命論

貴命必先論官星，次看財星及印星——正財及正印爲主，基本上正官、正印、正財謂三寶，命上三者俱現，大體上亦可入貴命之類。與四柱干支均云順逐，氣勢清純，且用神有氣得令，生旺佳美，亦屬貴命者。逢官看印，無印則不穩，乃貴氣不足，正印勝於偏印；且身旺方能任財官，身旺命上有官星貴氣足，身弱者須行身旺運時，方能任官而言貴，然得視運期長短，運過則不貴（富亦然），綜論如左：

1. 身旺而官星透干，支坐財星之根，必主貴。
2. 身旺官旺，有印星衞官；身弱官旺，有印星則官能生印，續生日主，均主貴。
3. 官星爲用神或官星生助用神，有力且不逢尅破，必貴。
4. 官旺印衰微而財星局上不現；印旺官衰而局上見財，財生官財壞印；均主爲貴。
5. 身旺官弱，逢財生官；官星及財星皆藏；均主爲貴。
6. 官旺而財星適度，財旺而官星流通，亦主爲貴。
7. 正官爲用而無七殺來混，七殺爲用而無正官來雜，主爲貴。
8. 七殺太旺過於日主，有食神制殺，亦主貴掌權威。

三、貧命、賤命論

富命相反則貧，同樣先論財星；貴命相反則賤，同樣先論官星；凡財星失眞無氣，貧命主因；凡官殺星不得中和，賤命主因。貧命、賤命，綜論如左：

1. 凡財星無氣，或局上財星被劫，財星失眞，必主貧。
2. 財星爲用神，或財星生助用神，卻遭尅合、破壞，主貧。
3. 財星爲忌神，而用神爲印星，財乃壞印，必主貧。
4. 官殺旺而取印星爲印，卻財星得局，財生官且財壞印，必主貧。
5. 財輕官星旺，尅制日主太過，亦主貧。
6. 身弱比劫輕而財旺；財旺用劫而逢官制劫；財星及食傷星旺；比劫重而財輕，食傷星不現；財輕印旺而食傷不現；均主爲貧命。
7. 身旺喜官星爲用神而財星不現；或財星現而逢刑冲尅破；均主賤命。
8. 比劫重財星微而官星無；身旺印重官星微；官微比劫星旺而無財星；均主賤命。
9. 身弱印輕而官星強旺；身弱印輕而食傷星強旺；均主爲賤命。

四、壽命、殀命論

命局上氣厚性定，主命壽；氣濁神枯，主命殀；綜論如左：

1. 命局上五行停勻，中和純粹者；支得祿旺長生，且無戰尅冲洩刑耗者，主必爲壽命。
2. 身旺而食神吐秀；身弱而印星當令得局，必主壽。
3. 身旺官微而逢財；身旺財輕而遇食；均主有壽者。
4. 日主旺而有氣，所尅合者均爲忌閒神，所留存命上皆是喜用神，亦主壽。

5. 行運和喜用神，爲相生比助而不背逆者，主必壽。
6. 身太旺而尅洩物全不現，旺而無依，尅洩不過，必殀。
7. 身弱而印過輕，財官殺星太旺；用印星而逢財，無印星而食傷疊現；均主殀。
8. 忌神勢旺，用神微弱；忌神及用神混雜戰尅；均主殀。
9. 忌冲而冲，喜冲不冲；忌合反合，喜合不合；均主殀。
10. 火炎土燥而木枯，金寒水冷遇土濕，均主殀。
11. 行運和喜用神相違逆；行運大助忌神，成羣結黨，均主殀命。

五、吉命、凶命論

用神絕佳得宜，不受尅合刑冲，且喜神獲救佳妙，其命必爲吉；用神受尅損、傷害，忌神輾轉攻尅、刑冲，其命必凶。綜論如左：

1. 用神在月干或時干最佳，日支爲次，不受尅傷、刑冲，其命必吉。
2. 身旺用財，逢官殺衞財，食傷生財；身旺用官殺，逢財生印衞官殺；均主吉命。
3. 身旺用七殺，七殺太旺有食傷尅，七殺太弱逢財生；身弱用印，有官殺生印，逢比劫衞印；均主吉命。
4. 身弱用比劫而官殺，有印化官殺並生身；財星重有官星洩財生印；食傷旺而見印星尅制並生身；均主吉命。
5. 變格成又破，命局太過於偏枯無救助者，均主凶命。

6.身弱財旺而比刧印星微；金局食傷而無印；用神食神逢偏印；喜官而混殺，喜印而財多；均主凶命。

7.比刧印旺而官星微，用神印星而財多；忌殺而財多，殺輕無財而食傷旺；殺旺身弱無印，亦無食傷；或殺太旺而制殺更旺；均主凶命。

8.羊刃逢沖倒戈無救者；滿局比刧星而官殺星全無；忌神破用而無救助者；均主凶命。

2章　斷性格、心性

人為萬物之靈，乃最高級的動物，擁有最優異的智慧和頭腦，能思考、記憶、創造、發明、推理、組織、邏輯……等；因此，時代、社會能不斷的進步、發達、繁榮，進而「人定勝天」的征服外太空。但人畢竟是動物，同樣會爭鬥、弱肉強食，勾心鬥角，爾詐我虞，互相殘殺……等；所不同的，乃人有思考的能力，能明辨是非，有律法的拘束，有倫理道德觀念，有理智、理性，有感情，能控制自我，有人情味，愛心和同情心……等，人之善與惡之間，往往有天壤之別。

有道是：「天上星多月不亮，地上人多心不平」，確實「一樣米養百種人」乃至理名言，同樣人均食五穀雜糧，父母懷胎十月所生，就有人生性殘暴、嗜賭如命、作奸犯科、好投機取巧、冒險取勝、風流成性、喜新厭舊、尖酸苛薄、刁蠻無理、好強逞能、花言巧語、招搖撞騙、好吃懶做、好逸惡勞、愛貪小便宜、貪鄙小氣、陰險狡猾、心狠手辣、忘恩負義、恩將仇報、易衝動、盲目、輕佻、不定性、揮金如土、視財如命、急功好利、不擇手段、寡廉鮮恥、偷雞摸狗……等，盡做些令人不齒之事；亦有人謙虛有禮、誠實、奉公守法、安分守己、腳踏實地、穩健、光明正直、仁慈、和善、負責盡職、樂善好施、勤勞、進心旺盛、有榮譽心、責任感、不怕苦、不怕難、見義勇為、大公無私、講義氣、嫉惡如仇……等；太多太多的人心、人性之差異，在我們生活四週的親人、朋友、同事、同學、長輩、晚輩、上司、部屬、客戶、陌生人，均隨時可以見到、聽到、碰到各式各樣，甚至千奇百怪的人的性格、心性的表徵，當然亦包括自己。

有時會使人欽佩、讚揚、感動、鼓舞、效法…等，有時則讓人憤怒、痛恨、唾棄、指責、詈罵……等。因爲，人不僅是最聰明，亦是最複雜的動物，尤其人心、人性更是難以捉摸，別說是他人，往往連自己亦無法眞正認識、瞭解自己。而人的一切行爲、表徵，必隨個人的思想、觀念、意圖、見解…等種種因素所影響，而有很大的區別和差異，此些即謂之「心」，亦即所謂的「人者心之器」的原理。

「吾心信其可行，則移山倒海之難，亦如反掌折枝之易。」此乃人者心之器的最佳闡釋，相反「吾心信其不可行，則反掌折枝之易，亦如移山倒海之難」，同樣爲人者心之器合理的闡釋。而在人生旅程上的一切吉凶、福禍、成敗、得失……等，往往差異就因爲心性上的不同，而產生了天淵之別的結果，好比善與惡僅繫於一念之間同理。

應用「八字推命學」來推命論運，其性格、心性所扮演的角色及影響力，至鉅至深，往往是人生歷程上成敗、得失、是非、善惡的主因。如性格上較爲偏激、衝動，心性上較爲苛薄、冷酷，自是較易四處樹敵、招怨，倘行運背逆時，此種性格、心性，更是容易因此而惹禍上身；如性格上較爲豪情、誠摯，心性上又較樂善好施，喜助人爲樂，行運背逆時，自能獲人雪中送炭，而行運吉順時，則必能貴人多助，左右逢源，勢必能平步青雲，扶搖直上。很顯然性格上、心性上的差異，對於人生運的影響頗鉅；因此八字推命時，性格、心性的判斷，應是最重要的一環。

前已述及人心、人性最複雜、最難以捉摸，而通常在判斷上均以用神爲主，事實上是不足夠的，無法充分的探討、評論人的性格、心性。因此，必須從用神、格局、日主坐下十二運及納音十二運、命局上五行旺度等五個角度，綜合來探討、判斷方能將人心、人性，做出最精密的闡述；同時，行運管事之五行（十神），亦能左右、影響人性格、心性上的變化、起伏。所以，雖僅區區斷性情，但絕對必須多費些心血於其上，方能運用無窮。

一、用神斷性情

凡正格八字取用神，則須依據日主強弱，以及命局的寒暖濕燥，二者兼顧以取捨；然四柱干支間生剋制化的錯綜複雜關係，用神之擇取，往往千變萬化，較難有一固定的法則、規律可依循，須全盤探討，面面顧及。故正格八字的用神，等於命造之靈魂，影響作用力最大、最深、最明顯——以用神來斷性情，應驗度十分値得重視，亦是相當重要的判斷依據和因素。今將十神所代表的用神來斷性情如何？分述如左：

1. 正官爲用神，主光明正直，性情溫和，平實誠眞，相貌敦厚、端莊大方；正官若太多反懦弱優柔，意志不堅。
2. 七殺爲用神，主豪俠好勝，具有俠義心腸；七殺太多反膽怯無能，萎靡不振；若官殺混雜，則性情不穩定。
3. 正印爲用神，主仁慈端莊，胸襟寬闊；若正印太多，反成庸碌平凡，一事難成。
4. 偏印爲用神，主精明幹練，偏業成名；若偏印太多，反福薄，貪鄙吝嗇。
5. 劫財爲用神，主熱誠率直，直坦急性；若劫財太多，反易衝動、莽進，思慮欠週。
6. 比肩爲用神，主剛毅穩健，踏實和平；若比肩太多，反孤僻不合羣。
7. 傷官爲用神，主英明才智，生動多藝能；若傷官太旺，則驕傲自負，剛愎自用，喜人奉承。

8.食神爲用神，主恭良溫和，忠厚慈善，心寬體胖；若食神太多，反固執迂腐，假道斯文。
9.正財爲用神，主勤儉持家，保守踏實；若正財太多，反好逸惡勞，懦弱無能，吝嗇小氣。
10.偏財爲用神，主聰明奇巧，敏捷機伶；偏財若太多，反愛慕虛榮，苟安貪樂，揮金如土不惜財。
※用神無破損，或更有生助力，以上所述之性格、心性的表徵，必更爲明顯、應驗。

二、十二運斷性情

只須視日主坐下十二運爲何？亦即日支十二運爲何？如長生、沐浴、冠帶、建祿…………絕、胎、養等，其中的那一運？然後參閱前面「長生十二運註解」的各運逐一說明，藉以斷人性格、心性。如日主坐下十二運爲長生，則主其人生性斯文、溫和、忠厚、圓滿、聰明，學習能力強，人緣極佳，受人賞識、提拔，較易平步青雲，扶搖直上，乃一絕佳的幕僚、企畫人才…等。其餘各運類推之。

三、納音十二運斷性情

只須依日柱干支爲主，視其納音十二運爲何？如生、敗、冠、臨…………絕、胎、養等，其中的那一運？然後參閱前面「納音十二運註解」的各運逐一解說，藉以斷人性格、心性。如日柱納音五行十二運爲金敗，則主其人凡事易半途而廢，運勢一進一退的呈波浪狀，努力亦甚難獲得好成果…等。其餘各運類推之。

四、格局斷性情

變格八字乃因命局上某一五行專旺，而此專旺的五行造成日主太強或太弱至極，故合乎特定的條件下，只好從此專旺之五行的強勢以論命，或從此專旺之五行的弱命之勢以論命；以上即專旺格及棄命從弱格。

另天干五合日主，得月令同氣而化，所合化之五行亦是命局上專旺氣勢者，即為化氣格；同時尚有二人同心格及雙清格等等，均為變格。變格所不同於正格，乃變格用神之擇取必命局上最旺之五行，此五行亦是促成變格的主因。因此，變格可依格局名稱來判斷性情，而正格中除了祿刃格外，則完全得依用神來斷性情。（祿刃尚得同樣須再綜合用神以斷）

今將各格局判斷性情分述如左：

1. 曲直格：仁厚、慈善。
2. 炎上格：豪爽、開朗。
3. 稼穡格：忠厚、篤實。
4. 從革格：剛毅、銳利、義氣。
5. 潤下格：智慧、圓滿、機伶。
6. 從弱格：恭敬、循良（從兒、煞、財、勢格）。
7. 化氣格：智慧、理性（化木、火、土、金、水格）。
8. 二人同心格：穩重、剛毅、強健。

9.祿刃格：外向、獨立、義氣。

10.正格：依用神爲何以斷。

五、五行旺度斷性情

凡正格八字，必因和日主同黨的五行旺度大於異黨的五行，方謂之日主強；相反異黨五行旺度大於同黨，則謂之日主弱。因此，不論日主之爲強爲弱，命局上必有某一五行最旺，某一五行次旺…等旺度上的差別，亦有某五行八字全然不現的狀況出現。正格八字自以強弱中和爲貴，然大體上而言，命局上最旺之五行，往往造成日主強或弱的主要因素，而此一最旺的五行，多半爲命上的大忌神，當然亦是最具有影響力（變格亦相同，唯必定是喜用神）。

五行：木火土金水，各有其特質、特性；其中某一五行在命局旺度最大，必受其性的影響最鉅；某一五行旺度最微弱，則受其性之影響必微小；故依五行於命局上旺度之大小，來斷人性情，亦是很重要的依據資料。今將日主五行的旺度情況，來斷命造性情如何？分述如左：

1.木命：日干屬木，木代表「仁」，命局上木之旺度中和，乃最佳、最貴之上命之人。

a.木氣適度：主其人忠厚、仁慈、善良、高潔、清廉、理性、正直不阿、富有正義感。

b.木氣過旺：主其人較固執、頑強、剛倔、偏激、無通融性。

c.木氣過弱：主其人較爲冷漠、無情、猜疑心重、懦弱無能、嫉妒心強、工於心計。

2.火命：日干屬火，火代表「禮」，命局上火之旺度中和，乃爲最佳、最貴的上命之人。

a.火氣適度：主其人必樂觀進取、開朗積極、才氣煥發、熱情豪爽、禮節週到、重然諾、信用、

b.火氣過旺：主其人必火爆急躁、衝動輕浮、思慮欠週詳、逞強好勇鬥狠、自以為是、得理不饒人。

情誼。

c.火氣過弱：主其人消極頹喪、無知、苛薄、冷酷、失神、無主見、不知禮節。

3.土命：日干屬土，土代表「信」，命局上土之旺度中和，乃為最佳、最貴的上命之人。

a.土氣適度：主其人必誠實、篤定、忠厚、穩重、可靠、寬宏大量、重信講義、充滿信心、可倚賴。

b.土氣過旺：主其人必愚昧、笨重、遲鈍、怠惰、懶散、好逸惡勞、無責任感、隨便馬虎。

c.土氣過弱：主其人較短視、淺見、固執、貪吝、無信用、貪小便宜、無誠心待人接物。

4.金命：日干屬金，金代表「義」，命局上金之旺度中和，乃為最佳、最貴的上命之人。

a.金氣適度：主其人義理分明、勇敢果決、剛毅穩健、魄力十足、英明銳利。

b.金氣過旺：主其人較不仁不義，尖酸苛刻、放任性重、暴戾殺伐、放縱無節制、背信忘義。

c.金氣過弱：主其人較優柔寡斷、懦弱無能、膽怯畏縮、薄情寡義、吝嗇貪鄙、是非善惡不明。

5.水命：日干屬水，水代表「智」，命局上水之旺度中和，乃為最佳、最貴的上命之人。

a.水氣適度：主其人較高智聰明，機伶敏捷、反應力絕佳、多才多藝、心思靈巧。

b.水氣過旺：主其人心性、情緒不太穩定、多陰謀策略、好走旁門左道、不知進退、易陷於聰明自誤。

c.水氣過弱：主其人心胸狹窄、小心眼、流氣輕佻、好投機取巧、賣弄小聰明、膽小、小貪、勢利。

※命局上五行的旺度，亦可依其所代表的十神來推論，或二者綜合以判斷性情，更能精細入微。（凡運用八字推命學，均須面面顧及，全盤融通推敲以論述，乃不移的法則）

六、行運對性情的影響

凡大運一運管事五年，一柱管事十年，均同樣可依行運干支字配以十神，而該運十神之喜忌，即爲命中之喜忌，且管事期間，則牽涉命運之吉凶，故實俱有相當大的影響力；如前所述「禍福無門唯人自招」，行運吉凶亦影響人心、人性的變異，而「人者心之器」，受行運的左右、引發出行爲、作爲上的種種表徵、表現，終而產生成敗、得失、善惡、吉凶、福禍……等結果——性格、心性乃爲主要因素，「因」之不同，「果」必有異。

如一命造八字正財旺而日主屬弱，正財爲命上大忌神，旺度最大，主其人性格、心性上較好逸惡勞，吝嗇小氣，進取心不足，怠惰懶散；若大運逢正財管事五年或十年，此段期間正財之性更應逢行運助其旺度；故心性、性格上，必更加的好逸惡勞，想坐享其成，更消極懦弱無進取心和競爭力，更貪圖享樂、嬉戲，或不務正業，亦因此行運正財管事期，論凶，必凡事難成，破敗破財，貧窮困厄——乃行運影響性格、心性爲因，終而產生凶厄之果。

倘此命造八字正財旺而日主弱，取比劫星尅財爲用神，即用神比劫星，命局上正財旺度最大，主其人剛毅穩健，卻有好逸惡勞、怠惰懶散等綜合心性、性格。行運若逢比劫星管事五年或十年…等，大助於命上用神之勢之力，大尅損命正財旺度；因此，比劫星之性大爲明顯，正財星之性大為消滅；故其人此段期間，心性上、性格上必較有上進心，剛毅穩健，肯埋頭苦幹，勇敢而不畏縮消極，腳踏實地…等，行運論吉而自能有番作為與發揮——乃行運影響左右性格、心性之因，所造就出美好之果。

以上行運對人心、人性之影響作用，可以類推至其餘十神，以綜合判斷。在我們日常生活四周不難發現：某人年輕時叛逆性強，好勇鬥狠，逞強好勝、殺伐暴戾性重，而歲至中晚年，反變得十分仁慈、祥和、可親近人；或某人年輕時十分忠厚、老實、努力奮鬥，而中老年時，反喜好酒色，不務正業，蕩盡辛苦所創之事業、家產；諸如此類的例子太多太多，不勝枚舉，追究其因，純受行運之影響、左右，使其人性格上、心性上產生變化所致。

因此，行運對人性格、心性的判斷上，亦是相當重要的一項依據、資料；亦可藉以推論運途上成敗、得失、吉凶、福禍…等，產生的主要因素，皆由於「人者心之器」的原故，所促成的結果，更可因此而謀求解決、應因之道。流年亦和大運論法相同，唯流年易逝，故藉以判斷性情，必較不明顯，可視為大運之輔助參考作用。

附註：除了前述六種大方針來綜合以判斷人之性格、心性外，其他諸如：天干五合——甲己「信」合，乙庚「義」合，丙辛「智」合，丁壬「仁」合，戊癸「禮」合等；地支相刑——丑未戌之持勢之刑，寅巳申之無恩之刑，子卯之無禮之刑，午酉辰亥之自刑之刑等，請參閱前面所論述，均對於人性格、心性上，有著相當大的影響作用，亦是判斷性情上不可或缺的參考資料。

另外命帶貴人及神煞部分，諸如：魁罡之性，福星之性，將星之性，羊刄之性，天乙貴人、天德貴人、月德貴人、華蓋、驛馬、桃花、天赫、金神、三奇…等，均對人性格、心性上具有相當的影響作用，請參閱前面「神煞註解」，均亦是判斷性情的很重要參考資料。

依筆者之見，推命論運要能精確，必須先從命造的性格、心性上著手。倘若能準確的掌握命造的心性、性向，則人生歷程上的種種現象、表徵、吉凶、福禍事、成敗得失……等等，均能推論至精細入微，更可以「鑑往知來」以旋乾轉坤，避凶趨吉，知命順命，知運掌運，而指人迷津或自求多福。

3章　斷六親

前面曾述及，年柱爲根，月柱爲苗，日柱爲花，時柱爲果；八字推命乃以日干爲主，日干即代表命造己身，日柱則爲夫妻宮（或日支代表配偶），亦就是花；有根有苗方有花，根及苗乃花之源頭，當然指的是父母、祖上，爲己身之所出；月柱爲苗，年柱爲根，根乃苗之源，故年柱代表祖上宮，論祖父母以上者，應是無庸置疑；就花（己身）而言，其源於苗及根，故應以年柱及月柱來論父母，實較爲貼切，因人之出世未必均能見及根之祖父母；因此，年柱之根視爲父母，月柱之苗則論同胞手足（兄弟姊妹）；由以上可以得出一較適切的結論，即以年柱視爲祖上宮，月柱視爲同胞手足宮，而年柱及月柱合論父母宮。

日干代表己身，日支則爲配偶，即以日柱爲花，論夫妻宮，乃再恰當不過了；開花必然得結果，時柱爲果，代表子女宮，亦可廣義的論爲子孫宮。八字推命以日干爲主，研判其餘干支爲喜爲忌，則可藉以推論祖上、父母、手足、配偶、子女等的品質、條件如何？和己身的緣分如何？又年柱管事一～十六歲，月柱管事十七～三十二歲，日柱管事三十三～四十八歲，時柱管事四十九歲～六十四歲，亦可依四柱干支之喜忌而斷己身之幼少年運、青年運、壯年運及晚年運之吉凶如何？

六親指的應爲祖上、父母、兄弟、姊妹、夫妻、子孫；若以十神爲代表則：正印論母，偏印則論母親（或繼母），偏財論父，正財副論父親（八字偏財星不現時），劫財論兄姊，比肩論弟妹（或比劫星直接論兄弟姊妹）；男命正財論妻，偏財論妾（外情人），女命正官論先生，偏官論先生外之男友（外情人），男女命正財及正官之夫星妻星不現時，亦可以偏財、偏官副論配偶；男命正官論兒子，七殺論女兒，女命傷官論兒子，食神論女兒。另比肩、劫財亦代表朋友、同事、同輩、同行、同業、股東、合夥人等等。

同樣視八字上十神之喜忌，可藉以判斷該十神所代表的六親對己身助力之有無大小，亦可視十神出現的位置和日主之距離，而斷該十神所代表的六親和己身關係，對己身的影響力；近貼日主，自然關係密切，影響力大，但未必是有利於命造，得視該十神爲命上是喜用神或仇忌神而定；遠離日主或八字全然未現，自然關係不熱絡，影響力小或無，逢此種狀況，倘該十神爲喜用神，助益於命造之力必微或不明顯，若爲仇忌神，對命造不利之影響作用，亦同樣微弱或不明顯。

以上所述綜斷六親，詳如後述。

一、斷祖上、父母

1. 年柱干支均爲喜用神，且是正官、正印、正財居其上者，主祖上多半富貴榮華，多蒙祖上庇蔭；倘坐下十二運又爲長生、建祿或與貴人同柱，更主祖上福、祿、壽俱全，餘蔭更多更大。

2. 年柱干支均爲忌神，且是七殺、偏印、劫財，坐下十二運又爲死、墓、絕，或與羊刃同柱，或干剋支冲時，則必主祖上寒微、凋零、福壽俱無，餘蔭必無或有而難守，亦即出生貧寒之兆。

3. 年干爲喜用神，年支爲仇忌神，主祖父壽長於祖母；相反年干爲仇忌神，年支爲喜用神，則祖母壽必長於祖父；若干支均喜用神，祖父母均長壽富貴；若均爲仇忌神，則祖父母必壽短且寒微、貧困。

4. 年官月印或年印月官，均爲喜用神，則祖上淸高富貴；財、官、印居月柱干支，且爲命上喜用神，則主父母富貴榮華。

5. 月支爲正官且爲喜用神，同柱又見貴人者，主父母敦厚、文雅；若正官爲傷官尅破，則父母反體弱多病。

6. 月支爲正印，若和驛馬同柱，主父母有利遠行或較奔波忙碌然有利；若和孤辰、寡宿同柱，主父母孤獨無依；倘此正印逢冲，則父母有早喪之兆。

7. 月支七殺倘和羊刃同柱，父母必不和睦且脾氣暴躁；若月干爲官殺且爲命上之忌神，主同胞手足凋零、不得力。

8. 月支正財爲喜用神，坐下十二運建祿，且與貴人同柱，主父母富貴榮華；倘月支正財爲忌神，且逢冲尅，主父母不利，無家業祖產可遺留。

9. 月支食神爲喜用神，無尅破或食神坐下爲福集之地，主父母體健多親蔭；若此食神逢偏印尅倒，主父母多病弱。

10. 凡財、官、印爲命上之喜用神，主父母必富貴榮華；若爲忌神，則父母不貧亦賤。

11. 凡印星不遭冲尅，父母必全；印星扶抑得宜，則父母俱壽；日主弱而以正印生身，主多蒙親蔭，受父母寵溺。

12. 印星過旺必不得父母之力；印星破用神，必受父母之拖累；財旺壞印，財星爲忌神，則父母必早衰敗、病弱。

13. 偏財旺主父壽必長，比劫星旺盛則父早喪之兆；偏財坐下旺地，然逢刑冲尅破，主父母能壽但必貧困。

14. 偏財坐長生、建祿、帝旺，與貴人同柱，主父母富貴長壽；若偏財坐死絕，逢空亡，遇刑冲；主父貧困，父子不和或父早別離；偏財坐七殺爲忌神，主父漂零死他鄉。

15. 印星坐長生，母必慈祥長壽；坐建祿、帝旺，母主精明能幹。

二、斷同胞手足

1. 日主弱而印旺月提，主兄弟姊妹衆多；八字上比劫星全然不現，主兄弟姊妹必少。

2. 命局上官殺星多且旺，爲忌神，兄弟姊妹必少；若有比劫星結羣會黨幫身，反主兄弟姊妹衆多。

3. 日主無根又坐墓庫，兄弟姊妹必少；日主旺而比劫星多，亦主少兄姊弟妹；月柱逢刑冲尅破，坐死絕，有同胞手足但不得力。

4. 月柱逢空亡，或月支坐十二運衰、病、死、墓、絕者，主兄弟姊妹緣薄。

5. 月柱干支爲喜用神，主兄弟姊妹的品質條件佳；若均爲忌神，則同胞手足的品質、條件必差；若干支喜忌參半，主兄弟姊妹品質、條件平平。

6. 比肩、劫財星爲命上之喜用神，主兄弟姊妹互助力大；若爲忌神則彼此無助力；倘比劫星爲命上之喜用神，而八字卻不現時，則反主朋友多助益力。

7. 比劫星坐下十二運爲長生、建祿、冠帶、帝旺，主兄弟姊妹運勢強旺；若坐下死、墓、絕，則主同胞手足運勢差。

8. 比肩、劫財星逢冲尅，主兄弟姊妹不和睦，或體弱多病；若坐下與羊刃同柱，亦主同胞手足不和睦。

9. 比肩、劫財星逢空亡，主兄弟姊妹中有早喪者；比劫星坐桃花，主其中有較風流者；坐華蓋，主其中有較聰明有才藝者。

10. 比肩、劫財星坐下帝旺，主兄弟姊妹中有脾氣較暴躁者；坐下和驛馬同柱，主同胞手足四分五裂，各奔西東，或有長年忙碌、奔波者。

11. 日主弱而有印星生助，主兄弟姊妹表現傑出優秀；若比劫星扶抑不得宜，主同胞手足少且互助力微弱。

12. 日主中和生扶得宜，主兄弟姊妹適度，不太多亦不太少；局上財輕逢比劫而官殺星明現，主同胞手足能和睦平安相處。

13. 官殺星微弱，食傷星旺，若逢比劫星再生助食傷，則恐得受同胞手足之拖累；凡食傷星制殺太過，又得比劫星生助食傷，亦主必受兄弟姊妹之拖累。

14. 比劫星破壞用神，亦主遭兄弟姊妹多方面之拖累；財星微弱，比劫星旺，又逢印星制食傷，則恐同胞手足有鬩牆之爭。

15. 命局正印及偏印多旺混雜，多半有同母異父之兄姊弟妹之兆；偏印、比劫重而財星微弱，官殺又不現，則兄弟姊妹中恐有早生離死別者。

三、斷夫妻

A.男命正財論妻，偏財論妾或副論妻星。

1.正財爲命上之喜用神，妻必賢淑美麗多助力；若日支夫妻宮又現正財星乃最佳，主更得妻助妻財。

2.正財爲喜用神，又天干五合日主，乃財來就我，主妻賢淑美麗多助，且又相當溫柔體貼入微；在地支三合、三會、六合日支夫妻宮，亦同論。若以上狀況，但正財星爲忌神，則同樣主妻體貼入微，感情關係密切，然卻妻無助力，反會因妻而破財、招災、惹禍。

3.不論正財、偏財，凡和日柱干合支合或財星近貼日主，均主女緣絕佳之男命；倘財星爲喜用神，則緣佳且妻妾及異性多助力；若財星爲忌神，亦主女緣佳，但卻會因妻妾或異性而破財、招災、惹禍。

4.正財星逢空亡而無破解者，主有破婚、再婚、妻早喪，或妻體弱多病災之兆；日柱夫妻宮逢空亡，亦同論，唯尚主夫妻有一方早喪者。

5.正財星逢空亡，又五合日主，三合六合日支夫妻宮，則主多娶多離之兆；偏財逢空亡，多半主妻有災厄或病弱事生，較不易牽涉早喪或婚破之事。

6.正財星只宜合日柱，不宜合他柱，則恐主妻有外情之兆；又日主和他字爭合正財星，亦主夫妻間易介入第三者，談戀愛易生三角關係，俱非佳宜。

7.正財星爲喜用神，在天干爭合日主，主易享齊人之福；若正財星爲忌神，反易生嫉妒，婚姻、、感情上的糾紛麻煩事。

8. 比肩、劫財星多且旺，主尅妻或妻體弱多病；日主弱而財星多且旺，比劫星微弱或無，反主懼內，妻話多偏聽，且妻必和婆婆水火不相容。

9. 日支正官爲喜用神，主妻相貌端莊、忠厚；日支食神爲喜用神，不見偏印來尅破，主妻必屬肥胖型；日支正印爲喜用神，主妻賢淑有助力。

10. 凡日支夫妻宮爲喜用神，必主配偶的品質、條件要比命造佳；相反爲忌神，則比命造差。

11. 日支爲七殺，不論其爲喜爲忌，若無尅合，主妻性情剛強，夫妻欠和；日支正財爲忌神，且同柱有驛馬星，主他鄉娶妻或妻客死他鄉。

12. 日支比肩爲喜用神，主妻精明能幹；日柱與羊刃同柱，時柱更見偏印星，主妻有產厄。

13. 日支夫妻宮逢冲，主夫妻欠和合或妻有苦情；正財星與桃花同柱，妻性風流但較能幹。

14. 日支正財又和將星同柱，主娶富貴、名門、望族之女爲妻；日柱現神煞金輿、天喜、紅鸞，主妻清秀美麗。

15. 命局上官殺星弱逢食傷，而見財星，則妻賢不尅；劫財羊刃旺而財星微弱，亦主妻賢不尅。

16. 正財藏支偏財透干，正財微弱而偏財強旺，主妾必奪妻權。

17. 日坐傷官爲喜用神，主妻貌美俊秀；若財星微弱，更主得妻助妻財。

18. 命局正財不現，乃大男人主義，妻緣淡薄；倘連偏財星亦無，更主異性緣差，夫妻更難熱絡，緣必薄。

19. 正財坐墓，主妻有災厄、病弱之兆；正財坐沐浴，主妻有移情別戀之兆，加會天乙貴人及桃花更驗。

20. 正財在月支，坐下十二運絕，主和妻妾緣薄；正財星不論喜忌，若與天德、月德貴人同柱，必是賢妻良母。

B. 女命正官論夫，七殺論情夫或副論夫星。

1. 女命官殺以出現一位最佳，主清粹；官殺混雜女最忌，逢之若能「合殺留官」或「合官留殺」，亦主清粹，婚姻方能美滿。

2. 正官或七殺命局上只現一位，且爲命上之喜用神，主必能嫁得一位可以倚賴的先生。

3. 日支夫妻宮爲喜用神，則主先生的品質、條件要比命造佳；相反爲忌神，則先生品質、條件要比命造差。

4. 正官在天干五合日主，或地支官殺星三合、三會、六合日支，均主先生體貼入微，感情關係密切，乃官來就我；亦主異性緣絕佳無比。

5. 凡官殺星在天干五合日主，地支三合六合日支，或官殺星近緊貼日主，均主異性緣佳；若官殺星爲喜用神，則先生體貼入微，多助益力，亦主異性多照顧多助力；倘官殺星爲忌神，則先生或異性緣亦絕佳，但無助力，反恐招惹是非、感情糾紛事生。

6. 官殺星逢空亡，主有破婚、離異、喪夫之兆；若日柱夫妻宮亦逢空亡，更主有夫妻一頭早喪、破婚、仳離之兆。

7. 倘官殺星逢空，又干合支合日柱者，主有多嫁多離之兆；異性緣佳，卻是虛無空夢一場。

8. 官殺星坐下十二運爲長生、冠帶、建祿、帝旺者，主嫁貴夫——乃先生運勢強旺；若再和貴人同柱，主先生必能榮華富貴。

9. 官殺星坐死絕、逢空亡，均主夫運不揚；官殺星坐墓，恐有與夫死別之兆；傷官旺而無財星，亦主尅夫之兆。

10. 七殺坐桃花，少禎祥；七殺正官坐沐浴，主先生有風流傾向；官殺星多合，主反易背夫而自風流。

11. 七殺旺而藏於庫，或官星微而入墓，均主妾命；若七殺星八字上超過五位，恐有墮入風塵之娼妓之命。

12. 正官和七殺同柱，又見比劫星，乃姊妹爭夫，易生感情糾紛，戀愛或婚姻易介入第三者，演成三角習題。

13. 食傷星太旺而制官殺太過，多不利於夫，乃尅夫之兆；地支現七殺而逢刑冲，主夫妻必難和睦相處。

14. 食神八字一位富貴賢良，食神吐秀，更秀子榮夫；若食神太旺，且又多逢合，主有暗地偷情之兆。

15. 合一官爲貴（殺亦同），合多反成賤；若官殺星與天德、月德貴人同柱，主貌美且賢淑之女。

16. 傷官星多且旺，易尅夫或再嫁，官殺混雜而身弱者，多半非節婦；日支逢冲，夫妻易衝突、爭執、不和睦。

17. 日支七殺不論其爲喜爲忌，均主先生性情剛強，脾氣暴躁；日支偏印，多半有晚婚之傾向。

18. 官殺只宜合日柱，不宜合他柱，主先生有外情人之兆；官殺星爲忌神，多半易受先生欺淩；命上官殺星全無，主夫緣差、異性緣差，有晚婚傾向，感情婚較難言圓滿。

四、斷子女

男命：正官論子，七殺論女；女命：傷官論子，食神論女。

1. 凡命局爲：火炎土燥者，水泛木漂者，金寒水冷者，乃調候失宜，主必無子命。
2. 命局上印星重重，財官過旺，滿局食傷者，主必無子；食傷星逢冲尅，食傷星受扶太過，或食傷星受抑太過，均主無子命。
3. 日主旺印星旺而財星全無，日主弱而官殺太旺，日主弱無比刦而食傷微逢官殺星太旺，以上四種狀況者，亦主必無子命。
4. 八字全陽不生女，全陰不生男；年柱及時柱均見七殺星，主恐無子命；正官星坐下十二運爲死、墓，易無子。
5. 時柱逢空亡，乃空泛子孫，無解救者，子女必不旺，或多生女少生男。
6. 男命正官星逢空亡，主生女概率較高，生男不易帶養，有早喪之兆；七殺星逢空亡，主生男概率高，生女不易帶養，有早喪之兆。
7. 男命正官旺七殺弱，主生男概率高；若七殺比正官星多或旺，反主生女概率高；女命傷官旺食神弱，主生男概率高；食神比傷官多或旺，反主生女概率高。
8. 女命傷官逢空亡，主生女概率高，生男不易帶養；若食神逢空亡，主生男概率高，生女不易帶養；凡子女星逢空亡而無解救者，均主子或女有早喪之兆。

9. 凡時支屬陰，首胎生女概率高，時支屬陽，首胎則生男概率高，男女命均同論。

10. 男命官殺星，女命食傷星，若為命上之喜用神，則主子女表現傑出優秀；倘子女星緊貼日主，則主子女緣厚助力大；若子女星遠離日主或八字無現，則主子女緣不熱絡，表現傑出優秀，但未必有助力於命造。

11. 男命官殺星，女命食傷星，若為命上之忌神，則主子女表現與成就平凡或差；倘子女星近貼日主，則主子女緣厚，但恐因子女事而多麻煩與困擾；若子女星遠離日主或八字無現，子女緣差、不熱絡，但較不會因子女而帶來麻煩或困擾。

12. 時柱子女宮，干支均為喜用神，主子女必十分賢孝；若均為忌神，則子女難言賢孝；倘時干為喜用神，主子女中老大較賢孝，若時支為喜用神，主子女中老二以下較賢孝；倘時干為忌神，主子女中老大較不賢孝，若時支為忌神，則主子女中老二以下較不賢孝。

13. 男命官殺星，女命食傷星，坐下十二運為長生、冠帶、建祿、帝旺等，主子女運勢強旺，若同柱有諸貴人吉神，更主子女有榮華之機運。

14. 男命官殺星，女命食傷星，若坐下十二運為死、墓、絕等，主子女運勢差，又無和貴人、吉神同柱，更無榮華之機運。

15. 凡子女星坐下為沐浴、桃花，主子女較浪漫不貞或有風流之傾向；若坐下和驛馬同柱，則主子女恐有遠行，較忙碌、奔波，亦主較有出國之機運，女兒則主恐嫁至遠方或國外之兆。

16. 子女宮逢冲（日支與時支冲），主子女福難享；倘子女星為命上之喜用神，則可得子女名，難享子女福。相反時柱干支為喜用神，而子女星為忌神，則可享子女福但難享子女名——子女成就平平。

17.子女星若破壞命上之用神，子女必差，多惹事生非，或造成許多不利於父母的事端，受子女之拖累。

※凡生兒育女，應夫妻八字合參，若光生男不生女，或光生女不生男，則夫妻八字合參外，尚須研斷大運及流年，綜合以尋求運助生兒或生女之概率（子女星之旺勢增強），方不致生男生女一面倒——善用八字推命，生女育兒，隨心所欲。

4章　斷事業

「男怕幹錯行，女怕嫁錯郎」古有明訓，據說台灣老闆滿街走，十六人中就有一位，相當令人咋舌的統計數字；姑且不論其心態，光就成敗得失而觀，票據刑法的取消（被迫），乃最佳的鐵證——太多太多人幹錯行，未能知命順命，知運掌運而一心一意的想創業，當老闆的最終結局。相信人人都「寧爲雞頭，不爲牛後」，想當老闆而不願當夥計，但以最通俗的說法，當老闆亦要有當老闆的命和運，蠻幹不得，否則不僅破家敗業，身敗名裂，尚可能觸犯官司，牽連拖累他人。

大體上而言命屬貴者，宜從政爲官，走學術路線；命屬富者，宜從商發展，走商業路線；然均得逢行運之助，方能有大發展和成就。故首先得「幹對行」，即選擇最正確的行業，倘行運背逆，尚不致兵敗如山倒，若行運吉順，自能勢如破竹，馬到成功；如果「幹錯行」，未能正確擇業，倘行運背逆，自是潰不成軍，兵敗如山倒，而無法東山再起，一蹶而不振，若行運吉順，亦無法完全發揮至最高境界，成就必然有限。

前面亦曾述及，凡正格八字命局上，某一五行最旺多半爲命上之大忌神，其旺度最大而影響命造亦最鉅，在擇業上亦會受其影響而幹錯行；如某一命造的八字中以火的五行旺度最大，很自然受其影響而擇火業，即幹錯行——火最旺爲命上之大忌神，自不宜從事五行屬火的行業。另變格的八字，乃因命局上某一五行專旺，而從此專旺之五行以論命——專旺格、化氣格、棄命從弱格⋯等，此專旺之五行反是命上的喜用神，對命造影響力亦最大，故擇業上亦會受其影響乃幹對行；如某一命造的八字爲化木格，木之五行必是命局上最旺，很自然受其影響而擇木業——即幹對行，木最旺乃命上之喜用神，自宜從事五行屬木之行業。

因此，在辨格局時能入變格須優先取爲格局，且變格成而得眞，爲大富大貴命式，其理在此——能擇對正確之行業，不走寃枉路，不浪費時間、心血，迅速的能發揮，順利達到目的地；而正格八字，則須用神團結有情，生助有力，影響命造之力大，方不致幹錯行，亦較能富能貴，故論命莨窾論用神，其理亦在此；相反用神微弱力不足，局上最旺之五行爲忌神，其影響命造力鉅，自受其影響而幹錯行，當然凡事多阻滯、橫逆、不順，勢必與富貴無緣。

由以上之論述，很淺顯易懂，在擇業時必須根據八字的喜用神及喜用神之五行，來做最正確的行業選擇，方不致幹錯行，而讓辛苦的血汗白流，甚至嚴重者，破家敗業，官訟纏身，拖累他人。除此外尚得參照行運表吉凶順逆，以做爲進退之依據，如此面面俱顧，配合時宜，自然能穩操勝算，勝利在握。

另事業與職業的解釋上是有所不同，事業乃己身創業當老闆（負責人），職業乃指薪水階級（老闆是他人），而事業的成敗跟負責人八字息息相關，即隨著負責人的行運而起伏盛衰，故特別重視行業的選擇及行運狀況的配合；而薪水階級者，較無此方面的顧忌和忌諱，畢竟老闆是他人，但選擇最正確、最適合己身的職業，亦較能有所發揮，且工作亦較能愉快、順利，倒無須太過於敏感、緊張。

一、以用神選擇行業

1. 用神正官者：宜從事政治、公職、公務人員、公家機構、法律、司法界、軍藝界、公司主管、、行政、管理、領導、薪水階級……等相關性質之行業。

2. 用神七殺者：宜從事軍警業、司法界、外科醫生、運動員、首領、指揮者、特技業、開礦業、具有冒險患難、嚴格刻板、動作激烈、危險、他人不敢不易爲之等性質之行業。

3. 用神正印者：宜從事文教、學術、宗教、慈善業等，如教師、牧師、文學家、育幼院、救濟院、宗教業、敬神品業、學術研究工作等等。

4. 用神偏印者：宜從事較屬專門性、特殊性之行業，如研究、創造、科技、設計、武術、玄學、醫藥、幕僚……等，較爲特殊、專門且少有人爲之的行業。

5. 用神劫財者：宜從事自由業、合夥事業、外銷業、武市、流動事業、競爭激烈，須憑勞力、可自立自主之行業。

6. 用神比肩者：宜從事合夥事業、自由業、律師、會計師、命相、民生必需品業、外銷業等。

7. 用神傷官者：宜從事藝術、才藝、技能性職業，如藝術家、音樂家、畫家、美術商、演藝工作者…等，以及投機性、冒險性之行業。

8. 用神食神者：宜從事服務事業、外交業、業務代理、文藝、技藝、才藝…等行業。

9. 用神正財者：宜從事金融、財政、商務、店舖式、門市性…等相關且較保守型的商業活動。

10. 用神偏財者：宜從事商業活動，即經商、貿易、工廠投資、商務經營、股票、證券、代理商、經銷商……等，較爲大型且活動性強之商業活動。

總而言之：用神爲官殺星者，宜從政爲官、行政管理、指揮領導；用神爲印星者，宜文教、學術、宗教、研究、專門性業；用神爲比劫星者，宜空拳覓利、白手起家、自由業、合夥事業、外銷業；用神食傷星者，宜藝術、文藝、技能、服務性質業；用神爲財星者，宜從事商業活動、金融、財政、經銷、買賣業等等。若再配合喜用神之五行所代表之行業，則更爲理想、更正確的擇業。

二、以喜用神五行選擇行業

1. 命喜木者：宜木器、木材、傢俱、裝潢、建材、花、草、樹、苗、盆栽、竹、茶、園藝、紙業、紙器、布業、書、文藝、文教、文具行、書局、出版、教育、作家、教師、司法、軍警、公務、政治、文化業、宗教、慈善業、素食品、宗教品、敬神品、植物界、青菓商、香料、藥物、醫療…等，五行屬木之行業。

2. 命喜火者：宜高熱性、火爆性、光亮性之行業、照光、照明、易燃物、油、酒、瓦斯、加工、代工、再製、製造業、工廠、修護、食品業、自助餐、飯館、餐廳、熟食、麵店、手工藝品、彫刻、成衣、百貨、服飾、物飾、衣帽行、美髮、美容、化粧品、印製業……等，五行屬火之行業。

3. 命喜土者：宜土產品、農牧畜業、農畜牧業之工具及百貨、飼料、水泥、石灰、磚瓦、窰業、石板、石器、瓷器、土地買賣、房地產業、中人、介紹業、建築業、設計、企管顧問、秘書、管理、代理商、經銷商、中盤商、防水業、雨具、喪葬業、附屬品……等屬中間性、基礎性質業，五行屬土之行業。

4.命喜金者：宜金融、珠寶、五金、機械、交通界、汽車、電器、電料、電子、電腦、鋸木業、礦冶、鐘錶、模具、銀樓、古董店、當鋪、科學、鑑定、武術、科技、堅硬性、主動性、主宰性……等，五行屬金之行業。

5.命喜水者：宜水利、航海、漁業、海產、釣具、防火業、河道、溝渠、池塘、冷凍、冷藏品、冷飲店、外交、業務、旅遊業、旅行社、旅社、玩具、音響、偵探、徵信社、記者、服務業、清潔業、搬家業、演藝事業、流動事業、自由業、易變化、不安定性業、攤販……等，五行屬水之行業。

以上雖將五行細分所屬諸行業，但事實上有些行業乃屬五行混合業：如西餐廳多半兼俱冷飲店，既賣牛排又賣果汁、冰咖啡，此則爲水火混合業；如鐘錶店既賣手錶又兼修鐘錶，則屬火金混合業；如素食餐廳，則爲木火混合業……等均爲五行混合業。然不論如何？所從事的行業，必擇命上喜用神之五行最佳，若爲合夥事業，則以董事長或負責人的八字爲準，來判斷行業之正確與否？

除了擇業的問題以及行業須配合負責人喜忌外，常有一些人，一年換二十四個老闆，職業很不安定，或經常更換行業，三個月前開餐廳，三個月後賣茶葉等等，此些人乃職業、事業無法專心，不能安分於固定工作崗位上。通常其八字多半是：日坐十二運沐浴、死、絕者，命帶驛馬星者——逢正副驛馬則生變動，命局上正印及偏印混雜者——喜兼業，四柱地支逢刑冲者或逢歲運來刑冲尅破等等，均較易產生事業、職業上的多變遷，甚至連住所亦跟著搬遷轉移。

5章　斷健康疾病

「花無百日紅，人無日日好；天有不測之風雲，人有旦夕之禍福」，人食五穀雜糧，誰能無病？有道是「預防勝於治療」，而『八字推命學』正可以提供人保健、保養身體，預防疾病的最佳參考資料。在我們生活四周不難發現，某些人體力、精力特別旺盛，某些人則體力差，容易疲勞．精神萎靡不振；有些人則十分健康強壯，卻往往一病就遽然而終，有些人則體弱多病，卻久病而壽長；有些人終生宿疾，有藥而難醫，有些人則患病，無藥而痊癒。以上所述之狀況，有時眞會讓名醫搖頭，說不出所以然來，但依據「八字推命學」，往往就可以做出最完美、合理的解釋。

財星乃養命之源，我尅者財，人必須憑勞力、心血去賺取錢財，來維持生活、生存之所需，故不論身強或身弱，八字上財星絕不可無；身強者財旺最佳，身弱者財星微見即可。因此，命上財星爲喜用神者，必主身強體健、精神充沛；若財星爲命上之忌神者，必主體弱多病、體力差、容易疲勞、精神萎靡。所以，財星之爲喜爲忌，乃體力之強旺與衰弱，精神之飽滿與萎靡的主要因素。

日主旺者，必以財星爲用神或喜神，所謂身旺能任財，而財星爲養命之源，多旺不忌，故自必身強體健而少病，體力精神充沛；日主弱者，必忌財星，身弱難任財，而財星爲養命之源，故自必較體弱多病，體力精神自然爲差。因此，日主旺之人，精神體力多半較佳，日主弱之人，則精神體力較差，容易疲勞。換句話說，即身強財星為喜用之人，較為健康，精神飽滿，體力充沛；相反身弱財星為忌神之人，較不健康、精神及體力亦較差。

另四柱干支和日主關係最密切者，應為日支，和日干同柱且為日干所坐，其為喜為忌，自最先影響到日干，故日支為喜用神者，身體必較為健康強壯，精神體力必較為佳；相反日支為忌神者，身體必較不健康強壯，體力較差，精神亦較劣。身強者財星為喜用神者，其月支未必是喜，身弱者財星為忌神者，其日支未必是忌。所以，判斷人健康狀況、體力及精神狀況，應綜合財星之喜忌及日支之喜忌而論斷方眞。

於是，身強者，財星為喜，日支為喜，三者兼俱之人，則身體應為最強健，體力佳，精神好；而身弱者，財星為忌，日支為忌，三者兼俱之人，則身體乃屬體弱多病，體力差，精神萎靡不振；另財星為喜，日支為忌者，或財星為忌，日支為喜者，則應屬健康平平，體力和精神亦平平之人。

身強者，日支為喜，財星為用神之人，多半平時十分健康強壯，然其用神之財星被尅破時，最易一病遽然而終，因財星以養命之源又是用神之故耳。身弱者，日支為忌，財星為忌之人，多半平時較體弱多病，因財星為忌神乃養命之源，逢尅破反為佳不忌，故久病而較無遽然而終的情況發生。兩者相較，實不失中庸、均衡之理。

八字推命乃以日干為主，以中和為貴；四柱干支尅耗洩日主太過，謂之有病，生扶日主太過，亦謂之有病，此處所謂的「病」乃指取用神的病藥原理；然事實上日主受扶抑太過都是一種尅害，而日主所代表的五行：木火土金水，各代表人身之五臟：肝臟、心臟、脾臟、肺臟、腎臟，日主受到尅害，亦即其所屬五臟受尅害；因此，可依日干來判斷人的身體之病源。簡表如左：

甲：膽。	乙：肝。	丙：小腸。	丁：心臟。	戊：胃。
己：脾。	庚：大腸。	辛：肺。	壬：膀胱。	癸：腎。

當然，依日干之五行可查知人身之病源，但事實上日干屬木者，並非只會患肝膽疾病而已，由肝膽根源所引起的其他諸症，亦包括在內方是；命局上五行中和純粹，相生不背，四柱干支平和順暢，自然健康強壯不易罹病；倘與日干同類五行在命局上太弱，或過分受尅傷，自然疾病就跟著產生。因此，不論日干之五行爲木、火、土、金、水，均可做出一疾病之檢驗判斷表（如左），以爲基本病源，易患染疾病、症狀和部位的判斷，並做爲保養、保健、預防的重點和依據，均可適用於任何八字疾病、病源的檢驗、判斷及推廣研判。

依據「疾病檢驗判斷表」爲基礎，可以再加上命局五行呈現狀況以及日干等，做更進一步的分析、推理罹病的種種因素及來龍去脈，則更易對症下藥、預防、保健及保養，詳述如下：

◎五行判斷法◎

五行：木、火、土、金、水，於命局上那一行過旺或過弱，皆易罹患該一五行之病症。如命

（疾病檢驗判斷表）

五行	日干	病源	四柱干支字	易感染疾病及患病部位
木	甲木	膽	甲乙寅卯少或遭尅	肝、膽、頭部、神經、關結、咽喉、四肢、筋脈、肺、胃、皮膚。
	乙木	肝		
火	丙火	小腸	丙丁巳午少或遭尅	小腸、心臟、敗血、眼、耳、肩、胸、舌、便秘、下痢、脚氣、腹。
	丁火	心臟		
土	戊土	胃	戊己辰戌丑未少或遭尅	脾胃、腸、皮膚、痔、瘡毒、足、腕、腦、膀胱、腰、血液。
	己土	脾		
金	庚金	大腸	庚辛申酉少或遭尅	肺、大腸、眼、鼻、氣管、皮膚、神經、直腸、下肢部、齒、骨骼。
	辛金	肺		
水	壬水	膀胱	壬癸亥子少或遭尅	腎、膀胱、子宮、泌尿系統、近視、中風、便秘、下陰部、糖尿病、痰。
	癸水	腎		

局上五行木氣過旺，主易罹患肝膽以及其他相關諸病症；同時五行木過旺必重尅土，而土氣受損過弱，故易患染五行屬土之脾胃以及其他相關之病症。又如命局上火之五行過弱，主易罹患心臟及小腸和其他相關之病症；同時火之五行太弱，可能因遭受水旺尅太重之故，故也容易引起腎臟、膀胱、子宮、泌尿系統等屬水之五行諸病症。也就是說命局上某一五行太旺或太弱，均易罹患該五行之疾病；五行類推：某一五行太旺、太弱、或受尅太重，易引起該一五行所屬諸病症。

若命局上某一五行太旺或太弱，本易感染罹患該五行諸疾病，倘歲運五行，更增強原命局上五行更旺或更弱，則原有病情必更爲加重、明顯；倘歲運五行能使原本命局某一五行太旺或太弱，趨於中和適度，自然諸病症減輕不明顯或消失；另外歲運五行亦可能促使命局上某一五行更強旺，或尅損局上某一五行更衰弱，本健康無病，反因而致病，須得歲運一過，即恢復正常，此即所謂的運病。

通常一八字命局上五行混濁偏枯，四柱干支戰尅激烈，喜用神無可取，或破損無救助之物者，較易帶有宿疾、隱疾，行運逢助亦僅短暫起色好轉，運過又故疾復萌，此必久病而難醫治。因此，有道是「運病無藥能癒，宿疾有藥難醫」。當然，任何八字的命局上，若五行中和純粹，四柱干支和平順暢，相生不相逆，再行運不違，自必是健康長命者；相反則必是體弱多病，其壽不長之人。

◎日干判斷法◎

1. 甲：病源在於膽。易感染疾病及部位，詳見前檢驗表。然日干甲木之人，平常較明顯的病症，乃頭痛、頭暈、腦神經衰弱、失眠、偏頭痛等等，多半屬於腦部位之症狀，嚴重者恐有關腦部之併發症，倘天干產生甲己五合時，以上之表徵則較不明顯。

2. 乙：病源在於肝。易感染疾病及部位，詳見前檢驗表。然日干乙木之人，較明顯的通常病症，乃咽喉痛、牙齒、骨骼、風濕症、關結炎。尤其引其淋巴腺、扁桃腺發炎而產生咽喉痛，嚴重則易引發腎臟及心臟之併發症。日干乙木者，通常牙齒、骨骼較差；倘天干產生乙庚五合，則牙齒佳必骨骼差，牙齒差必骨骼佳。

3. 丙：病源在於小腸。易感染罹患的疾病，詳見前檢驗表。日干丙火之人，平常最明顯的疾病，乃便秘或下痢，因其體內水分的調節功能較差之故，而以便秘現象居多，故宜多補充水分；倘天干產生丙辛五合，則胃腸較佳，不易下痢，便秘依然明顯。

4. 丁：病源在於心臟。易感染罹患的疾病及部位，詳見前檢驗表。日干丁火之人，亦有便秘之現象，心臟較差，年紀不大就會有氣喘的狀況出現，循環排泄系統亦差些，尤其多半不太注重身體的保養與保健，即使患病亦不太喜歡吃藥看醫生。

5. 戊：病源在於胃。易感染罹患疾病及部位，詳見前檢驗表。日干戊土之人，多半易患胃炎、胃酸過多、胃潰瘍、胃痛等，天干戊癸五合之人，反胃口佳而食量大，反較無胃腸之病症。

6. 己：病源在於脾。易感染罹患的疾病及部位，詳見前檢驗表。日干己土之人，通常較有偏食之習慣，易罹腸炎，十二子腸潰瘍、直腸癌等，但通常胃腸不明顯有病，中年後則較易遽生胃腸病；倘天干甲己五合，則胃腸反佳。

7. 庚：病源在於大腸。易感染罹患的疾病及部位，詳見前檢驗表。日干庚金之人，體質較屬酸性，骨骼佳而牙齒差，易生青春痘而留疤不易消失；倘天干乙庚五合者，反牙齒佳而骨骼嬌小（差）。

8. 辛：病源在於肺。易感染罹患疾病和部位，詳見前檢驗表。日干辛金之人，最易感冒、咳嗽、鼻病、氣喘、神經痛等等，皮膚多半較差且較黑。

9. 壬：病源在於膀胱（子宮）。易患疾病及部位，見前檢驗表。日干壬水之人，多半有夜尿、頻尿現象，泌尿系統症多，尤其得注意體內糖分及水分的調節，方不易引起糖尿病、尿毒症等併發症——起因完全在於腎臟。

10. 癸：病源在於腎臟。易感染罹患的疾病及部位，詳見前檢驗表。日干癸水之人，較明顯的病痛乃淋巴腺、扁桃腺發炎，此乃腎臟炎的前兆，故不能掉以輕心。

◎身體健康判斷法◎

身體健康狀況，前已有論述，大體上五行中和純粹，四柱干支和平順暢，相生不逆，多半較爲健康長壽者，今綜合系統整理分述如左：

1. 日主強旺者，多半身體健康強壯，精神充沛；日主衰弱者，多半體力差易疲勞，同時精神亦較爲萎靡不振。
2. 日支爲喜用神者，身體必較健康強壯；日支爲忌神者，身體自難言健康強壯；倘日支逢刑冲者，不論其爲喜爲忌，均不言身體屬健壯型。
3. 日支因三合、三會、六合等，而成爲喜用神者，主必身強體健；若成爲忌神者，則身體難言健康強壯。
4. 財星爲喜用神，而不遭刑、冲、尅、合、空亡者，身體必屬健壯型；若遭刑、冲、尅、合、空亡者，身體必難言強健了。
5. 財星爲忌神者，身體自不言健康強壯；若逢空亡、刑、冲、尅、破，亦不做健壯之反論；唯逢合而化爲喜用神，方可論健康強壯，化忌神自仍屬不健康型。
6. 凡命帶神煞爲：三奇貴、魁罡貴、金神貴、專旺格、祿刃格者，多半屬於身強體健，精神超人，唯命中不能有破，否則較易遽然而終。

6章　斷財富

所謂的「身旺能任財官；身旺財旺，天下富翁；身弱財旺，富屋窮人」，很顯然日主強旺為斷財富的首要研判因素，次再論財星是否配合得宜？財星能否發揮其最大的效益？如此財富方能達於顚峯。因此，基本上而觀，身旺財星為喜用神，財星不遭刑、冲、尅、合、空亡，財星生助有源者，財星能發揮最大效益，即「身旺財旺，身旺能任財星，天下富翁」的最佳命式；當然，尚得再逢行運吉助，乃富貞富大至極，是無庸置疑。

倘日主弱，財星為忌神，財星無法發揮大效益，勢難言富，也許逢身旺行運，而能任財以致富，亦主短暫，待運一過又成空夢一場；若身旺，然財星微或無，或財星有破損——逢刑冲尅破、空亡等，雖身旺能任財，但財星卻無法發揮出最大最高的效益，逢行運吉助，亦財富有限，難達於巔峯。有道是「八字無財，逢運助亦發不了大財」，且財星為養命之源；因此，不論身強身弱，命局財星絕不可無，以身強財星多見為佳，身弱財星微見即可。另八字財星全然無現，而有食神，則食神可當成含財論。

當然，財富之大小，純屬見仁見智，因人而異的問題或觀念，絕難下一明確的定義或界限；「人心不足，蛇吞象」，擁有百萬者渴望得千萬，擁有千萬者盼望獲億萬；亦有「身居陋巷，一簞食，一瓢飲，不為其憂，自得其樂」者。但無論如何？只要「君子愛財，取之有道」，反是促成社會繁榮進步的原動力；若是小人愛財，不擇手段，則恐應了所謂的「人為財死，鳥為食亡」

之老生常談。

台灣有句俚語：「錢四隻脚，人兩隻脚」，非得靠人努力去進取，財富絕不可能憑空掉下來，一分耕耘自有一分收穫，天下亦絕無白吃的午餐。亦有所謂的「命裏有時終須有，命裏無時莫強求」，確實人人均盼望能擁有大財富，但未必人人均能如願以償，若無法意會此話的積極、深遠含義，而不管三七二十一，爲求財富拋頭顱、灑熱血，恐最終仍是空夢一場，得不償失，甚至弄得身敗名裂，家破人亡的下場。

然依常理而言，人之所以能致富，必因其人肯拼、肯幹、肯衝、肯吃苦耐勞，努力進取；或由於其人能言善道，手段手腕高明，善運用策略；或由於其人和藹可親，態度誠懇，脚踏實地，辦事能力高，有條理，效率佳；或是善於冒險、投機，能準確把握機運，利用關係，創造機會；或是能穩紮穩打，能遠謀深慮，精打細算，克勤克儉，省吃節用…等等，而賺取、儲蓄成財富。換句話說，必須具備有某些條件或天生稟賦，加以妥善發揮與實踐，方得賺取或多或少的財富。

相反，人之所以貧窮、困苦，必因其人無進取心，好逸惡勞，消極畏縮，容易滿足現狀，無知無能，思慮欠週，不懂計畫，不知運用把握機會，盲目衝動行事，反應遲鈍，口才表達力弱，不擅人際關係，不知變通，墨守成規，呆滯木訥，無禮節，脾氣暴躁，言行舉止粗魯，膽小怯懦，患得患失，人緣極差，不夠誠信……等等，自無法賺取、儲存錢財，反會爲錢財而愁苦，終得大貧、小貧的份了。

從以上之種種論述，不難可知「富」與「貧」間之分野，可依「八字推命學」研判命造八字而知曉。但是命造之所以致「富」或成「貧」，必有其因素或條件——所產生的動機、行爲而促成的結果，亦是可從八字上找出癥結，即可依十神出現的狀況來推論分析，詳述如左：

1. 正官：光明正直乃其特性，對於財富的獲取，自必正大光明，該得方得，所謂的『君子愛財取之有道』的典型；故對於財富的獲取，必是奉公守法，按部就班，墨守成規，依循老套，不懂變通、不擅鑽營，不知技巧、策略的運用，更不貪不玩手段、呆板、一成不變……的去賺取財富；當然，絕非賺錢的好手，亦非很好財利的心性，自較不可能擁有大財富。

2. 七殺：豪俠好勝爲其特性，比擬其爲不太正直之官，而對於財富的獲取，基於偏官畢竟是官的立場，勢必多費心思與功夫，敢橫下心，冒天下之大忌諱而去獲取財富；故可引申其必肯拚、肯衝、肯苦幹、肯犧牲、不畏艱難、不怕危險、勇敢直前……的去賺取財富。當然，能夠積極進取，不顧一切，勇往直前，自是賺取財富必備的重要條件和因素，必較能獲取擁有大財富。

3. 正印：仁慈良善爲特性，且正印亦稱之爲學術之星，基於此種心態者，多半較不計較名和利，甚至於十分淡泊於名利的追求，銅臭之追逐，對於財富多半亦不太熱衷，更不適合於商場上之勾心鬥角和競爭激烈的生涯。當然，亦絕非賺錢之高手，更較無法擁有大財富。

4. 偏印：精明能幹爲其特性，然較偏向於研究、創造、發明、特殊技藝，亦較爲孤僻、不太合羣、較不擅於人際關係；木訥、陰沈、太過於精明的表徵，往往較不受人賞識、信賴或歡迎，此均不利於財富的賺取，故亦非賺錢好手，自較難擁有大財富成大富翁。

5. 比肩：其較富有剛毅穩健特性，操作力、行動力佳，但比肩尅偏財，乃財星之敵，基本上爲對立較爲無緣，且比肩性亦較直坦，不擅言詞及人際關係，且天生對錢財有排斥力，不善於理財，不懂開源節流之道，更無有計畫的去賺取、運用財富；故多半亦非賺錢好手，實非能擁有大財富者，必須具備的條件和因素。

6. 劫財：其性如同比肩，但更加明顯的衝動和急進，行動力和實踐力更爲敏捷迅速，然往往陷於輕舉妄動，思慮欠週而陷於失敗的境地，且易莽進、盲目而樹敵、招怨不自知，人際關係差，更無錢財的觀念，以及理財的能力和計畫。當然，也就更談不上開源節流之道，錢財之賺取純屬有勇無謀型，實非賺錢高手，亦難擁有大財富，或甚至常有自招破財之可能性大。

7. 傷官：才智英明爲其特性，活潑生動，富有創意新鮮感，口才流暢，表達力及表現力卓越；故對於錢財的賺取，必擅於運用策略，生動的說服力，優異的演技，敢冒險、投機，擅於人際關係，適當的把握時機，創造機會，且野心亦大。因此，乃爲賺錢的頂尖高手，甚至擁有大財富，對於財富的獲取既大又迅速，然亦較有大成大敗之可能。

8. 食神：其性如傷官，但較爲溫和恭良，表徵亦較爲含蓄，對於錢財的賺取，多半是較善解人意，親切和平，眞誠客氣，平實而讓人信賴、好感，且有賓至如歸的良好印象…等取勝，本食神即可當做含財論。因此，亦是賺錢的好手，最佳的條件和因素，故也較易擁有大財富。

9. 正財：顧名思義乃正當之錢財，和錢財較有緣分，關係密切，然因爲「正」故財富必較爲穩固、不太流動，錢財量自也就小些；另正財之性，較爲迷戀性、執著性、貪小財利、容易滿足現狀、好逸惡勞、享受現成、不能苦幹進取、無雄心大志、貪圖享樂……等等，雖爲財星和錢財較有緣分，但實非賺大錢的高手，多半僅能擁有小財富，要擁有獲取大財富的可能性較低。

10. 偏財：聰明奇巧，反應機伶，慷慨不惜財爲其特性，和錢財的關係，自必十分有緣；其謂之偏財，顧名思義，錢財之源乃多而廣，流動量及流動性必大；且必能運用自如，擅於理財及開源，多賺錢多花錢，效率必高，實爲賺錢之高手，多半較易擁有大財富，成爲大富翁或發大財必備的最優越條件和因素。

以上乃依命造八字上十神的特性，來探討財富的擁有、獲取的大小、因素及條件；很顯然命局上出現偏財、食神、傷官、七殺者，最爲有利於財富的擁有與獲取；以劫財、比肩、正印、偏印、正官、正財等，屬於平平或較差；當然視得視十神和日主的親密度，有無逢刑冲尅破或空亡，更得綜合本命是否能任？行運是否吉助？所做出的論斷方爲眞實、貼切。

總而言之：身旺者乃論財富大小的首要因素，必備的條件，而食神、傷官、偏財、七殺星乃賺取財富的最佳利器，但均爲尅、耗、洩日主之物，非得身旺能任，而逢其近貼日主，再得行運之吉助，方眞正能得以發揮，財源廣進以致富；倘身弱難任，又無行運之助，亦只空擁有賺取錢財的最佳利器，卻無法發揮，無法藉以而獲得大財富。也就是說食神、傷官、偏財、七殺星，必是命上之喜用神，財富方可言大；相反爲忌神，反成敗因。

7章 斷女命

古來斷女命必先看夫、子二星，中年以行夫星旺地，晚年要行子星旺地，方爲吉佳之命；很顯然的中年從夫，晚年從子的觀點，即古昔女性之「三從四德」的延伸，那麼早年勢必得行父星旺地，如此則父、夫、子三者俱佳，可以依靠、倚賴，其一生命運之亘竄，似乎即可據此就可蓋棺論定？亦有主張女命用神以財官星爲喜，食傷星爲忌；或將推命重點放在於夫星、子星及自身三者兼顧，視日主之強弱而取用神，藉以斷先生、子女和自身的關係，人生命運如何？似乎盡在其中了！

同時，古來斷女命尚有所謂的八法：一曰純，二曰和，三曰清，四曰貴，五曰濁，六曰濫，七曰娼，八曰淫等；以及八格：旺夫傷子，旺子傷夫，傷夫尅子，正偏自處，招嫁不定，横死夭折，安靜守分，福壽雙全等。均很明顯的可以看出「八字推命學」，在古昔應用於推論女命上，有相當之差別於男命，純屬「重男輕女」的觀念和表徵。然此乃無可厚非，實因時代、社會的背景、環境因素問題，且並不無其推論女命的道理。

古昔社會，男主外女主內，女性沒有社會地位，家庭地位，沒有謀生能力，非得依靠男性以生活、生存不可；而所能依賴的男性，最大的目標，自然早年（未出嫁）的父親，中年（出嫁後）的先生，晚年的兒子；因此，父、夫、子三位的運勢如何？即女命之亘竄、吉凶、福禍之根源；當然，夫星不可傷，子星不可尅，財（父）星喜爲佳，乃推命論運之重點。確實，依時代社會的背景環境而言，女命之艮窳，實可依父、夫、子星之推論，即可蓋棺論定是可以採信，並不偏頗牽強附會。

唯今日社會進步繁榮，民風民智大爲改觀，女權日日高張，女性謀生就業能力亦不下於男性，男女平等的社會，女強人亦比比皆是，女性不須再依靠男性生活、生存，「男主外女主內」此話已逐漸將成爲歷史名詞；同時，家庭的組織結構，亦跟社會的進步而變革，往往非得夫妻均就業，難以維持今日的生活水平；再者，教育的普及，社會風氣，時代潮流，促使女性在政治、經濟、社會、事業、職業、家庭……等，均能和男性一爭長短，爭得最多的機會，更高的地位，更大的成就。

因此，如今社會若要應用「八字推命學」來斷女命，實不可再拘泥於古昔之推論方式，勢必如同斷男命般的相提並論，摒棄一些不合時宜的觀點、論點。如昔日之女命身強取食傷爲用神，常被引爲傷夫旺子，若於今日而言，主此女命英明銳利，能幹且多才多藝，在事業上、工作上較能有才華去發揮與發展，往往未必是尅夫傷夫，反是一種幫夫，太太在事業上有所成就，自能帶給家庭更多的貢獻，亦可減少先生的負擔，幫助先生穩定家庭生活，甚可提供先生創業的資金或支援…等等；倘一味認定傷官尅正官，女命必不利於夫運，則就失之偏頗，不合時宜。

事實上不僅推命的觀點必須加以調整，人人在內心觀點上亦必須跟著調整；大男人主義，重男輕女，男主外女主內…等亦不合時宜的心態或反是一種偏見。如女命用神傷官，絕佳無破損又蒙行運吉助，在今日社會上，很可能有番作爲與成就，倘勝過於先生，而先生並不因如此而自卑、吃味，同時做太太的亦不因此而數落先生，夫妻婚姻自然幸福美滿，心態上的改變和認同，則女命傷官乃傷害正官，影響夫運，不利先生之說，勢必不致男性逢此女命，即退避三舍，或將己身的失敗、挫折歸咎於太太的影響。

女命食傷旺，確實較不利於先生，而男命比劫旺，同樣是不利於太太，在八子推命上是絕對正確無誤，筆者之意乃今日社會狀況下，推斷女命時，不宜再刻意去強調女命之剋夫論，依然帶有偏見於女性之色彩，倘要論及此點，必同時得將男命比劫剋妻之論，相對提升以並論方是，如此斷女命方較能客觀，亦不因爲八字推命學的運用，反引起種種不良的後遺症。

雖依今日社會而言，斷女命應如同男命般的推命論運，但傳統的重男輕女，男主多女主內的思想、觀念及做法，事實上尚未完全在社會上消失，從人人心中剷除，女性在各方面尚未能完完全全的開放，能徹徹底底的如男性般，能隨心所欲的發揮自如，就整體而觀，大約僅能依男性的六成來估計；也就是說男女的八字推論結果完全一致時，而於事實上的成就，女性僅能發揮男性的六成左右，失敗亦然；當然，此種比率會隨著時代、社會的更進步而日日更爲提升，此種論點乃客觀的估計，也許見仁見智。

總而言之，筆者之淺見乃今日社會，要應用「八字推命學」來斷女命，不宜再拘泥古昔流傳的推論方式，僅可當成一種參考性質，而必須如同推論男命般的來推命論運；古昔斷女命之八法、八格，僅可參酌不可完全依憑，亦不可光論父星、夫星、子星即蓋棺論定，其僅推論六親的一部分而已；完全依照正統八字推命方式，察日主強弱，命局寒暖濕燥，辨格局，取用神，明喜忌，斷行運吉凶，最後命、歲、運合參，綜合以推論出先天的命理預示——人生命運的吉凶福禍、富貴貧賤、壽殀……等等。

8章　斷姻緣、異性緣

「男大當婚，女大當嫁」乃人倫之常，古有明訓的終身大事；昔時婚姻多半憑媒妁之言，奉父母之命而完成，迅速、簡易又單純，且離婚率低，尚可「指腹爲婚」，人未出世，已「名花有主，名主有花」的解決了終身大事。回觀今日社會，人人可以自由戀愛而婚，亦可以奉父母之命，憑媒妁之言，甚至奉兒女之命而婚，結婚的機會和擇偶的對象，似乎相當開放且廣闊；然事實上，離婚率大爲提高，結婚年齡日漸增長，擇偶困難、苦惱的問題日趨嚴重——非危言聳聽，擇偶都早已運用電腦爲媒介。

常言道：「有緣千里一線牽，無緣毗鄰不相識」，於今日交通、電訊之發達，眞的是天涯若毗鄰；然工商業繁榮，人人繁忙於工作、事業，倒也眞的是毗鄰若天涯；皆因「忙」字，而建立起人與人間的隔閡與交流，當然也耽誤、錯失了許多姻緣和機會，多少人因爲繁忙而忘記婚姻大事，猛回頭已過了適婚期，病急亂投藥的情況下，只好亂點鴛鴦譜，直接間接的助長離婚率，易生怨偶。以上純屬社會現象，後天因素，然對於人的姻緣、婚姻事，卻往往扮演的角色、影響力超過先天命理因素和作用。

人只要長大成人，社會、家庭、父母、親友、自身……等等因素，都促使人心態上、心理上就準備、就知道要結婚，於是隨時都可以都可能結婚，往往不干姻緣運期而完成了終身大事；然亦猶如前述因忙碌的社會因素，姻緣運期卻往往不知把握而錯過，才再因擇偶事而苦惱。至於何謂姻緣運，何謂異性緣？

男命以財星論妻，女命以官殺星論夫，妻星夫星就是異性；尚未結婚男女大運或流年逢財星或官殺星管事期，即所謂的姻緣運，異性緣旺之運；在正常情況下，未婚男女年紀一到二十歲後，自身心態、心理上很自然就有準備結婚成家的觀念，社會、家庭、父母、親友…等，亦將扮演催促的角色或媒介者，也許大運、流年均未逢財星或官殺星管事之期，亦可能因後天人爲種種因素而結婚；若大運、流年逢財星或官殺星管事之期，往往因先天命理因素，並不須藉後天種種媒介，亦能順利完成終身大事。

相反適婚時期，又逢大運、流年財星或官殺星管事，卻也可能因工作、事業之繁忙，人爲的疏忽，或經濟問題、家人反對……等後天因素而錯失；同樣亦可能是大運、流年均非異性星管事，而欲結婚卻無對象，或婚事多阻礙，一拖再拖終超過適婚年齡，晚婚或爲擇偶不易而苦惱與困擾。簡單歸納成以上四種狀況，在我們生活四周的親友、同事、同學……等，將其八字推論與事實比較分析，絕不出其範疇之外。也就是要推論、探討男女之姻緣運、結婚運，除了依據八字命理外，尚必須綜合社會因素、人爲因素等等，綜合以斷方眞。

純就「八字推命學」而觀，在適婚年齡期間，若男命財星，女命官殺星，大運逢之，或大運五合、三合、六合命上之異性星，或與日柱干合支合夫妻宮——不論大運是否爲異性星？或大運合命上某字而化成異性星，均主結婚運最強、最佳時機；倘流年爲異性星管事，或流年干支合命上之異性星，或與日柱干合支合，或合化成異性星，亦均主結婚運最佳、最強的一年；因大運一運管事五年，逢上述各情況之一，又此五年中某一流年逢上述各情況之一，乃最佳、最強、最宜把握的姻緣運，結婚時機。

相反大運、流年均非異性星，亦不與命上異星有干合支合情形，更不與日柱干合支合，自非結婚時機，純得靠後天人爲之種種因素或媒介，方有可能成婚；倘大運、流年是尅沖異性星，或尅沖日柱干支，或合化成尅沖異性星之星，往往連藉助後天種種人爲因素或媒介，亦困難重重，好事多阻多磨，不易完成婚事；當然，倘若一方歲運均不干婚姻事，而另一方爲結婚旺運，亦可藉對方之運或影響吸引對方而完成婚事。

大運爲異性星管事期間，最有利於談及終身大事，乃異性緣旺之時，但事實上因人八字而異，有可能出現得太早，如幼少年期，求學或男性服兵役期間，亦有出現中年或晚年期間，未必完全出現於適婚年齡期間，逢此狀況並非就無法完婚，尚有流年必能在適婚期間碰上，唯流年易逝且短暫，很容易疏忽而錯失，尤其原命異性緣差者，更宜把握並努力配合以人爲的種種後天因素。往往原命異性緣差，歲運異性星管事期，又出現太早或太晚，非在適婚期間的未婚男女，亦有自由戀愛而順利結婚，此乃物以類聚之理，但不可否認冥冥中尚有所謂的「姻緣天註定」的玄奧。

因此，以「八字推命學」來探討、推論姻緣事，僅可當成一種參考依據，其他尚有太多影響的因素存在，絕不可主觀即論定；唯當異性星管事之大運出現於婚後時，如三十幾歲，四十幾歲時，年紀逢之，同樣異性緣旺，尤其今日男性女性社交活動，工作事業上的層面較廣，接觸交往的人物多，此時受運之影響，很容易有異性之追求，更由於社會風氣日漸開放，若處置失宜，自易產生外遇、不倫之事，此一般俗稱之桃花運，倒可藉八字之推斷而能事先有所防患、警惕，待運一過就順復原狀，則就無此方面的困擾；當然，以上所述的情況，只是可能性而已，並非人人均能一概而論，亦可能是夫妻緣分、感情更好、更佳，故亦僅可做爲推論上的參考罷了。

異性緣和異性緣運是有所不同，前者乃由本命上可推論，或曰與生俱來，較屬終生性；後者乃依行運而觀，何段時期逢之？運過而消失，較屬短暫型；此處所謂的異性緣，乃是指本身俱有吸引異性的魅力，很自然的容易引起異性的好感、注意、欣賞，並非一定得是俊男美女，更不是如那些火山孝子到風月場所，揮金如土所買來的假象。當然，異性緣之良窳，既屬與生俱來，勢必先由本命上來探討異性星，其在命局上出現的狀況，喜忌以及和日主的關係如何？

男命首觀正財與偏財，命局上二者俱現，且出現在日支、月干、時干，異性緣必較佳者；倘正、偏財二者混雜於命上，異性緣佳外且本身亦較屬風流型傾向；倘正、偏財又爲命上之喜用神，更主妻妾多助，異性多助；若爲命上之忌神，則異性緣佳但卻無助反會因異性而招災惹禍，或破財事生；若八字正財近貼日主，或五合日主，則異性緣佳而其交往上，往往較偏重於官感、肉體上的享樂，尤其正財五合日主，更主其人佔有慾較強烈（女命逢此亦同論）；若換成偏財，則異性緣佳但交往上，則較屬於人與人間的熱絡成分、心態居重，即所謂的風流而非下流；正財和偏財表徵於異性緣上，是有所差異不同之處，似乎有些近於君子之交和小人之交的分野。

女命則首觀正官與七殺星，命上官殺俱現，謂之官殺混雜女最忌，截至今日異性風流似乎尚可理直氣壯，而女性多半尚不爲社會大衆所接受；同樣官殺星近貼日主，現於日支、月干、時干，主異性緣佳；若官殺星爲喜用神，自是異性多助益力，若爲忌神則異性緣佳但無助反易受異性拖累而招惹是非；又八字正官合日主之女命，更主異性緣絕佳，乃異性來就我，倘爲喜用神主必能擁有一溫柔體貼的好先生；然一般觀念上女命不論官星七殺爲喜爲忌，均主出現一位，方主清粹最佳——誠如上篇所論述，傳統上女命觀的影響之故耳。再者女命財星旺能生官殺星，亦主異性緣佳，倘財官旺爲忌神，則異性緣佳，但恐得其爲異性而多付出、拖累及操勞。

另外不論男命、女命，凡八字上干支多合者，亦主人緣佳、異性緣佳；唯若干合支合太多，反爲不利不美，即所謂的「合多反爲仇」，其理同命上異性星太旺，緣佳而反成招災惹禍，多是非爭端之因，八字不外乎中庸爲貴之道；另命局上見神煞有天乙貴人，亦主人緣佳、異性緣佳，唯女命若天乙貴人太多或更加會桃花、紅艷，則仍屬過佳反有不艮作用，即有較易流於交際婦女之可能。當然，關於女命上逢桃花、紅艷，古來一些解釋太過於誇張，如再加會羊刃、帝旺、驛馬、空亡等，更有所謂的因色亡身，淫奔不知恥，衆人妻，路上妾⋯等等，殊不可盡信，參考即可。

照說命上若食傷星旺之女命，應該異性緣差，事實上倒未必如此，因食傷星旺者多半屬俊男美女型，食神溫柔，傷官狂野，且均主多才多藝，能言擅道，亦是很能吸引異性，男女命上逢食傷星旺或近貼日主，亦主異性緣佳；唯傷官特性上具有叛逆，敢不依法從事，故凡男女命造上，正財星及傷官星俱現，近貼日主又不逢尅破者，多半較有可能發生不倫、畸戀、偷情之事；另傷官與七殺俱現，近貼日主且不逢尅破，亦有此類事生之兆。

因此，不論如何情況下，要斷異性緣如何？男命必先視正財、偏財、食神、傷官星，女命則先視官殺星，財星及食傷星，依其和日主的親密度，喜忌狀況、各星旺度如何？而取中庸爲貴，乃異性緣佳而無不艮的副作用；同時，再參酌四柱干支間干合支合狀況，以及命帶貴人神煞等，綜合以推論；而歲運更逢時，則更有增減異性緣的作用。

倘若命局上異性微弱或全然不現，或逢沖尅刑破者，自然異性緣就差；四柱干支間亦是刑沖戰尅者，亦主異性緣差；本命異性星不現，或異性較差，則行運逢異性星管事時，亦能擁有短暫的異性緣佳的時候，不過待運一過就自然消失，恢復原狀，若是未婚男女逢此，則宜把握方不致錯失姻緣運，而全憑後天人爲因素，自是較吃力，困難重重，尤其男命八字比劫星旺，女命食傷星旺者，多半會排斥相親……等，後天人爲的媒介，而婚姻事一拖再拖，徒增更多困擾與苦惱。

雖說姻緣天註定，雖然可依命學來推論姻緣運，但亦決不可因此而忽略人爲因素的配合，即使異性緣再佳，異性緣運期再長，倘不放在心上，亦很容易因疏忽而錯失良緣；就算異性緣再差，異性緣運又未能適切時機出現於適婚年齡間，亦並不意謂就無法找到理想的伴侶，如前所述物以類聚，往往尙可能自由戀愛而結婚。尤其，今日繁忙的社會，若一味等待姻緣的到來，倒不如常思「男大當婚，女大當嫁」的古訓，主動自動去創造姻緣運；以上純就命理與現實生活相結合的觀點之論述。

9章　論合婚事

八字合婚，可以說傳統婚姻上的一種習俗，而且可說是相當科學、理性的擇偶方式，畢竟古昔婚姻多半憑媒妁之言，八字合婚的觀念，是可避免怨偶、不幸婚姻的產生。今日社會相當開放，未婚男女可以自由交往、談戀愛，憑自己意願擇偶；然最常見到的問題，乃未婚男女將年歲相差多少？當成擇偶的條件之一，認為年歲的差距是婚姻成敗的因素，甚至父母亦據此而贊同或反對，如衆所週知的差六歲不能成婚之大忌，差三歲不能結婚之小忌…等，尤其男女相差六歲結婚之禁忌，更是深植人心，陰魂不散的害人匪淺，亦不知拆散了多少姻緣？

爲什麼人人那麼在意年歲之差距？認定是姻婚吉凶成敗的因素，以及擇偶的條件呢？非豬、狗、牛、羊、馬……等依生肖來配對不可呢？當然，每年均有各式各樣的農民曆，爲打廣告、知名度而大量的印贈，幾乎家家戶戶均可莫名其妙的出現二、三本，甚至更多，其中幾乎千篇一律的刊載「男女配婚吉凶表」，人人均能很迅速，很有效率的從表中得知：肖鼠之人，忌配相羊、馬、兔、雞，宜配相龍、猴、牛；肖牛之人，忌配相龍、馬、羊、狗，宜配相鼠、蛇、雞……等，本本如此，年年如此的灌輸外行民衆，終以訛傳訛，積非成是的誤人良多，造成錯誤的觀念和偏見。

十二地支可代表十二生肖，如子鼠、丑牛、寅虎、卯兔……等，前已述及，習慣上凡子年生人謂相鼠，丑年生人謂相牛，寅年生人謂相虎……等，即以年支字來稱謂某人相十二生肖何者？

純爲好記，別無他意；然地支有所謂的六冲、六合、三合、三刑、相害、相破等等，如子午六冲、子丑六合、子未相害、子酉相破、申子辰三合、子卯相刑。因此，而引申出相鼠之人配婚：忌馬、羊、雞、兔——因地支冲、刑、破、害之故，宜龍、猴、牛——因地支三合、六合之故，其餘各生肖之人均依此類推引申出婚配之吉凶；其中六冲力最大，依生肖則相差六歲，故六歲之恨就因此而恨綿綿了。

當然，依地支的刑、冲、合、破、害等關係，引申男女婚配之吉凶，實荒謬至極點；八字乃以日干爲主，而探討其餘干支間的生尅制化關係，進而推論該人的命和運種種，四柱排出，很顯然可以看出年支字，離日干最遠，對日干的影響力最微，得翻山越嶺方能達於日主，有鞭長莫及之象，此年支字對己身的影響作用力，都力有不逮，更如何能影響他人呢？又相鼠之人，其年支字子水配十神若正印星，對相馬之人，此子水配十神可能七殺、正官、正財、比肩……等，其於二者命上的作用、性質完全不同，喜忌各異，怎能混爲一談呢？實風馬牛不相及之事，完全是穿鑿附會的無稽荒謬之談。

更妙的是，尚有一些農民曆在「男女婚配吉凶表」上，還註明八字配合適當不拘——既然如此，又何必多此一表呢？豈不明知而故誆人，更曾見位地理師，於其萬寶曆書上，對於「男女婚配吉凶」更加以引申至月分；如男相鼠一月生宜娶女相牛十月生——年子丑六合，月寅亥六合之故，自以爲是的各生肖男女逐月配對，實對其想像力之豐富而啼笑皆非，乾脆將男女四柱排出，將雙方四柱地支字，逐一對照刑、冲、合、破、害等，豈不更省事？何必大篇幅的賣弄，是無知或自欺欺人？實令人費解！

以上純針對一些合婚的時弊、訛傳、荒謬觀念的分析和探討，若光憑年支字的合、冲、刑、破、害等，即能斷婚配之吉凶，那「八字推命學」豈不太簡單、幼稚嗎？只要將十二地支間的三合、六合、六冲、相刑、相害、相破等背熟，豈不輕而易舉的成了「合婚大師」？眞正研習「八字推命學」者，實不可受坊間此些種種荒謬之訛傳所惑、所影響，更不宜運用此種自欺欺人的方式打知名度，嚴苛的批評，乃十分缺德之事。

關於合婚的觀點、論法，流傳上甚多見解如：以生年之三元九宮、神煞者；以生氣、天乙、福德、絕體、歸魂、遊魂、五鬼、絕命；或以六害、天掃、地掃、三合、六合、相刑、相害……等，來論婚配之上、中、下婚。不論是否正確可信？筆者認爲若以「八字合婚」則應發揮「八字推命學」的推論婚姻、姻緣的觀點爲依據，來探討方是；再說婚姻之成敗，除了可依據命理的預示，主觀的推論外，不可否認尚有其他種種後天人爲因素能影響、左右的，如社會風氣、生活環境、人心人性、社交圈、天災人禍……等，均可能造成外遇、偷情、婚變、喪偶……等事件發生，而影響婚姻的成敗結果。

八字合婚的目的，當然是爲了未雨綢繆，防範未然，避免婚姻的不幸事生，使婚姻永遠幸福美滿，夫妻能相敬如賓，同心協力，白首偕老，永浴愛河。因此，必須仔細推論、研判男女雙方本命如何？綜合男女雙方的本命和行運，方能正確的推論出合婚之吉凶，今詳述分析如左：

◎本命推論而觀◎

首先分別探討、研判男女雙方八字，視雙方的夫緣、妻緣如何？異性緣如何？有無尅夫、尅妻之象？程度如何？有無早喪偶之兆？有無婚破之兆？雙方八字之五行喜忌為何？日主強弱如何？用神與格局如何？一一分析、比較後，針對實際狀況，以採取：中和、互補、對抗、情誼等方式來綜合，來截長補短，使雙方結合後，能產生美好的作用與結果。

1. 異性緣佳者須配合異性緣佳，異性緣（夫緣、妻緣）差者須配合以異性緣差。如男命異性緣佳，不宜配女命異性緣差（夫緣必差），如此結合，太太必難獲先生的喜愛與重視，先生較易生外情的機率高，婚姻勢必難美滿幸福；相反的情況時，太太不滿意、不重視先生，婚姻生活自難以言佳；若佳配佳，差對差，雙方條件旗鼓相當，勢均力敵，誰也不吃虧，且物以類聚之理，彼此較能互相吸引，自較不易生風波、糾紛、爭執事，反較能相安無事，白首偕老。

2. 剋妻象者配剋夫象者，硬碰硬，彼此對抗，化解於無形。如男命比劫星旺而財星微弱有剋破者，乃剋妻象；女命食傷星旺而官殺星微弱有剋破者，乃剋夫之象；二者結合，我剋您，您剋我，我不怕您剋，您不怕我剋，如此硬碰硬，彼此對抗，自然化解於無形，誰也無法剋誰，自無法影響彼此的運勢、身體或生命，婚姻當然能和諧、長久且美滿。

3. 早喪偶者配早喪偶者，硬配硬，彼此對抗，化解於無形。如男命財星或日柱逢空亡，命上比劫星旺，主有早喪偶之兆；如女命官星或日柱逢空亡，命上食傷星又旺，主有早喪偶之兆；二者結合，亦是彼此對抗作用，早喪偶之兆勢必化解於無形，雙方反均能長命百歲，即使同歸於盡，亦誰也不吃虧，自婚姻美滿而無忌。剋夫或剋妻之象，乃指將影響配偶的運勢、身體病弱，嚴重方有喪偶事生，與早喪偶之兆稍有差別。

4. 凡男女命上夫妻宮逢沖，夫星或妻星逢空亡，或夫星妻星不合日柱反去合他柱、或夫星或妻星空亡又五合日主等等，多半較易生婚變而再婚（當然配偶早喪，亦有再婚的可能）。逢命屬再婚之兆時，則不宜採硬碰硬的對抗方式，反宜用中和配婚法。如男命有再婚之兆，則女命取命上官殺星爲喜用神，在日支夫妻宮，或緊貼日主，或五合日主，三合六合日支，如此之女命夫緣佳無比，毫無破婚之兆，且官殺星爲喜用神，多半是身旺者能任官殺之尅，一個銅板自難響，自可化解於無形；若女命有再婚之兆，男命亦同理以化解。不宜採硬碰硬，正好雙方均應驗命上之兆而再婚去了。

5. 夫妻本屬同命一體，因此雙方命局上五行之喜忌，應以互補原則之配合最佳。如男命式上五行喜木火土，忌金水，女命則以喜金水，忌木火土，如此之搭配，男命上所忌之金水，可供女命之喜用，而女命上所忌之木火土亦可供男命之喜用，彼此優缺點互補，雙方均爲有利，乃中和、中庸爲貴之理。又於人生行運上，夫妻亦宜吉凶運互補爲佳，如先生行運凶時，太太行運爲吉；太太行運爲凶時，先生行運爲吉；如此方不致於大成大敗上明顯的差異，亦乃中庸爲福之道。

6. 男女雙方八字日主之強弱，實不宜太過於懸殊，凡命均以中和爲貴，夫妻本同命，倘一方太強，一方太弱，二者強弱不因結爲夫妻而產生中和作用，弱的一方反大受威脅尅害。如男命日主太強，必命上比劫星相當強旺且多或印來相生，比劫星旺自尅財之妻星，而女命日主太弱自難任財官，官乃夫星——自無法從先生處獲得好處，反因結婚而造成己身體弱多病；男命日主太弱亦難任財官，財乃妻星，同樣結婚而自不利；故雙方八字日主之強弱之差距不宜太懸殊。

7. 男女命造的格局和用神，則須重情誼，以相生比助爲喜，以相尅爲忌；事實上格局較不關緊要，用神乃八字之靈魂，命運之總樞紐；夫妻同命一體，彼此命上之用神能相生比助，自必能有助於本命發揮更佳、更大的美好作用。如男命用神正官而並非相當有力，但得女命用神爲正財來相生，或用神正官來比助，則男命用神之力大增，命必有更吉佳之效用；相反女命亦同理，然用神相生總有一方較吃虧，故用神以雙方比助爲最佳；若用神相尅雙方均不利，自最爲不宜。

以上乃依男女雙方的本命來探討合婚的方式，擇捨的依據，取對抗、中和、互補、情誼之道，當爲合婚的要件，判斷合婚之良窳。倘若男女雙方八字俱能合乎以上所論述的原則，則基本上可以斷定二者適合結爲夫妻，但尚得視雙方之行運，是否能促使婚姻的成功？或是行運將產生其他破壞婚姻的影響作用？最後再綜合下定論。

◎行運推論而觀◎

當依男女雙方的八字推論本命部分的結果，完全均能合乎前述之七項狀況、條件時，則表示八字相投合，基本上是可以結爲夫妻，然爲求此婚姻能永遠幸福、美滿、順利的白首偕老，則有必要再進一步的研討雙方之行運，即觀異性緣運（或謂姻運）出現的年歲狀況，或行運是否將影響婚姻？如行運冲動夫妻宮（日支）；當然，尚得探討流年的狀況及其影響力等等，有關歲運之探討如左：

1. 先查男女雙方結婚大運之年歲期是否有重疊？再觀重疊年歲之流年，那一年最適合結婚？若於雙方八字行運上能找出此共同點，自是最理想且天衣無縫的結婚時機。例如：男命今年26歲，女命今年24歲，相差二歲；男命結婚大運爲26歲～30歲，女命爲25歲～29歲，二者結婚大運從明年起重疊四年，此四年中以後年男28歲，女26歲，此年流年干支爲男命之財星且干合日主支合夫妻宮，亦爲女命之官殺星，亦干合支合日柱，那麼後年大運及流年均是雙方異性星管事，又均干合支合日柱夫妻宮，再理想不過的最佳結婚時機，自然放心且順利的擇此年完婚——婚姻的基礎最佳、最穩固。

2. 查僅一方結婚大運出現於適婚年齡期間，一方出現太過早或太過晚，此時就一方之姻緣運內之流年，視那一年的干支爲對方的異性星管事或干合支合日柱，則擇此年亦是理想的結婚時機。如前例之女命結婚大運出現於61～65歲太晚，故就男命結婚大運，而後年流年干支爲女命之官殺星管事或干合支合日柱夫妻宮，因此擇後年完婚亦很理想——就一方姻緣大運，再從中擇取姻緣流年仍能順利完成婚事。

3. 查雙方結婚大運均非出現於適婚年齡期間，則尋流年視那年干支？俱是男女雙方的異性星管事，或干合支合日柱夫妻宮，則以此年完婚最佳。倘僅一方流年干支爲異性星管事，或和日柱干合支合，則亦可牽就一方流年逢姻緣運而完婚。

4. 查雙方結婚大運均非出現於適婚年齡期間，且流年干支亦均非異性星管事，或無和日柱干合支合時，然卻非結婚不可，則以取流年干支不和雙方八字的日柱干支，呈干尅支冲支刑，亦不尅冲刑雙方命式上的異性星，此年仍然可以完婚。

※本命推論雙方八字能適合結爲夫妻，行運之推論以配合在最佳姻緣運期時正式結婚，乃最理想的合婚方式；倘若無行運之助，亦可以結婚，前已述後天之種種因素，尚具有相當大的影響作用力於婚姻事，故前述四點，可以說選擇婚期的參考依據，以上所述乃行運可能影響婚姻的可

能狀況，合婚時務必參酌，方能發揮未雨綢繆，防範未然之效。

5. 當婚後尚出現異性緣旺之運時，不論男女均主異性緣大佳，尤其本命異性緣者，或行運首次逢到的異性緣旺之運者，或本命有再婚之兆者，此段期間很容易產生外遇、偷情、不倫、畸戀事生——假如己身把持不住或處置非宜，自很容易造成婚姻的破裂之可能性。當然，並非一定有異性的追求、糾纏，尚得視後天種種因素，如男性爲事業而交際應酬多，或職業婦女的工作性質與工作環境等，機率較高；如家庭主婦、上班族男性，自機率較低；本身的因素，亦是主因；不過待運一過，此種可能發生的狀況，自然亦跟著消失或減低。

6. 當婚後行運出現冲尅日柱干支，夫妻宮動搖，輕者夫妻反目、爭執、衝突，重者自會影響婚姻的變裂；尤其本命有再婚之兆者，很容易因行運影響作用，而應驗於婚破而再婚，人爲處置得宜自能化解，且待運一過，夫妻婚姻生活又恢復正常。倘行運干合支合日柱夫妻宮，則很類似5項所述，亦主異性緣較佳，很有成婚之兆，此時本命有再婚之兆者，得防婚破而再婚之事生。

7. 當婚後出現之行運來尅冲破害本命上的異性星（夫星或妻星），且無解救時，若本命有早喪偶之兆者，則得十分注意配偶的身體健康，以及意外不測之事生；若命上的夫星或妻星位於日支夫妻宮時，逢此更得加倍留意，努力防範，方不致因行運而應驗於命中之預示。同樣，待運一過，即恢復正常而無虞。

8. 當婚後行運一路異性緣旺之運，則最易生感情、婚姻上的糾葛、痲煩事生，逢此尚得參閱此段期間的流年，視那些年亦爲異性星管事，此些年更易造成感情上、婚姻上的困擾；倘若逢此狀況，則得視異性星之爲喜爲忌，爲忌自是百般無利，處置失當則必因異性而招災惹禍；若異性星爲喜，則尚可解釋爲受異性之支援、幫助而帶來吉利或好運，然站在正常的婚姻立場，並非好事不值得鼓勵。

凡當男女提出八字合婚，多半均已論及婚嫁，往往連自由戀愛而感情甚篤時，亦會有此舉，故合婚時應以本命推論爲主，行運之推論可當爲婚後，如何維持婚姻生活的幸福、美滿？如何防範破壞婚姻的因素及期間的建議參考？直言不諱，往往會造成雙方心理上的猜疑，反會因此而促成行運之應驗於命上之預示，即使命上無婚破之兆，卻會因行運之影響而造成婚姻的不幸，故不可不愼重其事。另外依生肖而當爲擇偶、交異性朋友的錯誤觀念，亦是研習「八字推命學」者，必須加以澄淸、駁斥，以免訛傳永無止期的爲姻緣破壞者。

10章 斷學歷及考運

古昔封建時代的科舉制度，流傳、演變、進化到今日的民主時代，則成爲各式各樣的考試，如各級升學考、留學考、高考、普考、特考、檢定考、就職考、升等考、駕照考、執照考、…太多太多，不勝枚舉。然不管何類考試，本身的準備工夫，努力因素外，不可否認，尙須憑些運氣，即所謂的考運；但光憑運氣，而全無準備，毫不用功，亦仍難成功有望；即先天運氣和後天努力，二者必須相輔相成，缺一不可。

談到考試，乃人與人的競爭、比賽、較量誰的準備、努力強弱，運勢之良窳；嚴格來說，光憑個人的運氣及個人的實力來推斷，絕難百分之百的可以鐵斷；如甲要參加大學聯考，努力工夫佳，大運流年佳，本命貴氣足，適合往學術發展，照理上榜的機會就相當高，但亦僅能謂其概率很高，卻不能鐵斷必能高中，試想每年有約十萬名考生，錄取率約二十%，那麼此約十萬名考生，個人準備因素及先天因素（命運），非得較量爲最佳的20%內，方是上榜者；有比較和競爭的任何考試、競賽，絕不能光憑個人以鐵斷，道理應該淺顯易懂。

因此，依八字來推論考運，首先不可忽略人爲努力、準備因素，接著須探討考試的性質，錄取率的問題，如高考、普考乃屬從政爲官之道，則有牽涉及本命貴氣的因素在內；如技術檢定考、演藝人員執照考，則有關本命的才藝、技藝性因素；如駕照考，則純駕駛技術的熟練因素…等；以上則和本命有相當的影響和關連，又如本命屬富，宜從商發展，而走從政爲官的路線，主參加高考或競選市長等，先天條件上，似乎就不太適合，較吃虧；最後當然得觀運勢——大運、流年之吉凶，綜合以斷考運的結果，成敗機率如何？

通常推斷考運，除了補充人爲因素外，大都直接以行運吉凶而論斷，事實上行運吉佳，未必考運就佳。舉大學聯考爲例：如A女命喜財官，聯考期逢正官星行運，而從正官星管事從高一起連續五年，且正官星又五合日主或三合六合日支，流年亦爲吉，但若本命貴氣不足，行運雖吉佳，但爲異性星管事、影響，難保不因爲高中時期，大談戀愛而荒廢學業功課，考必難上榜；如B男亦同樣行運爲正財星管事，除異性緣旺外，且正財之性，本具有好逸惡勞，貪玩享樂，亦難努力認眞唸書，勢必難上榜。因此，論考運得探討本命之性，行運之性，所考類別性質，以及人爲努力因素等等，綜合以斷方眞。

教育普及，知識爆發的今日，文憑第一，學歷的高低，往往就是前途錢途的依靠，爲人父母莫不望子成龍，望女成鳳，競相爭擠大學窄門的結果，大學畢業而高不成低不就的情況，已司空見慣，幾年前尙是高中畢業者的專利，可見教育的進步與發達，相對的亦間接造成了人才人力的浪費。然「萬般皆下品，唯有讀書高」的觀念，短期內是無法改變的，雖一個人的成就、才華、能力，未必全能依學歷之高低，即可下定論，但畢竟社會的高度競爭下，謀職就業時，擁有較高學歷者，總是較佔優勢。

就八字推命學來推論人的學歷高低如何？以目前社會的教育水準，論低較容易判斷，論高則有待商榷，大專以上謂高或大學以上謂高？說實在尙得視命造出生的時代背景，若二十幾年次或三十幾年次者，能擁有高中學歷已可算高；若四十幾年次，能有專科以上學歷已可算高；若五十幾年次，能擁有大學學歷方能算高？六十幾年次或七十幾年次，或許擁有大學學歷已無法算高了。由於社會的進步發達，要推論學歷之高低，實越來越不易掌握，越複雜；如以前尙有些父母反對女兒唸書太高的情況甚多，常亦因此而遭埋沒。

所以，斷學歷的高低，倒不如以推論是否能獲得高學歷？或是否有所謂的讀書命？如此應該較能長久應用，且應較爲實際。同時亦可當成爲人父母者，以引導子女教育上的參考、依據，方不致盲目的鼓勵，要求子女務必去爭擠大學窄門，或得硬要考取某些科系，有時往往反因此而誤了子女的一生，以及造成社會上人才、人力及個人時間上的不必要的浪費。

所謂的讀書命，乃是指擅不擅於唸書之意，此必是獲高學歷的必備條件，不會唸書，不喜唸書，自無法通過升學考試，其餘就甭提了。一般而觀，命中現正印及正官星，且爲喜用神者，自較有利於唸書，因正印星乃學術之星，官星貴氣的根源；正財、正官、正印三者俱現於命上謂之「三寶」，氣順流暢，官有財之源，官得印而穩，故最有利於唸書，走學術路線；當然正官、正印爲喜用神外，若能近貼日主不遭尅損，不逢空亡且同柱相生最佳；再者，正官合日主，命帶文昌、學士，更是屬鬼才型，最擅於唸書、研究學問，若加會華蓋星更佳；因此，基本上而言，命上具有正官、正印、文昌、學士、華蓋，多半較有讀書命，擅於唸書。另外，變格八字者，且格眞論貴，亦主唸書有利，乃取貴氣足之故耳。

但是，擅於唸書，適於研究學術、學問者，未必就一定能獲得較高的學歷，如前述考運之良窳，人爲努力之因素，都得配合得宜，否則未必就皆能擁有較高之學歷。因此，可將能獲取較高學歷的因素，分述歸納如左列幾點，以做爲判斷的參考、依據。

1. 命上正官、正印星俱現，或財、官、印三寶齊全，近貼日主，相生強旺有力，必爲命上之喜用神，不遭刑冲剋破或逢空亡者。
2. 正印旺爲喜用神，又正官五合日主且不因合而化爲忌神者，不逢空亡且又加會文昌、學士、華蓋等神煞者。
3. 凡用神團結有情，生助有力，無剋損不逢空亡，且命局上五行均勻，四柱干支平和，不刑冲剋破、駁雜多端者。
4. 凡變格八字能格成得眞者，其中之化氣格之官星明現，且不遭剋破或逢空亡者。
5. 升學、求學期間的行運吉佳而不背逆，或女命不官殺星，男命不逢財星之行運管事者；尤其考期之大運及流年均爲吉佳者。
6. 年柱、月柱不逢空亡，且年柱、月柱不現驛馬星者；更不宜年月支刑冲，逢空亡、帶驛馬者。（倘年月柱逢空亡，未刑冲或帶驛馬星，行運吉佳亦無多大影響力）
7. 後天人爲努力、準備充足，進取心強旺，或父母能正確引導，重視子女教育者。

倘若八字推論和以上7點相違逆者，多半自難獲得較高學歷；本命因素、行運因素、人爲因素，三者綜合以推論考運、學歷高低及成就，應該最爲客觀，同時缺一不可。舉最好的實例，如中醫特考，許多從小在藥罐子旁磨練、研習中醫、中藥長大，無論是藥理、診療、經驗俱是一流，卻因年紀已多，不利唸書，且本學歷不高，行運再佳再順，然後天條件差，總是英雄無用武之地，相信我們生活週遭、親友間，不難常可見到的例證。

11章 斷遷旅和異動

有道是：人生宛如走馬燈，爲了生活、工作、事業而南來北往，東奔西跑的馬不停蹄般，忙碌奔波，亦有人謂今日爲「忙」的社會；不過有趣的事，倘在一般人上班的時間去逛一下電影院，竟會發覺世上尚有那麼多輕閒的人，正悠哉悠哉的在享樂呢！筆者以前曾因工作忙碌，常出差，早出晚歸的連續數月，孩子竟將老爸叫叔叔，相信爲事業奔忙者，必能意會，絕無誇張的事實。

前面「斷事業章」曾提到有人一年換二十四個老闆，一年改變十二種行業；而卻有人能在一家公司、工廠、機關，一待就三、四十年到老退休；有人則正常上、下班，有人則時常加班、出差；有人是經年累月在家閒呆，有人則是喜歡串門子，常旅遊、出國、遠行；甚至有人未坐過火車，有人搬家搬上癮……等等，人與人之間的動和靜，往往有著相當大的差異，不僅表現於生活行爲上，尚包括性情、心性上的變動。

大體上而言，驛馬星乃主管遷旅及異動之事；凡命上帶有驛馬星之人，一生中較不安穩、安定，常有遷旅異動之事發生，不論是工作、事業、住所、心性上，往往像匹野馬般的亂奔亂跑，無法停息、靜止，似乎很難控制、駕御。一般命書對於驛馬之論述甚多，有所謂的天馬、活馬、祿馬、財馬、眞馬、假馬、貴馬、吉馬…等；又眞馬奔動多財利，乃馬奔財鄉發如虎，假馬奔動多漂泊，徒勞而無功等等；然不論是眞馬、假馬、好馬、壞馬，凡命帶驛馬星者，主其人一生中必有較多出國、出差、旅遊、遠行、遷居、更職、換業的機會和事情發生，心性、性情亦較不穩定，易常改變主意，反覆不定，不易安於現狀等等。

不論如何？凡舉變動、遷移事生，必有其吉凶喜忌的前因與後果——因喜事吉事而異動或因忌事凶事而異動；因變動而帶來喜吉事或產生忌凶事，今就驛馬星出現於命式上的各種狀況，分析如左：

1. 年柱現驛馬：主一～十六歲間，較易生遷移、變動之事。而此段期間的變動，多半是因父母、家庭的因素而發生；倘行運爲吉佳，則必因家運昌隆，父母兄長有所成就，而帶來吉利的變遷；相反行運凶逆，則必因家運之衰敗，父母兄長多困逆、挫敗的影響所致，逢此多半易影響學業的發展，而甚早踏入社會工作、謀生以補貼家用，自屬非吉之變動。

2. 月柱現驛馬：主十七～三十二歲間，較易生變動、遷移之事。此段期間的變動，亦可能因爲父母兄長的因素或己身的緣故；倘行運不佳時，除同1項狀況外，己身易就業、升學多不順利如意，常更換職業或住所，心態、心性上不安不穩，不滿足現狀而思變，而產生種種阻滯、困厄；若行運吉佳時，則除同1項狀況外，己身大多因爲工作職務上的需要，而常出差、遠行、奔波、忙碌或被調職、高升等等，屬於吉利有益之變動，或因爲異動而帶來吉利與好處。

3. 日柱現驛馬：主三十三～四十八歲間，較易產生變動、遷移之事。此期間的變動，多半較偏重於家庭、婚姻、工作、事業、住所等；倘行運吉佳，多半因事業有成或職位高升，而帶來遷移、變動之事，屬於好的、吉利的原因和結果；若行運背逆時，則多半家庭、婚姻事多不順利不和諧，或事業多阻滯、破敗，職業工作上之挫敗、失職等等，所帶來非吉佳的變動或遷移。

4. 時柱現驛馬：主四十九歲以後之晚年運，較易生變動、遷移之事。倘此段期間的行運吉佳，多半是己身事業有成，或子女之成就等，而帶來生活上的變動、遷移，如出國定居，或事業成就而遠行大發展，均屬吉利的異動；若行運凶逆，則可能因事業的破敗，而遷移他鄉，另謀發展而更奔波，亦可能因子女事之拖累而更加奔忙，爲生活生存而變動事生，均屬不吉的異動、遷搬或勞碌等。

5. 凡命中帶驛馬星者，主其人一生中，必較有旅遊、出差、遠行、出國、搬家、遷居、更換工作、改變行業、奔波、忙碌、心性、性格…等，均較不安定、不安穩，生活上，工作事業上，思想行爲上，易發生變動、變化；而行運之爲吉爲凶，乃異動、變遷的主要因素和結果。

6. 通常心性上、行爲表徵上，具有5項的特質、傾向外，凡大運或流年逢驛馬星管事，或冲動命上之驛馬，則必產生變動、遷移等種種事生，自然得更奔波、忙碌，如馬之奔馳而難平息；若大運或流年和命上驛馬星，產生三合、六合、三會時，則驛馬逢合而駐足不動，自無遷移、變動事生，以往奔波、忙碌的生活狀況，亦暫能停息，甚至連生性較不安穩、善變之傾向，亦跟著而靜止，反不喜變遷，不想動的狀況、心態產生。

7. 除驛馬星外，凡命式上四柱地支，多刑冲合會，混雜多見，亦主其人一生較不安定、安穩、勞碌、奔波之事多；若四柱干支間多合、多冲尅、多刑破害，亦同論，均主一生中多變遷、異動事生；倘行運更促使命和運的干支產生刑冲尅破，如較激烈的三刑逢冲，循環三刑，刑冲齊現，雙沖地支，干剋支沖…等，亦較容易造成生活上的大變化、大變遷，且往往是凶多而吉少。

12章 命、歲、運合參

「命」和「運」何者重要？前面亦曾述及，有所謂的「命爲君，運爲臣」、「命管一世榮枯，運管一時窮通」，命之良窳如松柏與小草，運之好壞如春風與寒霜，命如車輛新舊或貴廉，運如道路平坦或崎嶇…等等，純見仁見智的問題，畢竟命和行運均與生俱來，人在呱呱墜地的那一瞬間——年、月、日、時已成定數，則四柱及行運干支均能如公式化般的一一列出，任誰也無法改變？命重要或行運重要，均無法改變這已成的定局？唯有藉後天之因素種種去加以彌補、發揮、避凶趨吉、防範未然。

當然，命好再加上行運吉順，二者相輔相成，互相搭配得宜，自是最佳、最爲理想，但畢竟魚和熊掌難兼得，甚至往往命劣又逢運背；不過，無論是命佳運順，命劣運順，命佳運背，命劣運順等四種基本情況下，佳劣順背的層次上各有差異，然表徵於現實生活上，都得命、歲、運三者合參方是——即原命、大運、流年三者支支綜合的生尅制化之吉的結果，方是現實生活的吉凶、福禍、成敗、得失……等等，想此方是最重要，亦是「八字推命學」的最終目的。

在推論的過程上，自是以推命爲首要，必先準確無誤的推論出本命的用神、喜忌、格局，方能斷六親、事業、財富、功名、健康疾病、性格、學歷、藝能、異動……等，進而推論行運（大運、流年）之吉凶，行運對於本命的影響作用和結果；也就是說先評估車輛（本命）性能如何？再觀察道路（歲運）的狀況如何？綜合可推測出開車路途上的種種，如上坡、下坡、車速快慢、

行車安危、拋錨故障、順風、逆風、道路阻塞或通暢、關卡、收費站……等，此亦即是人生歷程

因此，光論命之如何？或光憑行運之吉凶順逆？均不足以道盡人生眞實的歷程，無法與現實生活相結合，唯有命、歲、運合參以推斷。行運之吉凶，當然得依本命喜忌爲依歸，即運行命上喜用神之同黨，必主大吉大利，運行命上忌神之鄉，必主背逆不順，多凶厄。如日主強，則宜行尅、耗、洩之運；日主弱，則宜行生扶比助日主之鄉；如命局炎燥，則喜行寒濕之地；命局寒濕，則宜行暖燥之鄉；均以日主和命局之所喜爲喜，所忌以爲忌。

然就行運而言，大運一運管事五年，一柱管事十年；流年則管一年之吉吝窮通，流年易逝，而大運期長；且大運一運管事期間，尚包括了五個流年干支；大運爲吉而其所屬之流年可能是吉，亦可能是凶，大運爲凶而其所屬之流年可能是吉，亦可能是凶；同時，不論大運或流年干支字，本爲局卻可能和命上干支，因刑冲尅合會化的結果，成了吉上加吉，吉反變凶，吉而不吉；本爲凶卻可能和命上干支，因刑冲尅合會化的結果，成了凶上加凶，凶反變吉，凶而不凶等等狀況產生。

所以，命、歲、運合參，基本上以命三分，運七分綜合以斷人生歷程（命運）之吉凶；而行運則以大運七分，流年三分綜合以斷運之吉凶。也就是當命、歲、運三者干支間，並未產生刑、冲、尅、合、會、化…等關係時，命之良窳以三分算，運之好壞以七分計，吉凶加減綜合之；於此情況下行運吉凶判斷可得出以下幾種結果：

1. 大運吉，流年吉，共有十分吉，大吉運。
2. 大運吉，流年平，共有六、七分吉，中吉運。

3.大運吉，流年凶，共有四分吉，小吉運。
4.大運平，流年吉，共有三分吉，小吉運。
5.大運平，流年平，不喜不忌，乃平平之運。
6.大運平，流年凶，共有三分凶，小凶運。
7.大運凶，流年吉，共有四分凶，小凶運。
8.大運凶，流年平，共有七分凶，中凶運。
9.大運凶，流年凶，共有十分凶，大凶運。

將以上九種行運判斷的結果吉凶，以七分計算，加上本命吉凶三分計算，二者綜合即爲現實生活歷程上的吉凶程度。當然，命、歲、運三者干支間，必會有刑、沖、剋、合…等情況出現，大運吉恐成凶或平，凶亦可能變成吉或平，流年亦然，則可依照前面所述「大運流年吉凶判斷法」推斷後，代入以上九種型態，即能與命綜合斷人生命運之吉凶。

以上所述乃命、歲、運合參之吉凶基本判斷、推論原則，然事實上命、歲、運干支合參，往往很可能產生：循環三刑、三刑逢沖、地支雙沖、雙刑、干剋支沖、刑沖齊現等等狀況；如本命上呈現巳亥沖於年月支，日支爲未，而大運逢丑，流年見戌，逢此時很顯然可以看出命、歲、運，正呈現丑未沖，未戌刑，丑戌刑，巳亥沖，集刑沖於命歲運間，如爆發世界大戰般的激烈戰剋，勢必引發大凶災，不測、病難、險厄、死劫等等，恐甚難避免，且歲運刑沖字在日支（本限爲32歲～48歲），倘命造値36歲乃刑沖入本限，後果必不堪想像；因此，命歲運合參時，不可忽略各抽一字，是否有以上刑沖等情況產生？是否刑沖入本限？是否有解救之物？均得一一探討、研判。

當然，本命上的用神字最怕被行運冲倒尅倒，或與行運字產生合化爲忌神，均主大破敗、大危厄，嚴重者必有亡命之虞；若行運値用神字管事，必是人生最巔峯的時期。命、歲、運合參除了斷人生命運之吉凶外，亦可藉歲運而推論造成吉凶的原因、事情、人物、心態……等等，即將歲運配以十神，而藉十神的特質、特性、在命式上的喜忌，其所代表的人、事、物等等，而加以研判、分析、推論，所得出的答案和結果，往往可提供爲趨吉避凶，防範綢繆，掌握機先之道。

如木命身旺者，行運逢土時，乃爲財星管事，身旺能任財，主求財有利，易致富，事業大可放心投資；男命亦主異性緣佳之期，未婚者很適宜把握機運完成婚事，亦主事業、財利很容易獲得異性的支援、資助而成功，營商的對象以女性較爲有利；女命財星旺生官殺星，亦主夫緣佳，有幫夫之勢，同樣求財有利，可大力投資於事業；不論男女均主事業、財富、物質生活、嬉戲、玩樂、享受…等之機運佳、機會多。相反，木命身旺者，行運逢木時，乃爲比劫星管事，身旺自不宜比劫幫身反爲凶，比劫星尅財，故主貧困，事業亦破財失利，爲錢財而愁苦；比劫星乃代表兄弟姊妹、朋友、合夥人、股東等等，因此事業之破敗，必與上述人物有關，受他們的拖累、倒債……等；又比劫星之特性，乃具有盲目、衝動、思慮欠週、有勇無謀、莽進…等，破財敗業亦可能由於此種心性所引起；均可依十神之特性，和十神於命上之喜忌，而類推如上之舉例方式，運用於各歲運所逢時期。

由所舉之例，木命身旺者，行運逢土時，則宜把握機運，努力於事業、財富上去發展，必能大有番成就與收穫；行運逢木時，則事業宜保守，並愼防因友人、股東、合夥人，甚至兄弟姊妹之拖累，以及謹愼處置錢財往來之事，更凡事三思而行，切忌衝動欠思慮，貿然行事，或得能安貧樂道，克勤克儉，方不致因錢財事而愁苦等等。以下簡析行運之各十神管事，其爲喜爲忌的概況：

1. 正官：爲喜用時，貴人多助，事業平順，職位高昇，考運佳，財福多臨；爲忌神時，事業不順，口舌是非，失職降級，體弱多病。男命不論正官喜忌，行運逢之，主易生男。

2. 七殺：爲喜用神時，吉星高照，貴人扶持，事業風光，職務高升掌權勢，考運佳易金榜題名；爲忌神時，事業多阻逆，週轉易失靈，罷官失職，失權失勢，小人是非多爭執，多病難及血光災；男命不論七殺喜忌，行運逢之，主易生女。

3. 正印：爲喜用神時，功成名就，學術有成，鴻運大展，心胸開朗，身強體健，職權穩固；爲忌神時，學而無成，勞心勞碌多煩憂，職權不穩易失勢。

4. 偏印：爲喜神時，偏業成名，創造發明建奇功，精明幹練，萬事亨通；爲忌神時，福薄無祿，事多阻滯，心煩悶多鬱結，身體精神欠安寧，坐立難安。

5. 劫財：爲喜用神時，剛毅穩健，精力充沛，友人多助，兄弟姊妹多扶持，意志堅強，百事水到渠成；爲忌神時，合夥失利，友人或同胞手足多拖累，辛苦勞碌多是非。

6. 比肩：爲喜用神時，穩紮穩打，步步爲營，節節獲勝，合夥成功多利，友人多助，手足得力；爲忌神時，錯誤叢生，樹敵招怨，手足無助，友人拖累，徒勞總無功。

7. 傷官：爲喜用神時，英明銳利，多才多藝，志氣遠大，技藝成名，藝術家、文學家表現優異，出類拔萃；爲忌神時，高傲刻薄，剛愎自用，任性多小人是非，災劫官訟災；傷官不論喜忌，行運逢之，女命主易生男。

8. 食神：爲喜用神者，溫和恭良，心胸開闊，心寬體胖，技藝成名，多財多利；爲忌神時，煩憂愁結，有志難伸，口舌是非多爭執，病弱且官訟易上身；食神不論喜忌，行運逢之，女命主易生男。

9. 正財：爲喜用神時，財源滾滾且穩固，事業多利，勤儉持家有方，生活舒適；爲忌神時，破家敗家，爲財愁苦，貧困潦倒，體弱多病，爲財惹禍上身。

10. 偏財：爲喜用神時，財利寬廣達三江，財多源長利無涯，事業財利大鴻發，且大可獲意外之財，百無禁忌；爲忌神時，財來財去難聚財，意外財逢意外災，破財破敗，貧病交加，得財得防意外災。

凡舉命、歲、運合參的結果，乃眞實的人生歷程，然此結果乃屬先天命運，不論合參結果之吉凶如何？尙得加會後天因素，方爲吉凶的大小，明驗與不現之最終結局，而命、歲、運合參，正提供出一趨吉避凶，防範未然，未雨綢繆，掌握機先的依據，即知己（命）知彼（運），百戰百勝的配合以後天人爲之種種努力的方法、目標；如此，辛苦的血汗必不致白流，且能積極的運用「八字推命學」以知命順命而幸福圓滿樂無邊，知運掌運而榮華富貴步青雲，人生自然更美好、更充滿了希望和信心。

13章 論造命與改運

曾有人和筆者聊及，眞正研究命學之人，多半不信神；事實上並非信不信的問題，而是不願假藉神明的力量，誑人能造命、改運、消災、解厄，針對人性之弱點以詐財；倘命能再造，運能更改，相信研究命學者，自身就先造個大富大貴之命，改個勢如破竹之運，何苦再裝神弄鬼的連消災改厄尚分等級？八仟元效果不彰，換一萬二，此種擺明的愚民和詐財意圖，就偏偏有人趨之如鶩；誠如，瘋狂大家樂之怪象，連人神都瘋狂，報載竟有神明發誓，若所出明牌竟槓龜，誓不爲神，願讓信徒斷頭放水流，世上有如此荒謬之神嗎？想必是人（神棍）在搞鬼，說穿了還是爲了詐財。

宗教信仰本是件好事，不論是敬天地、鬼神或上帝、天主，均是一種心靈的寄託，由信仰而產生力量，積極引用於人生歷程上，自能不懼艱苦、橫逆、危厄而自求多福，且宗教本是以勸善爲目的，代天宣教化，絕不可能鼓勵人投機取巧，亦不可能替無法面對命運挑戰的懦弱者，造命改運，所謂「天助自助者」，此道理應該再淺顯不過了，但總有人非得破財、失身而消不了災，無法覺醒，正好應驗了「福禍無門，唯人自招」的古訓。

很靈驗且可以未卜而知的事，當某人突然間很勤於拜神拜佛的，即可以推斷此人必相當背逆之時，大概也八九不離十，殊不知如此臨時抱佛脚，有濟於事嗎？且有所居心和企求而認眞拜神拜佛，能蒙神佛恩寵嗎？相信人皆共厭，更何況神佛乃光明、正義、公理的象徵。然畢竟人心、人性是最複雜、最難以捉摸，有時更難以溝通和共識，連觀音菩薩都有「莫法度」之感嘆！

前章提及「知命順命，知運掌運」，不僅是研究、發揮「八字推命學」最積極的意義，亦是造命改運的最佳途徑，爲什麼？凡命屬富者，能順命而不去從政爲官，不去參加各種競選活動，自不會引發選舉恩恩怨怨，或被罷官失職，更不因落選而傾家蕩財，得去賣碗粿、賣肉粽，本該富有卻反窮苦潦倒；又如本命貴氣旺，實宜從政爲官，走學術路線，卻一心想發財而盲目從商胡亂投資，無法妥善經營，即使有萬貫家財，亦得破敗蕩盡，仍一事無成，不論是從商或從政爲官，均可由八字命上推論其條件如何？本命之所適，尚得逢行運之助，如此方能有所發揮與作爲；非本命之所適，勉強而爲之，倘行運能助，尚不至於一敗塗地，若又無行運之助，自是兵敗如山倒，純屬自招挫敗。

因此，「知命順命，知運掌運」乃造命改運，自求多福的最佳途徑和依據；不過此乃大標題，有打高空之嫌，非人人所能意會，並不太合乎普通的人心、人性，且畢竟「牛牽到北京還是牛」，人往往就因不信邪，不願屈就於命和運，更不願爲命運所操縱，故人生方能多彩多姿；就好比寧願花大筆鈔票去請人造命改運，卻不知將此些錢財去積德行善，更能有改變己身命運的實質效果，所謂的「積善之家必有餘慶，積德之家必有餘蔭」，人人盡知的名言、至理，不正是造命改運之道嗎？但總是爲人所忽略、遺忘。

依「八字推命學」是可以提供一些開運、增吉、添福之效益，但絕無法旋乾轉坤，尚得人爲的後天因素，適切配合得宜方是；以下簡析，純依八字的喜用神爲依據而引申、推論，因爲命之良窳乃視用神的團結有情生助有力之狀況而論，用神爲八字的靈魂，命運的總樞紐，喜神乃生扶比助用神，故先天八字之喜用神屬與生俱來，唯藉後天的種種因素來增添先天喜用神之力，以達造命開運之效，理論上而言乃較爲科學、可信，分述如左：

1. 喜木者：吉利方位爲東，離開出生地往東方去較有發展、名望、財利、貴人、福澤；吉利色彩爲綠色，故衣著、服飾、家中布置裝潢，宜採綠色系列；睡時頭朝東方，有益健康；住屋宜坐東朝西。

2. 喜火者：吉利方位爲南方，離開出生地往南方去較有發展、名望、財利、貴人、福澤；吉利色彩爲紅色，衣著、服飾、家中布置裝潢，宜採紅色系列；睡時頭朝南方，有益健康；住屋宜坐南朝北。

3. 喜土者：吉利方位爲中央，即留在土生土長之地較有發展、名望、財利、貴人、福澤；吉利色彩爲黃色，衣著、服飾、家中布置裝潢，宜採黃色系列。凡八字上至少有兩種五行爲喜神及用神，故用神土喜神可能爲火或金，亦可依火或金加以運用其方位、色彩上。

4. 喜金者：吉利方位爲西方，離開出生地往西方去較有發展、名望、財利、貴人、福澤；吉利色彩爲白色，衣著、服飾、家中布置裝潢，宜採用白色系列；睡時頭朝西方，有益健康；住屋宜坐西朝東。

5. 喜水者：吉利方位爲北方，離開出生地往北方去較有發展，名望、財利、貴人、福澤；吉利色彩爲黑色，衣著、服飾、家中布置裝潢，宜採用黑色系列；睡時頭朝北，有益健康；住屋宜坐北朝南。

以上乃依八字之喜用神之五行，而推論、引申出較適用於日常生活中，可藉以開運、增吉、添福之或多或少之功效，但絕不可矯枉過正，如用神爲火，則一年四季均穿紅色的衣服，反不太正常的感覺，倒是命上之忌神如爲水，則儘量少穿黑色系列的衣著，如此方不致於太過偏頗，反意義大失。

另外通常頗爲人爭議、討論的造命改運法，即「剖腹生產」——根據預產期，請名師擇一大富大貴的八字，而人工製造一個生命的提早誕生（只能提早不能延後，除非難產），如此是否違逆天道，自然法則？如此八字在推命論運，是否有效？當然人的誕生，不可否認冥冥之中早有定數，刻意去挑選吉日良辰剖腹生產，自然是違逆天道及自然法則，但若能順利如願的達成，亦屬福厚的誕生，否則必因種種因素而失敗，其過程好比鬼使神差般；至於推命上並無二致，有趣的是，尚可能碰上破名師，擇錯八字而剖腹生產呢！不過此種造命方式，實不值得提倡和鼓勵。

編後語

有道是：「萬丈高樓平地起」，本書即依此原則而寫，深入淺出的完完全全以最平實的方式、文詞來論述此門浩瀚無邊的「八字推命學」，無艱澀、深奧的高空論調，更無藏拙的知無不言，言無不盡，巨細均交待清楚、詳盡，相信已盡全力做到平易近人，淺顯易懂易解的目標，唯筆拙表達力差，難免貽笑大方。不過，深信或多或少能提供初學者及同好朋友們，研習上的一些參考和助益。尤其，讀完本書再去拜議其他名家、權威的大作，或是古命書，必更能深入的領悟，融會貫通，故書名爲「八字啓蒙寶鑑」，其理在此。

雖然本書盡量針對初學者及登堂難入室的同好之口胃、程度而寫，但倘若能仔細研讀，相信不難發現，筆者用心良苦，在平實平淡的論述中，努力將「八字推命學」融入於現實生活中，盡量提昇於現代化的觀點，摒棄一些古來荒謬訛傳，加以過濾，去蕪存菁，想亦能減少研習上的困擾，並節省縮短研習的時間和精神，筆者對於「八字推命學」並無師承相授，純自我摸索、廣泛求證而獲的一些心得和經驗，呈現給讀者，應該有相當的價值和意義，唯盼有緣者，能再三研讀本書。

「八字易學難精」似乎爲研習者，常有的感嘆！事實上純期望、企求太高的心態所致，任何命理學均只能做先天因素的推論，後天人爲、環境、教育、天災、地變……等種種因素，則任誰也無法估計、預測，但後天因素卻往往具有相當大的影響作用力，也就是說先天因素加上後天因素，方是眞正的人生歷程；若光憑先天八字命理之推論，而期盼能精準的推測出明天將碰上白馬王子，後天將破財五十萬，明年將發財一仟萬，後年將被仙人跳……等，而一味往「八字推命學」上鑽牛角尖，自然得易學難精之嘆了！

因此，研習「八字推命學」，等於推論人一生命運的基本藍圖，此藍圖乃與生俱來，唯有視後天人爲的去加以裝潢、佈置、修飾…等等，結果自是因人而異，連雙胞胎都可能造成截然不同的人生，不正是最佳的例證嗎？故研習八字學之人，心態上、觀念上一定要有此種認識與共識，自然推命的結果必「雖未全中亦不遠矣」；或許時常可聽到某某名家、大師能藉命學，推論出命造身上共有多少錢？家中門牌幾號？老婆幾位？某年出國考察？何時避債跑路？……太多太多神奇之傳說，除非是通靈，否則純屬無稽之談，也許是爲招攬生意，而編造、放出的故事；若眞如此，「大家樂」爲什麼會迷上精神異常的胡大俠呢？門牌能斷，「明牌」不也同樣能斷嗎？

「客觀分析，小心求證」想乃是研究「八字推命學」的不二法門，理論歸理論，能實際去應用推論，能實際去應用推論，方是研習的最終目的，且更多的經驗，更能促進推命的融會貫通；對於初學者運用命理以爲己或替親友推命，必困難疑問重重，也就是說無法將八字命理代入於實際推論上，符合現實生活事項，逢此現象或有此困擾時，筆者建議以逆推方式，將所得知的事實，反過來找出命理上的依據，此種方法最有助益於研習的進步、參考和經驗。

書末筆者同樣稟著一貫的心意，盼望同好朋友們來函，共同研討，互相砌磋，更盼先進、前輩們能不吝賜教、指正；書中的缺失，筆者錯誤的論點或太主觀之處，均有賴旁觀者清，能一一指導、教誨，方能更上一層樓。若對書中所述有疑難不解之處，歡迎來函追詢，必知無不言，言無不盡；若覺本書實有研習的價值和意義，亦請一封信鼓勵，一句話推薦，筆者最誠摯的期盼。

（請詳閱後面所附的「八字啓蒙寶鑑」服務卡，筆者誠摯爲書中所述的種種，做最迅速的疑難服務。）

致讀者

敬愛的讀者您好：

感謝您惠顧此書，使我們有緣共同研究這方面的知識。如果您看完本書，對書中有任何疑難或不解之處，歡迎來信。若對書中錯誤之處，亦歡迎來函指正。請利用讀者服務卡（見背面）提出您的問題或意見，憑卡免費為您服務一次。

※一、來函請自備回郵信封，並書妥收信人的詳細地址和姓名。

二、來函請寄台南縣永康鄉(71015)復興路54巷44弄2號。

「八字啓蒙寶鑑」讀者服務卡

C041 自製教材遊具集…200
C042 趣味摺紙與應用…180
C043 趣味粘土製作法…200
C044 趣味的再生設計…180
C045 共同製作一起玩…200
C046 自製禮物和飾品…200
C051 零式艦上戰鬥機…110
C052 世界噴射戰鬥機…120
C053 世界的旅客機…85

D 命理・占術

D001 兒女命名彙典… 130
D002 姓名撰取鑑定法… 170
D003 簡易紫微星占入門…150
D004 紫微斗數推命術…150
D005 八字啓蒙寶鑑…250
D006 中國易術的應用…200
D007 實用靈符選粹…150
D008 卜易乾坤學堂奧…200
D009 先祖供養 70 法則…120
D010 因緣的奇跡（土地房屋）120
D011 撲克牌占卜術… 150
D012 撲克牌算命術… 150
D013 易經紙牌占卜術…180
D014 吉普賽紙牌占卜術…180
D015 秘傳紙牌占卜術…170
D016 算命紙牌占卜術…170
D017 超能力・愛的咒術…130
D018 符咒 77 的秘法…150
D019 開運・符咒的秘法…150
D020 念力・開運的秘法…150
D021 星座占運判斷…150
D022 夢解占運判斷…150
D023 手相占運判斷… 170
D024 黑痣占運判斷…150
D025 面相占運判斷…150
D026 指紋占命術…85
D027 行爲占運判斷…130
D028 愛情相性占術…90
D029 看血型交女朋友…100
D030 看血型交男朋友… 130
D031 由血型看個性… 150
D032 星座占卜 A 血型…120
D033 星座占卜 B 血型…120
D034 星座占卜 O 血型…100
D035 星座占卜 AB 血型…100
D036 由占卜看愛情…60
D037 奇門遁甲五術開運…130
D038 十干推命學…100
D039 風水的知識和墓相…150
D040 四柱推命判斷…220
D041 奇門遁甲陽宅方位…100
D042 星座看宿命姻緣…150
D043 超能力的戀愛法…120
D044 未來命運占星術…100
D045 現代易經入門…280
D046 四柱推命占卜術…130
D047 易經・人生之智慧…120
D048 八字實批精華…160
D049 猶太秘占命運解讀法 180
D050 密教超能力咒術… 150
D051 愛的守護神占卜…130
D052 神秘的魔法符咒…150
D053 請判斷我的手相…150

E 宗教・心理

E001 超能力自我訓練法… 130
E002 瞑想法神秘力‥ 130
E003 坐禪研習入門…150
E004 新撰禪語入門…75

E005 般若心經入門…120
E006 超覺靜坐 TM 奧秘…120
E007 自我催眠昏睡療法…85
E008 成功的心靈法則…95
E009 瑜伽瞑想的超能力…80
E010 瞑想瑜伽入門…85
E011 法華經入門…75
E012 法句經入門…75
E013 觀音經入門…80
E014 佛教的智慧…65
E015 禪語百選…75
E016 仙人不老強精術…110
E017 仙道不老長生法…110
E018 釋迦名言 108 智慧…130
E019 佛教名言 108 智慧…95
E020 命運的轉換法…80
E021 靈魂障礙的解脫…90
E022 深層相性心理學…110
E025 一分禪根…200
E026 四字禪語…120
E027 太陽之法…120
E028 般若心經瞑想法…130
E029 幸福的瞑想法…120

F 教養・勵志

F001 少女的修養…100
F002 少女交友的禮儀…120
F003 少女・愛與修養…120
F004 給女孩子的信…90
F005 給青年的十二封信…70
F006 筆友情書集…120
F007 戀愛心理測驗…120
F008 親子教導法…95
F009 生活・愛與學習…100
F010 人生的航海明燈…100
F011 幽默開懷篇…100
F012 幽默笑話選集…120
F013 金字塔隱力秘密…120
F014 新創讀書記憶法…100
F015 談話的技巧…120
F016 女性談話的技巧…100
F017 說話知人的藝術…100
F018 三十六計…100
F019 處世的人際絕招…100
F020 鼓勵自己心性美…100
F021 人生的哲學小語…100
F022 賦予孩子勇氣教育法…100
F023 名人的智慧語言…100
F024 培養女性美氣質…100
F025 卡內基說話入門…100
F026 0-3 歲幼兒教養…120
F027 聰慧女性對愛・人生…120
F028 女性要面對自己…110
F029 生命・愛與笑…100
F030 愛與被愛該知道的…110
F031 尋找自己的愛…100
F032 開發孩子潛在腦力…120
F033 1・2・3 歲的智能與教養130
F034 如何開口說話…150

G 國學・H 語文

G001 超級的速讀法…100
G002 革新速讀記憶法…180
G003 革新速讀的學習法…130
G004 革新版國小兒童速讀法 160
G005 實踐速讀記憶法…120
G006 增進記憶力手冊…120
G011 國小作文指引…60
G021 三字經讀本…50

L002 霹靂舞與迪斯可…120
L003 圖解流行交際舞…120
L004 霹靂舞・社交舞入門…110
L005 新潮有氧舞蹈入門…120
L006 初學社交舞入門…130
L007 學習社交舞教室…120
M001 自然美的攝影(平)…220
M002 自然美攝影(精)…270
M003 特殊的攝影技術…220
M004 特殊的攝影技巧(精)…270
M005 運動瞬間攝影…220
M006 女性・美的攝影…220
M007 攝影技術入門…150
M008 初學攝影入門…150
M009 閃光燈攝影入門…150
M010 女性攝影入門…130
M011 攝影暗房入門…150
M012 風景攝影入門…150
M013 簡易多重攝影入門…130
M014 攝錄放影機使用法…150
M015 旅遊花卉攝影法…170

N 彩色美術

N001 彩色壁報設計①…180
N002 彩色壁報設計②…200
N003 教室環境佈置①…200
N004 教室環境佈置②…200
N005 POP廣告畫入門(基礎)160
N006 POP廣告畫入門(應用)160
N007 流行服裝設計配色…200
N008 男裝流行服飾配色…200
N009 女性流行服飾配色…200
N010 配色・漸層入門…200
N011 流行服裝配色事典…180
N012 世界名人流行服飾設計 200
N013 略熟・流行服飾穿著…180
N014 流行服飾畫集…170
N015 流行服裝畫素描②…150
N016 海報剪紙裝飾畫…200
N017 海報設計・色・形構成 170
N018 流行色彩配色實例①…170
N019 流行色彩配色實例②…170
N020 色彩創意造形設計…200
N021 兒童繪畫色彩(入門篇)180
N022 兒童繪畫色彩(實技篇)200
N023 調和配色手冊…220
N024 創意壁報裝飾畫…200
N025 室內裝璜配色手冊…250
N026 超感度服飾配色…200
N027 噴畫色彩學習法…200
N028 流行款式服裝設計…200
N029 創意服裝設計圖例…200
N030 兒童繪畫與畫材使用法 200
N031 油畫初級學習法…180
N032 配色初級學習法…180
N033 彩色鉛筆素描畫…220
N034 彩色墨繪畫入門…200
N035 櫥窗廣告美術設計…260
N036 色彩配色專集①…200
N037 色彩配色專集②…200
N038 色彩配色專集③…200
N039 裝璜色彩搭配手冊…200
N040 幼兒的繪畫指導…200
N041 櫥窗展示色彩設計…220
N042 西洋美術史…300
N043 膚色服裝色彩手冊…200
N044 初級水彩畫入門…200
N045 幼兒繪畫入門…200

N046 植物畫入門…200

P 一般美術

P001 臉部鉛筆素描畫… 130
P002 漫畫基礎學習法…150
P003 臉部化粧髮型設計素描 200
P004 少女流行服飾畫…120
P005 流行服裝畫素描①…150
P006 矢島功人物素描…100
P007 流行服裝設計畫…120
P008 壁報創意插畫 2000 … 150
P009 壁報畫造型設計… 120
P010 壁報設計畫範…110
P011 教室佈置海報設計… 140
P012 卡通人物海報設計…110
P013 卡通動物海報設計…110
P014 卡通12支海報設計…110
P015 卡通季節海報設計…100
P016 卡通花卉海報設計…100
P017 人物素描技法…130
P018 頭和手素描法…110
P019 人物畫素描法…150
P020 鉛筆畫入門… 120
P021 幻想者插畫造型…120
P022 趣味插畫素描法…130
P023 鉛筆畫素描…130
P024 石膏像素描…100
P025 鋼筆畫入門…120
P026 靜物・人物素描…100
P027 現代素描技法…100
P028 木炭畫入門…100
P029 動物畫素描法…100
P030 兒童繪畫基礎… 130
P031 色彩論…110
P032 動物素描畫①大動物篇 90
P033 動物素描畫②小動物篇 90
P034 插畫大百科①人物篇…110
P035 插畫大百科②動作篇…110
P036 插畫大百科③鳥魚篇…130
P037 插畫百科入門… 130
P038 美術造型設計…100
P039 剪紙藝術入門…100
P040 漫畫描繪法… 130
P041 素描畫入門… 120
P042 水彩技法入門…90
P043 木版畫入門…90
P044 水墨畫入門…90
P045 風景畫入門…90
P046 山水畫的描法…100
P047 花鳥畫描法…75
P048 梅的描法…65
P049 水墨畫 576種畫法… 130
P050 中國剪紙藝術…130
P051 創意插畫基礎入門…130
P052 新 POP 插畫入門…130
P053 新創美術字體… 150
P054 篆刻小字典…200
P055 英文美術商標設計…130
P056 鉛筆畫學習技法… 130
P057 逗趣的壁報插畫… 130
P058 可愛・簡筆想像畫… 130
P059 美術圖案造型篇…120
P060 美式漫畫學習法…130
P061 簡易繪畫圖案篇…100
P062 花卉的插畫設計…150
P063 魅惑的廣告藝術…120
P064 想像可愛造型①動物篇 110
P065 想像可愛造型②人物篇 130

八字啓蒙寶鑑　　特價280元

譯　者：李　鐵　筆
發行人：何　天　補
發行所：信　宏　出　版　社
地　址：台南市崇德路550巷46號
總代理：大坤書局有限公司
郵政劃金0039806-1 何天補 帳戶
地　址：台南市崇德路550巷46號
印刷所：亞洲彩色美術印刷廠
地　址：台南市國安街２４２號

行政院新聞局局版台業字第1859號
中華民國八十四年九月卅日初版

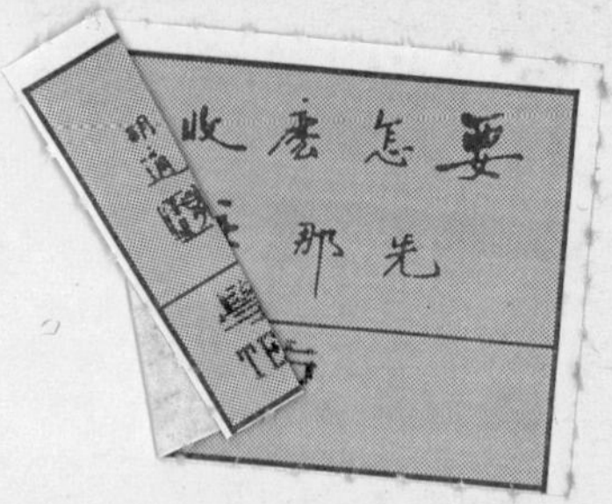
要怎麼收
先那
胡適